mtb

*Zum Buch:*

Seit ihrer Trennung vor vielen Jahren hat Sean Maddock nie die Hoffnung aufgegeben, dass er und seine scharfe Ex Kristine wieder zusammenkommen. Deshalb ist es ein echter Schock für ihn, als er plötzlich die Scheidungspapiere bekommt. Er begreift, dass er alles versuchen muss, um sie zurückzuerobern, und verabredet sich mit ihr in dem Haus, an dem viele prickelnde Erinnerungen hängen: Hier haben sie sich in ihren Flitterwochen vergnügt. Ihm bleiben nur wenige Tage, um Kristine zu überzeugen, dass ihre Liebe noch eine Chance hat. Wenige Tage voller heißer Küsse und hemmungslosem Sex …

„McCarthy wird dafür sorgen, dass Sie am Anfang kichern, sich ab Seite 25 Luft zufächeln müssen und die ganze Zeit mit dem Helden und der Heldin mitfiebern."

Romantic Times Book Reviews

*Zur Autorin:*

New York Times-Bestsellerautorin Erin McCarthy verkaufte ihr erstes Buch im Jahr 2002. Mittlerweile hat sie mehr als 35 Romane veröffentlicht und unterhält Leser auf der ganzen Welt mit ihren aufregenden Liebesromanen.

*Lieferbare Titel:*

Erin McCarthy „Close up – Heiße Versuchung" (Close Up # 1)
Erin McCarthy „Close up – Erregende Nähe" (Close Up # 3)

Alle handelnden Personen in dieser Ausgabe sind frei erfunden.
Ähnlichkeiten mit lebenden oder verstorbenen Personen wären rein zufällig.

Der Preis dieses Bandes versteht sich einschließlich
der gesetzlichen Mehrwertsteuer.

*Umwelthinweis:*
Dieses Buch wurde auf chlor- und säurefreiem Papier gedruckt.

*Erin McCarthy*

# Close up – Sinnliche Berührung

Roman

Aus dem Amerikanischen von
Ralph Sander

mtb

MIRA® TASCHENBUCH
Band 35076
1. Auflage: Oktober 2016

MIRA® TASCHENBÜCHER
erscheinen in der HarperCollins Germany GmbH,
Valentinskamp 24, 20354 Hamburg
Geschäftsführer: Thomas Beckmann



Titel der amerikanischen Originalausgabe:
Close Up

erschienen bei: Harlequin Enterprises, Toronto

Published by arrangement with
Harlequin Enterprises IIB.V./S.àr.

Konzeption/Reihengestaltung: fredebold&partner GmbH, Köln
Umschlaggestaltung: büropecher, Köln
Redaktion: Maya Gause
Titelabbildung: reka / Getty Images
Autorenfoto: Savidge Photography
Satz: GGP Media GmbH, Pößneck
Druck und Bindearbeiten: GGP Media GmbH, Pößneck
Printed in Germany
Dieses Buch wurde auf FSC®-zertifiziertem Papier gedruckt.
ISBN 978-3-95649-610-3

www.mira-taschenbuch.de

# 1. KAPITEL

„Wenn der liebe Gott gewollt hätte, dass wir nackt durch die Gegend laufen, wäre niemals Kleidung erfunden worden."

Kristine Zimmerman musste sich ein Lachen verkneifen, während sie den Hörer vom rechten zum linken Ohr wechselte und dabei die Tische im Auge behielt, die für die Kunstausstellung im Collective am Freitagabend hergerichtet wurden. Das Collective war die Galerie, von der Kristine gerade als Eventkoordinatorin eingestellt worden war. „Mom, es gibt genügend gute Gründe, warum Menschen auch mal nackt sein können." Mindestens drei kamen ihr sofort in den Sinn, ohne sich dafür besonders anstrengen zu müssen.

Ihre Mutter war davon offenbar nicht überzeugt. „Sogar Adam und Eva haben Feigenblätter getragen. Warum nehmen die Leute für die Fotos keine Feigenblätter? Oder noch besser: Die Mädchen sollten Hotpants tragen. So was sieht süß aus."

Da ihre Mom sie nicht sah, konnte Kristine in aller Ruhe die Augen verdrehen. Es wäre schon ein wenig kontraproduktiv, wenn Ian Bainbridge seine Modelle in Unterwäsche stecken würde. Immerhin war er weltbekannt dafür, ganze Menschenansammlungen nackt zu fotografieren. „Der Fotograf macht aber keine Ausstellung zum Thema Adam und Eva. Die Nacktheit in seinen Bildern ist ein Statement zur fehlenden Menschlichkeit in Großunternehmen."

„So was degradiert Frauen zu Objekten", beharrte ihre Mutter. „Du musst diese Stelle schnellstens kündigen."

Kristine fand es jetzt nicht mehr witzig. „Nein, ich werde ganz sicher nicht kündigen." Sie nickte dem Caterer zu, der gerade zusammen mit drei Mitarbeitern die Tische deckte und nun ein paar weiße Tischdecken hochhielt, damit sie eine Entscheidung über seinen Vorschlag traf. Normalerweise wurden diese Arbeiten nicht schon drei Tage im Voraus begonnen, doch Kristine wollte, dass absolut alles perfekt war. Sie wollte, dass die Galerie frühzeitig für das Event bereit war, damit sie sich den Druck ersparen konnte, in letzter Minute noch irgendetwas umstellen zu müssen, wenn die Gäste bereits vor der Tür standen. Das hier war ihre Bewährungsprobe für diesen Job. Wenn alles glatt ablief, würde ihre Chefin sehen können, dass sie genau die Richtige für diese Aufgabe eingestellt hatte. Kristine wollte sich beweisen, denn ihr Lebenslauf war eigentlich alles andere als bemerkenswert.

Mit neunundzwanzig konnte sie praktisch nichts vorweisen, was sie in den letzten zehn Jahren geleistet hatte. Sie hatte nichts angespart, sie hatte nichts für ihre Rente zurückgelegt, sie konnte keine bessere Hälfte vorweisen, sie besaß keine Fähigkeiten oder Begabungen, um die sich andere gerissen hätten, und darüber hinaus zahlte sie noch immer das Darlehen für ein Studium zurück, das sie gar nicht erst abgeschlossen hatte. Dieser Job war ihre große Chance, einen geordneten Tagesablauf in ihr Leben zu bringen und zu zeigen, dass sie schließlich doch noch erwachsen geworden war. Die Zeit, die sie damit verbracht hatte, ziellos von einer Fehlentscheidung zur nächsten zu wandern, lag jetzt hinter ihr, und sie war entschlossen, nur noch nach vorn zu schauen.

Aus diesem Grund hatte sie sich auch endlich von ihren letzten Ersparnissen getrennt, um einen Anwalt damit zu beauftragen, die Scheidungspapiere aufzusetzen und sie Sean zu übergeben. Mit neunzehn hatte sie ihn geheiratet. Nach leidenschaftlichen und explosiven sechs Monaten war die Beziehung in die Brüche gegangen und sie hatten sich im Zorn voneinander getrennt. Die Scheidung hatte sie anfangs nicht eingereicht, weil sie zu aufgewühlt gewesen war, um sich mit solchem Papierkram zu beschäftigen. Nachdem sie sich wieder beruhigt hatte, war sie jahrelang der Ansicht gewesen, dass sie ihr sauer verdientes Geld sinnvoller ausgeben konnte, als davon einen Anwalt zu bezahlen. Außerdem war es viel einfacher gewesen, Gras über die Sache wachsen zu lassen, anstatt sich mit all diesen Gefühlen auseinandersetzen zu müssen, die dann zwangsläufig nach oben kamen. Offenbar war Sean derselben Ansicht gewesen, da es von seiner Seite auch keine Bemühungen gegeben hatte, die offizielle Trennung in Angriff zu nehmen. Und das, obwohl Kristine genau wusste, dass er inzwischen ein sehr erfolgreicher Geschäftsmann war, für den Geld kein Thema war.

Geändert hatte sie ihre Einstellung erst, nachdem sie vor einer Weile angefangen hatte, sich regelmäßig mit George zu treffen. Bei diesem Mann hatte sie sich durchaus vorstellen können, dass aus ihnen beiden mehr werden könnte. Das hatte jedoch nach einem Monat ein jähes Ende genommen, als er herausgefunden hatte, dass sie rein rechtlich immer noch verheiratet war. Er hatte es für verlogen und für sehr entlarvend gehalten, dass sie in all den Jahren nicht mal den Versuch unternommen hatte, sich scheiden zu lassen. Und dann hatte er sie abserviert.

Angesichts der Tatsache, dass man über das Internet schon für ein paar Hundert Dollar eine Scheidung erledigen konnte, musste sie zugeben, dass George mit seinen Argumenten zumindest zum Teil ins Schwarze getroffen hatte.

Ob bewusst oder unbewusst, sie hielt wohl tatsächlich weiterhin an Sean fest. Er war in ihrem Leben der erste richtige Fels in der Brandung gewesen – und bislang auch der letzte. Aus irgendeinem Grund hatte sie ihn in den vergangenen zehn Jahren stets als denjenigen angesehen, der sie auffangen würde, wann immer sie strauchelte.

Dabei war das völlig lächerlich, denn warum sollte er nach diesen zehn Jahren noch etwas mit ihr zu tun haben wollen?

Die Erkenntnis, dass sie nach vorn schauen und endlich auf eigenen Beinen stehen musste, war für sie wie ein Schlag ins Gesicht gewesen, der sie dazu veranlasst hatte, ihre Sachen zu packen und von Las Vegas ins heimatliche Minneapolis zurückzukehren. Dort musste sie sich erst einmal ihrer Vergangenheit stellen, ehe sie die Zukunft in Angriff nehmen konnte.

Leider gehörte zu dieser Vergangenheit auch ihre Mutter Ebbe Zimmerman, die schon immer eine Exzentrikerin gewesen war. Im Lauf der Jahre hatte sie sich für die Rettung der Wale eingesetzt, hatte Rap-LPs mit Warnaufklebern versehen, war zur Vegetarierin, dann zur Veganerin geworden, bis sie schließlich doch wieder begonnen hatte, Fleisch zu essen. Sie hatte sich der Zucht von Alpakas ebenso gewidmet wie dem Kuchenbacken, und sie hatte sich bei vielen Aktionen engagiert, bei denen es um die Rechte der Frauen ging. Während ihre feministische Haltung sie anfangs dafür hatte kämpfen lassen, dass Frauen den gleichen Lohn bekommen sollten, war sie inzwischen fest entschlossen, gegen jeden Stripklub und jede Kunstausstellung vorzugehen, bei der nackte Frauen eine Rolle spielten. Natürlich hatte ihre Mutter das Recht, gegen alles zu protestieren, was ihr nicht passte. In den meisten Fällen teilte Kristine ja auch die Ansichten ihrer Mutter.

Aber nicht, wenn es geschmackvolle Fotos betraf, mit denen die Habgier der Konzerne angeprangert werden sollte – also ein Thema, gegen das auch ihre Mom Sturm lief.

Und erst recht durfte es nicht sein, dass das Verhalten ihrer Mutter Kristine um ihren Job brachte. Was durchaus im Bereich des Möglichen lag. Immerhin war Ebbe dafür bekannt, ihre Meinung mit viel Brimborium kundzutun ... und mit Farbe aus der Sprühdose.

„Tut mir leid, ich kann zu der Angelegenheit nicht einfach schweigen", erklärte ihre Mutter mit Nachdruck. „Ich werde dazu aufrufen, dass an diesem Wochenende gegen die Eröffnung demonstriert wird."

Verdammt. Hastig zog sich Kristine in den hinteren Lagerraum zurück, damit der Caterer sie nicht hören konnte. „Mom, wage das ja nicht! Ich flehe dich an. Wenn du mich liebst, dann mach keine Szene. Ich bin hier angestellt."

„Du erwartest von mir, dass ich Verrat an meinen Prinzipien übe, nur damit du dich von der Pornobranche für deine Arbeit bezahlen lassen kannst?"

Das war so völlig abwegig, dass ihr die Worte fehlten. Kunst mit erwachsenen Modellen hatte nun wirklich überhaupt nichts mit Pornos zu tun. Es war schlicht unmöglich, mit dieser Frau vernünftig zu reden, zumal Kristine die Zeit für solche Diskussionen fehlte. „Ich brauche diesen Job, weil ich sonst bei dir einziehen muss. Der Himmel weiß, dass keiner von uns es dazu kommen lassen will. Also spar dir deinen Protest für die sozialen Medien auf, okay? Wenn du nämlich am Freitag hier auftauchst und die Eröffnung ruinierst, bin ich meinen Job los. Dann werde ich mit dir nie wieder ein Wort reden, auch wenn wir uns dein Apartment teilen müssen."

Ebbe konnte man nur auf die harte Tour beikommen, sonst würde sie genau das tun, was sie sich vorgenommen hatte – und zwar ohne Rücksicht darauf, welche Konsequenzen das für die Menschen um sie herum nach sich zog.

„Was ist das bloß für eine Tochter, die ihrer eigenen Mutter droht?" Ebbe schniefte am anderen Ende der Leitung.

„Eine Tochter, deren Mutter sich so verhält, dass die Kündigung für die Tochter unvermeidlich ist. Wir unterhalten uns nachher weiter. Hab dich lieb." Obwohl ihr klar war, dass sie später dafür noch bezahlen würde, beendete sie das Telefonat, ohne sich von ihrer Mutter zu verabschieden.

Sie warf das Handy auf den Tisch und griff nach dem Schild, das vorne in der Galerie auf einer Staffelei platziert werden sollte. Dann verließ sie den Lagerraum und wollte eigentlich mit dem Caterer reden, als sie bemerkte, dass jemand vor der Eingangstür stand. Zwei Männer, beide im Anzug.

Einer von ihnen kam ihr vertraut vor, sogar sehr vertraut. Zehn Jahre hatten die Erinnerung an seinen muskulösen Körper, an das schmale Gesicht und die dunklen Haare nicht ausradieren können, auch wenn er jetzt in diesem Anzug steckte. Sie kannte diesen Mann von Kopf bis Fuß, sie kannte jedes Mienenspiel, jede Geste, jede Berührung mit seinen Händen, seinen Lippen, seiner Zunge. Und das waren nur ein paar von sehr vielen Dingen, an die sie sich immer noch sehr genau erinnern konnte.

Er kam auf sie zu. Ihre Kehle wurde trocken, ihr stockte der Atem und sie bekam weiche Knie.

Das da war Sean. Der einzige Mann, den sie je geliebt hatte.

Ihr Ehemann Sean.

Seit einer Nacktbadeparty am College als Folge von zu viel Tequila hatte Sean Maddock nicht mehr so viele nackte Menschen gesehen. Im Gegensatz zu damals war er jetzt stocknüchtern, aber glücklicherweise – oder vielleicht auch dummerweise, je nachdem, wie man dazu stehen wollte – waren das hier keine leibhaftigen Feierwütigen, sondern nur Fotografien. Eine Menge Fotografien. Und riesengroß dazu. Jedes Foto wurde von Dutzenden Nackten bevölkert, sodass Sean hinschauen konnte, wohin er wollte: Überall erblickte er Brüste, Hinterteile und Gehänge.

Verdammt. Für zwei Uhr am Nachmittag war das eine Menge, was es zu verarbeiten galt.

Sein neuester Praktikant Michigan war ein ehrgeiziger Absolvent der University of Chicago, der anscheinend seinen Eltern das Herz gebrochen hatte, als er sich gegen die Hochschule entschieden hatte, auf die sie beide gegangen waren und der er seinen Vornamen verdankte. Stattdessen hatte er sich in Chicago den Arsch aufgerissen, und wenn Sean mit seiner Vermutung richtiglag, dann war ihm während seines Studiums keine Zeit geblieben, um bei irgendeiner Party auch nur annähernd so viel nackte Haut zu Gesicht zu bekommen.

Der arme Kerl gab einen erstickten Laut von sich, während er neben Sean in der Lobby der Galerie Collective stand. „Interessant“, stieß Michigan schließlich hervor.

„Kann man so sagen." Sean schüttelte den Kopf. Vielleicht war er zu oberflächlich und konnte deswegen den höheren Sinn des Ganzen nicht verstehen. Aber zweihundert nackte Menschen auf einem Foto, die wie eine Herde geschorener Schafe aussahen, vermittelten für sein Empfinden keinerlei Botschaft, sondern lösten allenfalls peinliche Verlegenheit aus. „Aber kommerziell ist das eine höchst erfolgreiche Angelegenheit, also weiß der Künstler sehr genau, was er da macht. Und die Galerie ebenfalls."

Unter anderen Voraussetzungen hätte er das hier womöglich als amüsant empfunden. Es gab für ihn nichts Besseres als eine schräge Idee, der es gelang, sich auf dem Markt durchzusetzen. Und er hatte durchaus nichts gegen Nacktheit einzuwenden, obwohl er es bevorzugte, in diesem Zustand mit einer Frau allein zu sein, anstatt mit Dutzenden Frauen und Männern für einen Fotografen zu posieren. Heute jedoch stand ihm der Sinn weder danach noch nach etwas anderem, denn die Papiere, die ihm an diesem Morgen völlig überraschend zugestellt worden waren, hatten ihn aus seiner täglichen Routine gerissen und ihn geradewegs ein Jahrzehnt in die Vergangenheit katapultiert.

In eine Vergangenheit, in der es Kristine in seinem Leben gegeben hatte.

„Wie viele Leute kommen zu dieser Veranstaltung?", erkundigte sich Michigan.

„Zweihundert." Sean schaute sich in der eleganten und teuren Galerie um. Dabei fielen ihm die verschiedenen Ausgänge auf. Einer führte vermutlich in einen Lagerraum, zwei andere stellten eine direkte Verbindung nach außen dar. Die Front der Galerie bestand komplett aus Glas, was aus Sicherheitserwägungen ein Problem darstellte. Dennoch glaubte er nicht, dass Maddock Security irgendwelche Bedenken haben musste, was den Tag anging, an dem Ian Bainbridges Ausstellung eröffnet werden und eine Spendensammlung für gute Zwecke stattfinden sollte.

Eigentlich hätte er gar nicht herkommen müssen, da sein Team sich bereits umfassend mit dem Veranstaltungsort und der Party am kommenden Freitag befasst und einen Plan ausgearbeitet hatte. Aber er konnte es sich nicht verkneifen, persönlich zu erscheinen, nachdem ihm der Name der Eventkoordinatorin aufgefallen war, die für Bainbridge arbeitete. Kristine. Seine Exfrau, die genau genommen gar nicht seine Exfrau war, hatte doch keiner von ihnen in den zehn Jahren nach dem Ende ihrer spontanen und sehr kurzlebigen Ehe die Scheidung eingereicht. Nach einem üblen Streit waren sie getrennte Wege gegangen, weil sie beide Starrköpfe gewesen waren, die ihre Teenagerzeit gerade erst hinter sich gelassen hatten. Soweit er wusste, war Kristine einem Impuls folgend Richtung Westen gezogen und hatte seit der Trennung in Vegas gelebt. Das war typisch für Kristine – erst handeln, dann denken.

Diese Eigenschaft war aber auch einer der Gründe gewesen, wieso er sich damals in sie verliebt hatte, denn sie war das genaue Gegenteil von ihm gewesen. Er war ein Selfmade-Millionär, der methodisch und pragmatisch vorging und dem man deshalb schon ein paarmal vorgeworfen hatte, kaltherzig zu sein. Natürlich hatte er zu der Zeit, als sie beide noch ein Paar gewesen waren, keine Millionen besessen; er war pleite gewesen und hatte nichts weiter gehabt als eine Vision und seine Entschlossenheit, diese Vision zu verwirklichen. Früher war er nicht so zynisch und distanziert gewesen, und vor allem hatte er nichts Kaltherziges an sich gehabt, wenn es um Kristine gegangen war. Sie hatte ihn vor Leidenschaft glühen lassen und bei ihm die intensivsten Gefühle geweckt, die er je empfunden hatte.

Er war kein Mann, der sich schnell verliebte. Und er konnte von sich behaupten, seitdem nie in eine andere Frau verliebt gewesen zu sein, weshalb er sich auch nie die Mühe gemacht hatte, Kristine aufzuspüren, um ihr die Scheidungspapiere zustellen zu lassen. Dass sie beide zumindest auf dem Papier immer noch ein Paar waren, störte ihn nicht. In den Jahren nach ihrer Trennung hatte er sich nie ernsthaft genug für eine andere Frau interessiert, um etwas an dem bestehenden Zustand zu ändern. Womöglich lag es auch daran, dass ihm mit gerade mal einundzwanzig Jahren das Herz herausgerissen und zu Brei zertreten worden war und dass er das nicht noch einmal durchmachen wollte.

Und natürlich war da noch die Tatsache, dass Sean tief in seinem Inneren immer davon ausgegangen war, dass Kristine irgendwann zu ihm zurückkehrte und sie wieder ein Paar sein würden. Schließlich hatte keiner von ihnen wirklich etwas verkehrt gemacht. Es war nichts weiter als ein Streit gewesen, der auf unerklärliche Weise völlig aus dem Ruder gelaufen war. Er war sich sicher gewesen, dass ihre Beziehung deswegen nicht beendet war.

Und doch waren seitdem zehn Jahre vergangen, immer ein Tag nach dem anderen, während er sein Geschäft auf- und ausgebaut und sich dabei eingeredet hatte, nicht einsam zu sein. Was Kristine in diesen Jahren gemacht hatte, wusste er nicht.

Ihm war auch nicht bekannt gewesen, dass sie sich wieder in der Stadt aufhielt. Umso verblüffter hatte er reagiert, als ihm vor drei Stunden in seinem Büro die Scheidungspapiere überreicht worden waren. Normalerweise ließ er die Vergangenheit ruhen und dachte nicht oft an Kristine, daher hatte es ihn völlig aus dem Konzept gebracht, auf diese Weise von ihr zu hören. Es wunderte ihn, dass sie so kaltherzig war, ihm die Papiere einfach zustellen zu lassen, ohne ihn wenigstens vorher anzurufen. So viel Zeit war seit ihrer Trennung vergangen, da konnte sie doch nicht ernsthaft glauben, dass er ihr immer noch die Art und Weise nachtrug, wie ihre Beziehung geendet hatte. Sie waren damals beide fast noch Kinder gewesen. Aber vielleicht hing es ja damit zusammen, dass das alles schon so lange her war. Möglicherweise war es ihr einfach nicht mehr wichtig genug, ihn vorzuwarnen, dass sie die Scheidung einreichen würde – was sie beide eigentlich bereits vor Jahren hätten hinter sich bringen sollen.

Vielleicht war die Scheidung nur ein Punkt unter vielen auf einer langen Liste der Dinge, die sie irgendwann mal erledigen musste, und sie war bislang einfach nie dazu gekommen. Und jetzt endlich konnte sie diese Position von der Liste streichen.

Während er mit Michigan im Büro gesessen und den Papierkram erledigt hatte, waren seine Gedanken um diese Dinge und um die Tatsache gekreist, dass ihre Adresse in Minneapolis nicht weit von seinem eigenen Apartment entfernt war, bis ihm auf einmal ihr Name unter dem Vertrag für diese Veranstaltung aufgefallen war.

Diese Ansammlung von Informationen hatte so viel Interesse an Kristine geweckt wie seit Jahren nicht mehr. Anstatt lange hin und her zu überlegen, hatte er entschieden, dass er sich mit ihr treffen wollte … nein, treffen *musste*.

Und jetzt stand er hier und war nervös, ohne so recht den Grund dafür zu verstehen. Seine Krawatte schien ihm den Hals zuzuschnüren. Die Hand hatte er in die Jackentasche gesteckt, damit niemand sah, wie er ungeduldig mit dem Daumen gegen seinen Oberschenkel tippte. Er mochte keine Situationen, in denen er nicht Herr der Lage war. Wenn er nicht die Kontrolle hatte, riss er sie an sich, indem er sein Gegenüber aus der Fassung brachte. So hatte er es als Geschäftsmann zu etwas gebracht, und so würde er es auch hier machen. Ringsum waren die Caterer damit beschäftigt, schneeweiße Leinendecken auf die Tische zu legen und Champagnergläser kopfüber zu platzieren.

Er war fest entschlossen, Kristine nicht zu zeigen, wie nervös er war. Es war das, was man als Geschäftsmann tat: Man behielt seine Gefühle für sich und gab sich charmant und locker, so als sei es einem ganz egal, wie ein Geschäftsabschluss ausging.

Dabei war er sich gar nicht im Klaren darüber, warum es ihm so wichtig war, wie diese Begegnung ausging. Doch bevor er die Scheidungspapiere unterschrieb, wollte er Kristine noch einmal in die Augen blicken, um die Frau zu sehen, zu der sie geworden war. Vielleicht war er bloß sentimental, vielleicht auch masochistisch veranlagt. Auf jeden Fall aber war er neugierig.

Michigan hielt sein Smartphone in der Hand und suchte etwas. „Ich werde die Leute da fragen, wo die Eventkoordinatorin ist, damit Sie mit ihr reden können. Wie hieß sie noch gleich?“

Sean gab keine Antwort, weil sich in diesem Moment die Tür zum hinteren Raum öffnete und Kristine zum Vorschein kam. In der Hand hielt sie ein Schild, das fast so groß war wie sie selbst und ihm den Blick auf ihren wunderschönen, wohlgeformten Körper verwehrte. Aber er konnte ihr Gesicht sehen. Es war wie ein Schlag in die Magengrube, als er bemerkte, wie sie einer Mitarbeiterin ein hektisches Lächeln schenkte. Das feuerrote Haar hatte sie hochgesteckt. Einige lose Strähnen umspielten ihren Nacken, als sie sich umdrehte und auf einen der Tische deutete.

Sie wirkte reifer, eleganter, die Konturen ihres Gesichts waren schärfer gezeichnet. Der eng anliegende Rock betonte ihre schmale Taille. Er wollte es kaum glauben, aber sie war heute noch viel schöner als mit neunzehn.

Es wunderte ihn gar nicht, dass er neben seiner totalen Verwirrtheit augenblicklich auch von heftigem Verlangen nach ihr heimgesucht wurde. Es schnürte ihm die Kehle zu, sein Schwanz wurde hart. Selbst auf diese Entfernung reagierte sein Körper sofort auf sie, und er musste an all die Nächte denken, in denen sie eng aneinandergeschmiegt in ihrem schäbigen Apartment im Bett gelegen hatten. Damals hatte ihr strahlendes Lächeln genügt, um ihn für eine Weile jedes Dilemma vergessen zu lassen, mit dem er den Tag über konfrontiert worden war. Kristine war nicht spindeldürr, sondern besaß atemberaubende Kurven, deren Anblick er jetzt so richtig genießen konnte, als sie sich kurz zur Seite drehte. Wie es schien, hatte sie auch gelernt, wie sich diese Kurven mit einem engen, knielangen Rock und einem Sweater mit Blumenmuster ins rechte Licht rücken ließen. Die Aussicht auf ihre Hüften, ihre Brüste und ihren Po ließ ihm das Wasser im Mund zusammenlaufen.

Sie war eine verdammt gut aussehende Frau gewesen, als er sie geheiratet hatte, aber inzwischen war aus ihr eine absolute Traumfrau geworden. Sean kribbelte es in den Fingern, so sehr wollte er sie berühren. Und zwar überall.

„Sie heißt Kristine Zimmerman Maddock", antwortete er schließlich. „Sie ist meine Frau."

„Wie bitte?", fragte Michigan verdutzt. „Sie sind ... verheiratet?"

*Ja und nein.*

Sean sprach die Worte jedoch nicht laut aus, denn in dieser Sekunde sah Kristine in seine Richtung und entdeckte ihn. Obwohl sie fünf oder sechs Meter von ihm entfernt stand, konnte er das leichte Zusammenzucken deutlich ausmachen, das dazu führte, dass sie beinahe das Schild losgelassen hätte. Ein Kellner wollte zu ihr eilen und ihr helfen, aber sie winkte ab, ohne dabei den Blick von Sean abzuwenden.

Er lächelte und zog die Brauen hoch, während er ihr zunickte. „Michigan, Sie können zurück ins Büro fahren. Ich werde hier etwas länger brauchen."

„Sie wollen, dass ich gehe?" Michigan klang nervös.

Sean musste nicht hinsehen, er wusste auch so, dass der junge Mann jetzt seine Brille hochschob. Es war ein Tick, der immer dann auftrat, wenn er keine Ahnung hatte, was er tun sollte. Normalerweise verhielt Sean sich ihm gegenüber stets geduldig, weil er der Ansicht war, dass Michigan großes Potenzial besaß und es in der Geschäftswelt weit bringen würde. In diesem Moment war ihm das allerdings egal. Er konnte nur an

Kristine denken, die seit zehn Jahren zum ersten Mal wieder vor ihm stand.

Ohne auf die Frage zu reagieren, ging er auf Kristine zu.

Sie schaute hastig nach links und rechts, als suche sie nach einem Fluchtweg. Ihre Wangen waren leicht gerötet. Für den Bruchteil einer Sekunde lenkte ihn das Schild in ihrer Hand ab, das mit dem Foto einer Gruppe nackter Leute in einer Baumkrone für die Ausstellung warb. Die Frau, die den Baumstamm umarmte, schien sich dabei gar nicht wohlzufühlen. Sean verdrängte den Gedanken. Er lief weiter auf die Frau zu, die er früher mal geliebt hatte, und blieb erst stehen, als er dicht vor ihr stand.

„Hallo, Kristine.“

## 2. *KAPITEL*

Diese Stimme.

Kristine spürte, wie ihr ein Schauer über den Rücken lief. Die Stimme war noch immer so, wie sie sie in Erinnerung hatte: sanft, selbstbewusst und verdammt sexy. Es war die Stimme, die sie gut ein Jahr lang Nacht für Nacht in ihren Träumen gehört hatte, nachdem sie so dumm gewesen war, nach diesem schrecklichen Streit mit ihm Hals über Kopf davonzulaufen. Solche spontanen Aktionen waren schon immer ihr Markenzeichen gewesen.

Sie konnte es nicht glauben, dass Sean vor ihr stand. Wobei er viel weniger Abstand hielt, als es für ein angemessenes Auftreten erforderlich gewesen wäre.

Ihr Herz raste, die Handflächen waren schweißnass, sodass ihr das mit Plexiglas geschützte Hinweisschild aus den Fingern rutschen wollte. Ihre Wangen glühten, ihre Nippel waren steif geworden. Und es hatte ihr die Sprache verschlagen, was ihr sehr selten passierte. Eigentlich nur einmal alle zehn Jahre, wenn gerade Vollmond war. Oder beim Staffelfinale vom *Bachelor*.

O Gott, jetzt sag schon was, mahnte sie sich selbst im Stillen. *Sag einfach irgendwas, du Vollidiotin!*

„Sean", stieß sie dann hervor. Es wirkte jedoch weder selbstbewusst noch irgendwie professionell. Es war hingehaucht, es klang sexy. Es klang, als wollte sie ihn auffordern, sich mit ihr ins hohe Gras sinken zu lassen und dafür zu sorgen, dass sie nicht mehr wusste, wie sie hieß.

Seine Nasenflügel bebten, seine Augen verfinsterten sich.

Ihre Arme zitterten, was sie darauf zurückführte, dass das Schild so schwer war. In Wahrheit lag es aber nur an Sean.

Er sah noch genauso toll aus, wie sie es in Erinnerung hatte, aber natürlich war er älter und machte einen ernsteren Eindruck. Sein Kinn schien noch markanter als damals, und seine wilde Mähne war einer Kurzhaarfrisur gewichen. Die Arme waren muskulöser, die Schultern breiter und sehr eindrucksvoll. Als sie noch ein Paar gewesen waren, hatte er Jeans, T-Shirts mit Slogans und Converse-Sneakers getragen. Jetzt dagegen war er in einen schwarzen Designeranzug gekleidet, dazu trug er ein blaues Nadelstreifenhemd und eine dunkelblaue Krawatte. Es wunderte sie nicht, dass er sich nicht für eine rote Krawatte entschieden hatte, da er die wahrscheinlich für ein Klischee gehalten hätte. Blau stand ihm ohnehin viel besser, weil es den Kontrast zwischen seinen blassblauen Augen und den dunklen Haaren viel stärker betonte.

Sein Blick war so eindringlich, dass sie ihm nicht standhalten konnte und zur Seite schauen musste. Sie fühlte sich viel zu verwundbar und viel zu verwirrt. Dabei war so viel Zeit verstrichen, dass sie nicht erwartet hatte, emotional so heftig auf ihn zu reagieren – auch wenn sie einmal unglaublich in ihn verliebt gewesen war. Vielleicht lag es ja bloß an seinem überraschenden Auftauchen in der Galerie, dass sie so überrumpelt war.

Was hatte er überhaupt hier zu suchen? Diese Veranstaltung war nichts weiter als ein Tropfen in diesem Meer aus Geschäftsbereichen, in denen er tätig war. Als sie vor zwei Wochen von der Galerie als Eventkoordinatorin eingestellt worden war, hatte ihre Vorgängerin den Großteil der Vorbereitungen für den Bainbridge-Termin längst erledigt und auch einen Wachdienst bestellt. Schließlich waren die Arbeiten des Fotografen dafür bekannt, dass sie immer wieder Demonstranten auf den Plan riefen. Wegen ihrer gemeinsamen Vergangenheit war sie sich fast wie ein Voyeur vorgekommen, als sie in den Unterlagen auf den Namen Maddock Security gestoßen war. Aber selbst als sie eine Ergänzung zum ursprünglichen Vertrag hatte gegenzeichnen müssen, war sie nicht davon ausgegangen, dass Sean jemals auf die Tatsache aufmerksam werden würde, dass sie bei den Planungen für die Party mit dabei war.

Das war ganz offensichtlich ein großer Irrtum gewesen.

Der Wunsch, das Schild auf den Boden zu werfen und zurück in den Lagerraum zu rennen, wurde beinahe übermächtig, und das konnte Sean ihr offenbar auch ansehen.

„Musst du irgendwo hin?", fragte er mit einem charmanten Lächeln und machte noch einen Schritt auf sie zu.

Instinktiv wich Kristina vor ihm zurück und geriet fast in Panik bei dem Gedanken, er könnte ihr nahe genug kommen, um sie anzufassen. Nahe genug, dass sie sein männliches Aroma riechen konnte.

„Ich habe noch zu tun. Da hinten."

„Nach zehn Jahren ist das aber keine besonders freundliche Begrüßung, Kristine. Du könntest wenigstens Hallo sagen."

Himmel, warum war sie so panisch? Verdammt, sie war eine erwachsene Frau, und Sean würde sie ganz sicher nicht beißen. Hoffte sie jedenfalls. Aber es war schon immer ihre erste Reaktion gewesen, die Flucht zu ergreifen, wenn ihr eine Situation nicht behagte. Es war ihre persönliche Note, eine Eigenschaft, die sie von ihrem Vater und ihrem Großvater geerbt hatte. Das

Motto der Zimmermans lautete anscheinend: „Wenn dir was nicht gefällt, nimm die Beine in die Hand und mach, dass du wegkommst." Raus aus dem Zimmer, raus aus der Stadt und dem Bundesstaat, und am besten gleich raus aus dem Land.

Es war eine Reaktion, gegen die sie schon seit einer Weile anzukämpfen versuchte, also schluckte sie angestrengt und riss sich zusammen. Der Schock, Sean vor sich zu haben, ebbte allmählich ab und wich peinlicher Verlegenheit. Gleichzeitig meldete sich aus dem Nichts kommend tief in ihr ein intensives Ziehen, das sie auf keinen Fall zur Kenntnis nehmen würde. „Hallo, Sean. Wie geht's?"

Wieder rutschte ihr das Schild fast aus der Hand, woraufhin Sean es ihr abnahm. Zwar wollte sie ihn noch davon abhalten, doch er griff zu energisch danach. Dann hielt er das Schild hoch und musterte es. Als er die Brauen hochzog, wusste sie genau, was er sah – ein Dutzend Menschen, die mit Ruß überzogen in einem Baum saßen. Und die alle nackt waren. Sie selbst hielt Bainbridges Arbeit für faszinierend. Aber ihr war auch klar, dass Sean das Ganze für bizarr halten würde, teilte er doch die Welt in Schwarz und Weiß ein.

Sean kommentierte das Foto jedoch nicht, sondern lehnte das Schild gegen die Wand und wandte sich danach wieder ihr zu. „Mir geht es gut. Und du siehst gut aus, Kristy." Er streckte die Hand aus und strich ihr eine Haarsträhne hinters Ohr.

Unter seinem aufmerksamen Blick hatte sie das Gefühl, zu verglühen, und seine so harmlose Berührung genügte, um ihr eine Gänsehaut zu bereiten. Auf diese Weise hatte er sie vor zehn Jahren zuletzt berührt. Es war eine ganz natürliche Geste gewesen, so als hätte er jedes Recht dazu. Und es war außerdem eine unerwartet zärtliche Geste gewesen, die nun bei ihr eine Flut von Empfindungen auslöste: Erstaunen, Behagen, Melancholie und sogar Erregung. Es war, als hätte sich ihr Körper trotz der langen Pause sofort daran erinnert, wie er reagieren sollte.

„Danke, ich fühle mich auch gut“, brachte sie irgendwie über die Lippen. „Du siehst auch gut aus. Und, was führt dich in die Galerie?“

Er antwortete zunächst nicht, sondern legte erst einmal die Hände auf ihre Schultern. „Schön, dich zu sehen.“

Plötzlich beugte er sich vor und küsste sie auf die Wange. O Gott, er küsste sie! Er war so nah, es war so vertraut und ... und zugleich auch nicht. Sie breitete die Arme aus und wollte ihn gerade im Gegenzug umarmen, da war er auf einmal schon wieder weg. Sein warmherziger Gesichtsausdruck wich abrupt einer neutralen Miene.

„Tim leitet die Wachmannschaft“, sagte er. „Er kommt am Freitag um sieben her, um meinen Leuten ihre Positionen zuzuweisen. Du hast hier ziemlich viele Zugänge, die mir Sorgen bereiten. Ich schlage vor, dass du für den Rest der Woche die Eingangstür immer abschließt, wenn du hier allein arbeitest. Am Freitag öffnest du erst, wenn du bereit bist, die ersten Gäste reinzulassen.“

Ein- oder zweimal blinzelte Kristine ihn erstaunt an, während sie daran arbeitete, den jähen Wechsel von der privaten zur geschäftlichen Unterhaltung zu begreifen. Nicht, dass er sich mit ihr über irgendetwas Privates unterhalten hatte, aber er hatte sie schließlich auf eine intime Art und Weise angesehen. Zuerst war sie enttäuscht, dann ärgerte sie sich über sich selbst, während sie seinen Ratschlag mit einem Nicken erwiderte. „Ja, klar."

Wen interessierten denn Sicherheitsüberlegungen?

Sie jedenfalls nicht. Zumindest nicht in diesem Augenblick. Dabei hatte es sie mehr zu interessieren als alles andere. Das hier war für die Galerie ein superwichtiges Ereignis; wenn sie Mist baute, würde man sie feuern, und sie würde mittellos auf der Straße landen. Allerdings war ihr das im Moment völlig egal, denn ihre Gedanken kreisten nur um die Tatsache, dass Seans Kinngrübchen verschwunden war. War so etwas möglich? Konnte ein Grübchen einfach so verschwinden?

Nach zehn Jahren hätte der Small Talk eigentlich aus mehr bestehen dürfen als aus der obligatorischen Frage nach ihrer gesundheitlichen Verfassung und einem vagen Kompliment, anstatt gleich darauf zum geschäftlichen Teil überzugehen.

„Werden die Leute vom Catering morgen auch wieder herkommen?"

Anscheinend sah er das grundlegend anders als sie.

*Konzentrier dich. Auf die Arbeit, aber nicht darauf, dass Sean verdammt sexy ist.* Das konnte sie hinkriegen. Nach vorn zu schauen, lag genau auf ihrer Linie – und offenbar auch auf seiner. Er schien keinerlei Interesse daran zu haben, ein paar schöne Erinnerungen wiederaufleben zu lassen.

„Nein", erwiderte sie. „Die haben heute nur die Vorbereitungen getroffen. Mit dem Essen werden sie am Freitag gegen sechs Uhr hier eintreffen." Sie bemühte sich um einen oberflächlichen, lässigen Tonfall, während sie ihn verstohlen genauer betrachtete. Es war schon eigenartig, den Mann zu sehen, zu dem er sich entwickelt hatte, und zugleich daran zu denken, dass sie beide einmal auf das Intimste miteinander verbunden gewesen waren, körperlich und emotional. Es kam ihr irgendwie unwirklich vor, ihm nach dieser langen Zeit auf einmal wieder gegenüberzustehen. Sie war erst vor drei Wochen nach Minnesota zurückgekehrt und hatte seitdem überlegt, wie sie mit Sean am besten Kontakt aufnehmen sollte. Auch wenn zehn Jahre verstrichen waren: Sie wollte trotzdem so höflich sein und ihn wegen der Scheidungspapiere anrufen, damit er wusste, dass die auf dem Weg zu ihm waren. Doch dann hatte sie sich nicht entscheiden können, ob sie es ihm in einem sachlichen Tonfall oder eher auf die witzige Tour mitteilen sollte.

Es war ihr nicht mehr notwendig vorgekommen, ihm die Gründe zu nennen, wieso sie sich auf einmal von ihm scheiden lassen wollte. Er musste nicht wissen, dass sie zu der Erkenntnis gelangt war, ihn loslassen zu müssen, wenn sie reifer und so erfolgreich wie möglich werden wollte. Dass sie diese Illusion von Sicherheit hinter sich lassen musste, die er für sie dargestellt hatte und auch jetzt noch darstellte. Stattdessen hatte sie sich diverse Sätze zurechtgelegt, die Floskeln wie „nach vorn schauen“ oder „dir die Freiheit geben, die du verdient hast“ oder auch „ein längst überfälliger Schritt“ enthielten.

Bei all ihren in Erwägung gezogenen und wieder verworfenen Überlegungen zur Herangehensweise an diesen Moment war ihr nie die Möglichkeit in den Sinn gekommen, mit ihm in einer Kunstgalerie zu stehen und dabei von Fotografien umgeben zu sein, die Massen von nackten Menschen zeigten, während sie beide darüber sprachen, ab wann der Caterer

Zutritt zu den Räumlichkeiten erhalten sollte. Das alles war so unwirklich, dass sie sich nicht hundertprozentig sicher war, ob sie nicht vielleicht bloß träumte. Sie sah nach unten, um sich zu vergewissern, dass sie nicht in Unterwäsche vor ihm stand.

Der Gedanke an Unterwäsche erinnerte sie urplötzlich und völlig unpassend daran, wie heiß es zwischen ihnen zugegangen war, als sie noch ein Paar gewesen waren. Sean hatte sich als exzellenter Lover entpuppt, und das mit gerade mal einundzwanzig! Unwillkürlich malte sie sich aus, wie er seine Fähigkeiten im Bett im Lauf der Jahre weiterentwickelt und perfektioniert haben mochte, und bekam prompt wieder eine Gänsehaut.

Es war nicht gut, über so etwas nachzugrübeln, wenn sie doch eigentlich nach vorn schauen wollte.

Die Scheidungspapiere würden ihm am nächsten Tag zugestellt werden, womit sein Besuch in der Galerie nun die ideale Gelegenheit bot, auf das Thema zu sprechen zu kommen. Im Grunde sollte sie froh darüber sein, dass er ihr hier über den Weg gelaufen war. Jetzt musste sie ihn nicht anrufen, sondern konnte von Angesicht zu Angesicht mit ihm darüber reden. Das war so auch viel besser, denn schließlich heiratete man nicht jemanden und ließ sich dann von ihm scheiden, ohne ihm dabei in die Augen zu sehen – ganz gleich, wie viel Zeit seit der letzten Begegnung vergangen war. Sobald sie das Geschäftliche erledigt hatten, würde sie ihn bitten, mit ihr irgendwo einen Kaffee zu trinken, damit sie sich mit ihm unterhalten konnte.

Das war der einzig richtige Weg, den sie gehen konnte. Immerhin würde sie damit außerdem ihre neue Entschlossenheit zum Ausdruck bringen: Von jetzt an stellte sie sich unangenehmen Entscheidungen, anstatt wegzulaufen und sich irgendwo zu verkriechen.

Sean ließ seinen Blick durch die Galerie schweifen und schob anschließend eine Hand in die Hosentasche, was ihn Gelassenheit und Selbstbewusstsein ausstrahlen ließ.

„Hast du eine Liste der Angestellten, die der Caterer herschickt?", wollte er wissen.

„Nein."

„Solltest du aber haben."

Wahrscheinlich war das ein guter Ratschlag, aber auf diese Idee war sie gar nicht gekommen. Sie hatte viel zu viel mit den Tausenden von Kleinigkeiten zu tun, die bei der Planung einer Party von diesen Ausmaßen zu berücksichtigen waren. Das Thema Sicherheit war für sie bislang etwas gewesen, das in die Zuständigkeit des Wachdienstes fiel. Ihr Verstand arbeitete nicht auf diese Weise. Ehrlich gesagt war sie sich ja nicht mal sicher, wie ihr Verstand überhaupt arbeitete. Das war eines ihrer Probleme: Sie war als flatterhaftes Kind von einer flatterhaften Mutter großgezogen worden – und herausgekommen war eine flatterhafte Erwachsene.

Dabei war es nicht so, dass sie flatterhaft sein wollte; sie war nur einfach nicht besonders gut organisiert. Sie sagte sich, dass ihre wahre Begabung darin bestand, kreativ zu sein und andere Menschen glücklich zu machen. Von klein auf hatte sie von den Menschen um sie herum immer wieder gehört, dass sie ein wahrer Sonnenschein war und dass sie jedem ein Lächeln auf die Lippen zaubern konnte.

„Okay“, meinte sie, als ihr auffiel, dass sie viel zu lange schweigend dagestanden hatte und seine entspannte Pose mit einem Mal ein wenig verkrampft wirkte.

Sean lächelte sie an, doch in ihm schien etwas zu schwelen. Ob es Wut oder Verlangen war, konnte sie nicht mit Sicherheit entscheiden. Allerdings konnte sie sich nicht vorstellen, dass er nach so langer Zeit noch wütend auf sie war. Vielleicht war das auch bloß die Miene, die er bei Geschäftsverhandlungen aufsetzte. Sie wusste es nicht, weil er ihr ja heute zum ersten Mal als Geschäftsmann gegenüberstand.

Was immer es sein mochte, es brodelte unterhalb der Oberfläche, die er meisterlich unter Kontrolle hatte. Um diese Kontrolle hatte sie ihn früher beneidet, doch in diesem Augenblick wäre es ihr lieber gewesen, ihm würde seine Selbstbeherrschung entgleiten, damit Wut oder Frust oder was auch immer aus ihm herausplatzte und sie wieder offen und ehrlich miteinander umgingen. Andererseits war es womöglich naiv von ihr, zu glauben, dass sie nach so vielen Jahren noch unbefangen miteinander umgehen konnten.

Aber vielleicht verspürte ja auch nur sie dieses Unbehagen, während Sean lediglich seine Arbeit machte und verärgert darüber war, dass sie keine Ahnung hatte, welche Sicherheitsvorkehrungen für das anstehende Event zu treffen waren.

„Meinen Glückwunsch zum Erfolg mit deinem Geschäft“, sagte sie schließlich aufrichtig. Von Zeit zu Zeit hatte sie von Freunden und aus den sozialen Medien etwas darüber erfahren, was er gerade machte. Jedes Mal war sie stolz auf seine Leistungen gewesen. Er war das Musterbeispiel eines Mannes, der buchstäblich mit nichts angefangen hatte und der mit harter

Arbeit so weit aufgestiegen war, dass er mittlerweile ein mehrere Millionen Dollar schweres Unternehmen führte. Dieser Stolz auf seine Leistungen war stets von der Erkenntnis begleitet worden, dass das Ende ihrer Beziehung vermutlich das Beste gewesen war, was ihm hatte widerfahren können. Als Ehefrau eines erfolgreichen Unternehmers wäre sie denkbar ungeeignet gewesen.

„Danke." Sein Gesichtsausdruck war unergründlich. „Und wie bist du Eventkoordinatorin geworden? Wieso bist du überhaupt aus der Stadt der Sünde zurückgekommen?"

„Es ist das Einzige, was ich kann", erklärte sie offen und ehrlich. „Ich kann Partys planen – das ist alles."

„Ach, komm schon. Das ist doch nicht wahr."

„Hey, ich kann verdammt gut Partys planen", protestierte sie lächelnd, weil sie genau wusste, dass er das mit seinem Widerspruch nicht gemeint hatte. Allerdings war sie sich nicht sicher, welche Begabungen er ihr zuschrieb. Sie hielt es nicht für eine sexuelle Anspielung, denn auf dem Gebiet hatte sie zwar großen Enthusiasmus an den Tag gelegt, aber besondere Fertigkeiten oder gar Erfahrungen hatte sie mit neunzehn Jahren nicht vorweisen können.

Sean lachte. „Der war gut. Nein, was ich damit sagen will, ist, dass du bestimmt alles erreichen kannst, was du dir vornimmst. Dein Problem war eigentlich immer, dass du bloß nie genug an dich selbst geglaubt hast."

Es war nicht so leicht, Mr. Geldsack klarzumachen, dass er praktisch alles in Gold verwandelte, was er in Angriff nahm, während sie nie in der Lage gewesen war, sich lange genug auf eine einzelne Sache zu konzentrieren. Doch sie wollte kein Mitleid erheischen. Es war so, wie es war, und sie versuchte sich zu ändern, sich endlich einmal so lange einer Aufgabe zu widmen, dass etwas Vernünftiges dabei herauskam.

Was sie gar nicht gebrauchen konnte, war seine Analyse ihrer Psyche.

„Ich glaube, ich kann von mir behaupten, dass ich zum Glück nicht mehr so unsicher bin wie mit neunzehn, als wir zusammen waren.“ Zwar hasste sie noch immer ihren Hintern, weil ihr der zu wabbelig erschien, doch davon abgesehen hatte sie sich inzwischen daran gewöhnt, wer sie war, auch wenn sie noch so viele Fehler haben mochte. Andererseits war sie freundlich, großzügig und immer zum Lachen aufgelegt.

Sean entgegnete nichts, sondern sah sie nur an, weil es das war, was er für gewöhnlich tat. Sean wartete. Er unterwarf andere Leute seinem Willen. Er gab die Befehle. Er setzte Charme und Selbstvertrauen ein, um genau das zu bekommen, was er haben wollte – so wie er sie damals hatte haben wollen. Die Frage war nur, was er heute wollte. Seine Miene war so rätselhaft, dass sie sie nicht entschlüsseln konnte.

Da sie nicht länger das Schild vor sich halten konnte, fühlte sie sich gehemmt und rieb sich nervös die Hände. Zu ihrem schwarzen Bleistiftrock trug sie einen lila Sweater mit Blumenmuster und einem ziemlich tiefen Ausschnitt. Seans Augen folgten jeder Bewegung ihrer Finger.

Dann hielt sie das Schweigen nicht länger aus und begann drauflos zureden: „Du hast völlig recht. Ich werde mir die Namen der Leute geben lassen, die uns der Caterer schicken wird. Ich schätze, ich hätte daran von vornherein denken sollen. Aber das ist nicht mein erstes Rodeo, wenn man so will.“

„So habe ich dich nicht in Erinnerung“, sagte er.

„Wie?“ Kristine war verwirrt. Bezog er sich auf die Rodeo-Bemerkung? „Wie hast du mich nicht in Erinnerung?“

„So unsicher.“ Er schüttelte den Kopf, um seine Worte zu unterstreichen. „Du wusstest immer, wer du bist. Das habe ich so an dir bewundert. Unsicher zu sein ist jedoch etwas ganz anderes, als an sich selbst zu zweifeln.“

Bei seinen Worten wurde ihr überraschend warm ums Herz. „Danke, aber lass es nicht so klingen, als wäre ich damals schon so reif gewesen.“ Sie hielt kurz inne, dann gab sie sich einen Ruck. „Hör mal, Sean. Bevor du wieder gehst, möchte ich mit dir noch über eine Sache reden …“

Weiter kam sie nicht, da er sie mit einem lässigen Lächeln auf den Lippen unterbrach: „Zeig mir das Hinterzimmer. Ich will mich nur vergewissern, dass es am Freitag keine unerfreulichen Überraschungen gibt.“

Hmm. Wollte er das hier wirklich streng geschäftlich halten? Eben war er doch selbst auf frühere Zeiten zu sprechen gekommen. Allerdings war das mehr beiläufig gewesen. „Ja, natürlich“, erwiderte sie und zwang sich dazu, locker und lässig zu klingen. Schließlich ging sie los, er folgte ihr. Auf dem Weg zum Lagerraum blieb sie kurz stehen und wandte sich an die Catering-Chefin: „Allison, ich benötige eine Liste der Kellner, die bei der Eröffnung anwesend sein werden. Und wann werden Sie mit den vorbereitenden Arbeiten fertig sein?“

Allison nickte und lächelte sie an. „Klar, das ist kein Problem. Wir brauchen hier noch zehn Minuten.“

„Gut, dann gehen Sie bitte durch den Hinterausgang raus. Wenn es noch irgendwelche Änderungen gibt, werde ich Sie morgen anrufen. Danke für alles." So, das klang doch professionell. Als wüsste sie ganz genau, was sie da tat. Was ja zumindest theoretisch zutraf.

Im Lagerraum angekommen, drehte sie sich zu Sean um und gestikulierte mit beiden Händen. „Das ist alles, und es gibt nur diesen einen Zugang."

Er ließ seinen unergründlichen Blick durch den Raum schweifen. Einige Kunstwerke von der vorangegangenen Ausstellung standen in Tücher eingehüllt da, es gab einen Schreibtisch für einen Mitarbeiter sowie eine kleine Pausenecke mit Minikühlschrank. Eine Toilette für das Personal war vorhanden, in den Metallregalen lag Material, das benötigt wurde, um Bilder aufzuhängen und zu beleuchten, außerdem standen dort ein paar angebrochene Farbdosen. Die Galerie beschäftigte nur wenig Personal, und es war Kristines Aufgabe, sich um all die Dinge zu kümmern, die in regelmäßigen Abständen anfielen, darunter auch Materialbestellungen und der Versand von Pressemitteilungen.

„Was ist dahinter?", fragte er und zeigte auf eine Tür.

„Das ist ein Wandschrank."

Er ging auf die Tür zu.

„Muss das wirklich sein?", meinte sie. „Die Galerie organisiert schon seit Jahren jeden Monat solche Veranstaltungen, ohne dass jemals irgendwas vorgefallen ist."

„Es gibt eine Organisation von Moralwächtern, die damit gedroht hat, Bainbridges Party zu stören. Dieser Verein ist dafür bekannt, jedes Kunstwerk zu verschandeln, das seine Mitglieder als beleidigend empfinden, und sogar den Künstler selbst zu attackieren. Darüber hinaus ist aktenkundig, dass Bainbridge eine Stalkerin hat. Das hier ist mein Job, Kristine. Solange mein Team hier ist, wird nichts geschehen. Dafür garantiere ich.“

Der Haken an der Sache war, dass ihre eigene Mutter hinter der Organisation von Moralwächtern steckte. Und Kristine war sich ziemlich sicher, dass diese Organisation aus ihrer Mutter und niemandem sonst bestand. Sean wusste nichts davon, und sie würde es ihm bestimmt nicht auf die Nase binden.

Niemand musste das wissen. Schon gar nicht ihr Ex.

Kristine öffnete die Tür zu dem begehbaren Schrank, der als weiterer Abstellraum für Putzmittel und Papierhandtücher diente. Sie betrat den Schrank und drehte sich um. „Das ist …“ Sie brach ab, als Sean plötzlich wenige Zentimeter von ihr entfernt war und sie darüber vergaß, was sie sagen wollte. „Ähm, hallo!“, brachte sie nur heraus und schnappte erschrocken nach Luft.

Er kam noch näher und zwang sie, Schritt für Schritt vor ihm zurückzuweichen, bis sie mit dem Rücken an die gegenüberliegende Wand stieß. Ein Stück weit über ihr war ein Fenster in die Außenmauer des Gebäudes eingelassen.

Kristine lachte, doch was sich eigentlich lässig hätte anhören sollen, klang genauso nervös, wie sie sich fühlte. Ihr war allzu deutlich bewusst, wie nah Sean war, wie nah ihr Mund seinem war. Er lächelte sie listig an, als würde ihre Unruhe ihn amüsieren. Mit einer Hand griff er hinter sich und schloss die Schranktür.

Das war nicht gut. Ein enger Raum, ein früherer Lover … Unter solchen Umständen konnte sie unmöglich weiter ans Geschäft denken – es sei denn, das Wimmern, das eben über ihre Lippen kam, war ein rein geschäftliches Wimmern gewesen. „Sean, wir müssen uns unterhalten, aber das hier ist weder der richtige Zeitpunkt noch der richtige Ort. Lass uns erledigen, was noch zu tun ist, und danach gehen wir einen Kaffee trinken." Irgendwo in der Öffentlichkeit und mit einem Tisch zwischen ihnen beiden.

„Ich will mich nicht unterhalten", sagte er in einem lässigen, sinnlichen Tonfall. Während er sich ihr weiter näherte, sah sie in seinen Augen das Verlangen auflodern.

„Nicht?" O verdammt! Sie kannte diesen Blick nur zu gut. Er wollte sie küssen.

Sean fasste nach einer Strähne, die über ihren Hals strich. Sie erschauerte, während der Wunsch beinahe übermächtig wurde, die Augen zu schließen und sich in seine Arme sinken zu lassen. Er roch anders, als sie es in Erinnerung hatte, doch das Gefühl seiner Nähe war allzu vertraut und sehr verlockend.

Dann zog er an ihrer Haarsträhne, zwar spielerisch, dennoch fester als unbedingt nötig. „Du hast die Haare dunkler gefärbt."

„Da hatte ich gerade eine düstere Phase", flüsterte sie.

„Das gefällt mir. Es gefällt mir viel besser als die Scheidungspapiere, die du mir geschickt hast." Dann wandte er sich um, drehte den Knauf und drückte gegen die Tür. „Hast du das gehört? Das klang so, als wäre die Tür eben verriegelt worden."

Nichts tat sich. Die Tür war zu.

Kristine sah jedoch nur Lichtpunkte vor ihren Augen umhertanzen. „Was für Scheidungspapiere?"

„Was ist denn das?" Er drückte fester gegen die Tür und stemmte sich mit der Schulter dagegen. „Klemmt diese Tür?"

„Nicht dass ich wüsste." Da sie von blankem Entsetzen heimgesucht worden war, hatte sie nichts um sich herum wahrgenommen. Aber wenn sie jetzt in diesem winzigen Raum mit Sean zusammen eingeschlossen war, dann wäre das eine peinliche Situation, die sich nicht mehr steigern ließ. Sie war sich nämlich sicher, dass er gerade gesagt hatte, er habe die Scheidungspapiere von ihr erhalten – dabei hätte das noch gar nicht passieren sollen. Sie hatte doch vorher mit ihm darüber reden wollen. „Welche Scheidungspapiere?"

„Die, die heute Morgen auf meinem Schreibtisch lagen."

Oh. Na ja, eigentlich wunderte sie sich nicht darüber, denn schließlich lief ja nichts jemals so, wie sie es geplant hatte.

Sean rüttelte wieder an der Tür. Er schlug dagegen, er trat dagegen. Nichts. Dann drehte er sich zu ihr um und lächelte sie verführerisch und auch ein wenig verärgert an. „Wir sind eingeschlossen."

Eingeschlossen? Sie zusammen mit Sean?

Kristine hätte schwören können, dass sie plötzlich fühlen konnte, wie aus lauter weiblicher Vorfreude Bewegung in ihre Eileiter kam.

Vielleicht war sie doch nicht so ganz über Sean hinweg, wie sie gedacht hatte.

## *3. KAPITEL*

„Wie kann die Tür abgeschlossen sein?" Kristine schob ihn zur Seite, um selbst nach dem Türknauf zu fassen.

Sean zuckte nur mit den Schultern und fragte sich, wieso er nicht besorgt war. In einer Stunde stand ein Meeting an, und er musste noch zigtausend E-Mails beantworten; dennoch geriet er nicht in Panik. Vielmehr erfreute ihn die Aussicht darauf, etwas Zeit mit Kristine zu verbringen. Zeit, um sich in aller Ruhe der Frau zu widmen, zu der sie herangereift war. Danach würde sich jeder von ihnen wieder ganz seinem eigenen Leben zuwenden. „Die Tür ist zu. Von der anderen Seite ist der Riegel vorgeschoben. Das kann man sogar von hier aus sehen."

„Was? Wie kann so was passieren?" Sie drehte sich zu ihm um, strich mit der Zunge über ihre Lippen und beugte sich nach links.

„Sofern in diesem Haus nicht ein Geist lebt, würde ich annehmen, dass jemand die Tür verriegelt hat."

„Aber warum denn?" Kristine drückte das Gesicht gegen die Tür und versuchte, durch den winzigen Spalt zwischen Tür und Rahmen etwas zu erkennen.

Ihre Bemühungen bewirkten, dass sie ihm unabsichtlich ihren knackigen Hintern entgegenstreckte, über den sich der schwarze Stoff ihres Rocks verführerisch spannte. Sean versuchte vergeblich, sich davon nicht ablenken zu lassen. Schon als sie verheiratet gewesen waren, hatten sie sich gegenseitig mehr als nur hervorragend ergänzt, und an manchem Wochenende hatte es nichts anderes gegeben als äußerst befriedigenden Sex. Daher wunderte es ihn auch nicht, dass er sofort einen

Ständer hatte. Trotzdem gelang es ihm irgendwie, sich auf das aktuelle Problem zu konzentrieren. Sie waren eingeschlossen. Also gut. „Ich gehe davon aus, dass du das als rhetorische Frage gemeint hast. Wie hieß noch gleich diese Frau, die das Catering erledigt?"

„Allison."

„Warum rufst du nicht mal nach ihr? Vielleicht ist sie ja noch da. Sie hat doch gesagt, dass sie noch ungefähr zehn Minuten zu tun hat." Sean schob die Hände in die Hosentaschen, um nicht in Versuchung zu geraten, ihren Po zu begrapschen. Es war so eigenartig, sich zum ersten Mal seit der Trennung wieder mit Kristine in einem Raum zu befinden und ihr dann auch noch so nah zu sein. Sein Körper und sein Verstand wollten einfach da weitermachen, wo sie aufgehört hatten. Dabei war so viel Zeit vergangen, dass für sie beide längst nichts mehr so war wie vor zehn Jahren. Er hatte kein Recht, sie zu berühren.

Er war wütend auf sich selbst. Warum reagierte er bloß so heftig auf Kristine? Keine der Frauen, mit denen er in der Zwischenzeit ausgegangen war, hatte eine auch nur annähernd so intensive Reaktion bei ihm ausgelöst.

Das war völlig unlogisch, und es fiel ihm schwer, es einfach zu akzeptieren. Er wollte Antworten – und ironischerweise war das hier womöglich die perfekte Gelegenheit, um sie zu bekommen. Was hatte Kristine an sich, dass er sich auf einer so tiefen Ebene zu ihr hingezogen fühlte? Wieso war es ihm nie gelungen, sie zu vergessen?

Vielleicht lag es daran, dass das Ende so plötzlich und so unnötig gekommen war.

„Allison! Allison, sind Sie noch da?"

Kristine brüllte so laut nach der Frau, dass Sean unwillkürlich grinsen musste. Diesen Tonfall kannte er von ihr nicht, aber er verriet ihm, dass sie wirklich verzweifelt war.

Aufgebracht stemmte sie die Hände in die Hüften. „Ich habe nicht mal mein Handy dabei."

„In der Galerie ist alles totenstill. Die müssen alle schon gegangen sein."

„Hast du ein Handy dabei?"

Er fasste in seine Jackentasche. „Ja."

„Was frage ich dich überhaupt? Natürlich hast du es dabei", sagte sie. „Als wir noch zusammen waren, hast du dein Telefon ja nur dann nicht griffbereit gehabt, wenn du unter der Dusche gestanden hast. Und damals konnte man mit Handys noch nicht mal ins Internet gehen."

Was sollte denn das heißen? Sean starrte sie irritiert an. „Ich weiß nicht, ob ich hier Empfang habe", erwiderte er, weil er sich über ihre verallgemeinernde Äußerung ärgerte. „Bei dem Beton ringsherum kann man die Antenne wahrscheinlich vergessen."

„Das ist ein Albtraum", erklärte sie, bevor sie das Telefon in seinen Fingern betrachtete. „Weißt du noch, wie ich mal dein Handy verziert habe, um dich zu überraschen? Mein Gott, was warst du sauer auf mich."

O ja, das wusste er noch. Vor allem, weil er nicht mehr genug Zeit gehabt hatte, den gesamten Glitzer zu entfernen, bevor er ins Büro musste. Seinem Chef, bei dem er das Praktikum absolviert hatte, war das ebenfalls nicht entgangen. „Ich glaube, ich erinnere mich an kleine Totenkopfaufkleber, die mit Strass besetzt waren. Und ich kann mich auch noch daran erinnern, wie du mein Namensregister durchsucht hast." Das war der Auslöser für diesen gewaltigen letzten Streit gewesen. Sie hatte ihn grundlos verdächtigt, sie zu betrügen. Diese Unterstellung hatte ihm verdammt wehgetan, und er hatte damals vor Wut ziemlich laut und energisch reagiert.

Kristine lehnte sich gegen die Tür und blies den Atem aus, sodass sich die Haare bewegten, die ihr in die Stirn fielen. „Ja, ich weiß. Aber du wolltest mich nicht einmal in die Nähe deines Handys lassen. Außerdem hattest du plötzlich angefangen, fünfmal pro Woche ins Fitnesscenter zu gehen. Für eine Neunzehnjährige war das nichts weiter als eine logische Schlussfolgerung."

„Ich hab dich nicht an mein Telefon rangelassen, weil ich nicht wollte, dass du es noch mal verschönerst", gab er zurück. „Aber ich kann mir nicht vorstellen, dass du die ganzen alten Geschichten aufwärmen willst. Es ist Zeit, nach vorn zu sehen, nicht wahr?"

Zerknirscht schaute sie ihn an. „Hör zu, Sean, die Papiere sollten dir erst morgen zugestellt werden. Ich wollte dich heute anrufen und dich um ein Treffen bitten, um es dir persönlich zu sagen. Auf keinen Fall war das meine Absicht, dir die Papiere kommentarlos zukommen zu lassen."

Sean musterte sie forschend. Ja, er glaubte ihr. Sie meinte es ernst. Man konnte vieles über Kristine behaupten – dass sie impulsiv war, albern, großzügig, lieb, dass sie Angst davor hatte, bindende Zusagen zu machen. Doch sie war keine Lügnerin, davon war er felsenfest überzeugt. „Du musst dich mir gegenüber nicht rechtfertigen, Kristine. Allerdings muss ich zugeben, dass ich damit nicht gerechnet hatte."

„Es tut mir leid", meinte sie leise. „Das und vieles andere auch noch."

Er hatte geglaubt, dass er von ihr eine Entschuldigung hatte hören wollen. Jetzt ärgerte es ihn jedoch, dass sie diese Worte aussprach. Ihre Trennung war einfach lächerlich gewesen, eine Folge von Unreife auf beiden Seiten. Zwar sehnte er sich nach dem, was ohne den Streit alles hätte sein können, doch damit wollte er sich nicht befassen. Konnte es nicht. Also lächelte er sie stattdessen sarkastisch an. „Du kannst das wiedergutmachen, weißt du? Solange wir hier festsitzen, könnten wir uns irgendwie die Zeit vertreiben."

„Leider habe ich keine Spielkarten dabei", erwiderte sie, obwohl sie ganz genau wusste, worauf er anspielte. Dabei zog sie die Brauen hoch und lächelte ihn an.

„Ich dachte dabei eigentlich an etwas, das uns körperlich mehr fordert. Du weißt schon – um der guten Zeiten willen."

Kristine lachte auf. „Im Ernst? Und ich dachte, wir wären inzwischen so weit, dass wir uns bei einem Kaffee zusammensetzen und uns unterhalten können. Nichts an deinem Vorschlag wäre gut, sofern das kein Witz war. Aber ich bin mir ziemlich sicher, dass du nur einen Scherz machen wolltest."

Eigentlich war es kein Scherz gewesen, aber sie hatte recht. Es wäre ein großer Fehler, sich zu so etwas verleiten zu lassen. Entweder würde es fantastisch werden; dann würde er auch in Zukunft keine Frau finden, die es mit Kristine aufnehmen konnte. Oder es würde eine einzige Peinlichkeit werden, die zur Folge hätte, dass sie sich nie wieder gegenseitig in die Augen sehen konnten. Und das wäre schlecht, denn er hoffte, dass sich eine Freundschaft zwischen ihnen entwickelte.

„Tja, du kennst mich eben. Rund um die Uhr immer nur Scherze und Witze." Dass das absolut nicht auf ihn zutraf, war ihnen beiden klar. Man konnte ihm vieles nachsagen, aber er war ganz sicher nicht witzig. „Ich möchte wetten, ich kann mit meinem Mund Sinnvolleres anstellen, als Witze zu reißen." Das war zwar ziemlich zweideutig, aber es existierten ja keine Richtlinien dazu, welches Verhalten angemessen war, wenn man mit seiner Noch-nicht-Ex in einem begehbaren Schrank eingeschlossen worden war.

Sie sah ihn mit großen Augen an. „Sosehr ich deine geistreichen Bemerkungen auch schätze: Wir sitzen hier fest, und ich flippe allmählich aus, weil ich finde, dass die Luftqualität nicht so toll ist."

Die Luftqualität? Er stellte sich vor, wie er an ihrer Brust knabberte, und sie machte sich Gedanken über abgestandene Luft? Okay, also war mit Rummachen nicht zu rechnen. Es war ohnehin nur ein Versuch gewesen. Und abgesehen davon sollte er erst gar nicht Sex mit ihr haben wollen! Aber er konnte nicht abstreiten, dass er genau das wollte. Er wollte sie gegen die Tür drücken und sie erst schnell und hart nehmen, dann sanft und gemächlich, um sie immer wieder an den Rand des Höhepunkts zu bringen, bis sie ihn vor Lust und Verlangen anflehte.

Aber sie irrte sich, wenn sie glaubte, er wolle mit Sex von einer Unterhaltung über ihre anstehende Scheidung ablenken. Eins hatte mit dem anderen nichts zu tun. Auch wenn ihre Beziehung vor langer Zeit beendet worden war, konnte er sie noch immer körperlich begehren. Tatsache war, dass er allmählich davon überzeugt war, in seinem Leben erst dann endgültig nach vorn schauen zu können, wenn er die sexuelle Erinnerung an sie aus seinem Kopf und seinem Schwanz getilgt hatte.

Wenn er die Vergangenheit jemals hinter sich lassen wollte, um eine vernünftige Beziehung zu einer anderen Frau aufzubauen, musste er Kristine und ihren Körper in genau diese Vergangenheit verbannen.

Ihm wollte nur eine Methode einfallen, um das zu erreichen.

Doch dafür musste er sich zunächst überlegen, wie er das Kristine klarmachen konnte, ohne dass sie abermals die Flucht vor ihm ergriff. Wenn er es hier in diesem Raum versuchte, aus dem es kein Entkommen gab, würde sie vermutlich nach oben auf das Metallregal klettern, um vor ihm Ruhe zu haben. Nein, hier würde nichts passieren. Aber er wollte auf jeden Fall ihre Einladung auf einen Kaffee annehmen, um mit ihm über ihre Scheidung zu reden – und er war fest entschlossen, dieses Treffen im Bett enden zu lassen.

Es sei denn, es gab einen neuen Mann in ihrem Leben. Was erklären würde, wieso sie sich auf einmal von ihm scheiden lassen wollte. Das war ein unerfreulicher Gedanke.

„Keine Panik, du wirst schon nicht ersticken. Das Fenster da oben lässt genug frische Luft rein. Das hier ist keine große Sache. Ich werde meinen Assistenten anrufen, und dann warten wir, bis er herkommt. Und falls dir das zu lange dauert, kann ich dich auch hochheben, und du krabbelst durchs Fenster nach draußen."

„Was? Bist du verrückt?" Kristine sah zum Fenster und schüttelte den Kopf. „Dir dürfte wohl bekannt sein, dass ich nicht gerade zierlich gebaut bin. Mit meinen Hüften würde ich niemals durch dieses Fenster kommen."

Er war mit all ihren Kurven bestens vertraut, und er war sich sicher, dass das Fenster für ihre Hüften groß genug war. „Natürlich kommst du da hindurch. Komm schon, du schaffst das. Kein Problem."

„Ruf deinen Assistenten an."

Sie hatte den Satz noch nicht beendet, da tippte er auf seinem Smartphone bereits auf Michigans Namen. „Hi, hören Sie, können Sie zum Collective zurückkommen? Die Eventkoordinatorin und ich sind von irgendwem im Lagerraum eingeschlossen worden. Ich gehe zwar davon aus, dass man die Tür von außen einfach aufziehen kann, aber vorsichtshalber sollten Sie einen Schlüsseldienst anfordern. Ich weiß nämlich nicht, wieso die Tür zugesperrt ist."

„Sie sind in einem Lagerraum eingeschlossen? Mit Ihrer Frau?" Michigan klang sehr nervös.

Kristine stand da und betrachtete skeptisch das Fenster.

„Ja", antwortete Sean. „Wo sind Sie? Wie schnell können Sie hier sein?"

„Es ist Berufsverkehr, ich stehe mitten im Stau. Zuerst muss ich runter vom Highway und wenden … Ich brauche schätzungsweise zwanzig Minuten. Mindestens."

„Kein Problem, danke. Rufen Sie mich an, wenn Sie angekommen sind." Dann legte er auf. „Mindestens zwanzig Minuten. Er muss umkehren, und unterwegs ist jetzt viel los."

„Das dürfte wohl die einfachste Lösung sein. Die Polizei anzufordern wäre vermutlich keine gute Idee, wenn die Leute woanders sinnvoller eingesetzt werden können, nicht wahr?", fragte sie.

„Ganz sicher. Das hier ist eindeutig kein Notfall."

Kristine hatte sich auf den äußersten Rand des Metallregals gesetzt, sodass sie den Oberkörper ein Stück weit vorbeugte. Es war keine bequeme Haltung, aber sie wirkte unglaublich sexy, zumal ihre Brüste gegen den Sweaterstoff drückten.

„Wieso ausgerechnet jetzt?", fragte er.

„Wieso was ausgerechnet jetzt?" Verständnislos starrte sie ihn an.

„Wieso ausgerechnet jetzt die Scheidung? Willst du wieder heiraten?"

Sie klammerte sich am Regal fest, um nicht das Gleichgewicht zu verlieren. „Nein, überhaupt nicht."

„Und wieso?" Es musste einen Auslöser gegeben haben. Niemand wachte morgens auf und beschloss spontan, sich an diesem Tag endlich scheiden zu lassen. Ihm war es zumindest bislang nicht so ergangen. Anfangs hatte es zu wehgetan, auch nur darüber nachzudenken. Später war es seine Sturheit gewesen, die ihn zu der Ansicht gebracht hatte, dass die Scheidung in Kristines Verantwortung fiel. Immerhin war sie diejenige gewesen, die ihn verlassen hatte, nicht umgekehrt. Und irgendwann war es ihm unnötig vorgekommen, sich noch darum zu kümmern, weil es tausend wichtigere Dinge zu erledigen gab.

Wenn er sich selbst gegenüber völlig ehrlich war, musste er zugeben, dass er eigentlich damit gerechnet hatte, früher oder später einen Hilferuf von Kristine zu erhalten. Immer wieder hatte er damals eingreifen müssen, um die eine oder andere Katastrophe aus der Welt zu schaffen, die sie verursacht hatte. Er war der festen Überzeugung gewesen, damit noch ein Ass im Ärmel zu haben, weil sie ihn irgendwann brauchen würde.

Aber sie hatte ihn nicht gebraucht.

Kristine schürzte die Lippen. „Ich bin darauf hingewiesen worden, dass es manchen Männern nicht gefällt, sich mit einer Frau zu verabreden, die zumindest auf dem Papier noch verheiratet ist.“

Das war es also. „Ein Pedant, wie?“ Sean konnte das dem Mann nicht verübeln, denn ein bisschen seltsam war so was schon. Aber verdammt! Das war zehn Jahre her, und ihre Ehe war heute nichts weiter als ein schriftlicher Eintrag beim Standesamt. „Wir haben uns in diesen Jahren nicht ein einziges Mal gesehen.“

„Ich weiß. Ich habe es ihm auch erklärt, aber er hielt es für sehr vielsagend, dass wir uns bislang nicht haben scheiden lassen.“

„Dabei ist es bloß Faulheit auf beiden Seiten“, erwiderte er. Aus reiner Neugier – aus keinem anderen Grund – fragte er nun: „Hast du ihn geliebt?“

„Nein, ich bin gar nicht erst dazu gekommen, mich in ihn zu verlieben. Nachdem wir einen Monat lang miteinander ausgegangen sind, hat er mich abserviert, kaum dass er von meinem offiziellen Familienstand erfahren hat.“

„Warum hast du es ihm nicht sofort erzählt?“, erkundigte Sean sich verwundert. „Ich sage es einer Frau gleich beim ersten Date. Es hat sich noch keine daran gestört.“

„Natürlich nicht“, gab sie spöttisch zurück. „Du bist ja auch reich und scharf.“

Er schnappte nach Luft. „Willst du damit andeuten, ich würde mich nur mit oberflächlichen Frauen verabreden?“

Sie zog die Nase kraus. „Woher soll ich das wissen?“

Mürrisch zog er seine Jacke aus, faltete sie zusammen und

legte sie über die Rückenlehne eines Metallstuhls. Dann trat er ans Fenster, schob den Riegel zur Seite und drückte es auf. Er fühlte sich beleidigt, konnte sich aber den Grund dafür nicht so recht erklären.

„Ich quetsche mich nicht durch dieses Fenster", meinte Kristine in störrischem Tonfall. „Ich passe nicht hindurch, und außerdem geht es dahinter mindestens zwei Meter nach unten. Warum gehst du nicht da raus?"

„Weil ich ganz sicher nicht durchpasse. Meine Schultern sind zu breit."

„Deine Schultern sind viel schmaler als meine Hüften. Ich habe Nilpferdhüften!"

Das genügte. Er hatte sich die ganze Zeit beherrscht, aber nun kochten seine Gefühle ohne Vorwarnung über, und er herrschte sie an: „Hör endlich auf, über dich zu reden, als würdest du drei Tonnen wiegen!" Mit einem Mal verstand er, was sie mit der abgestandenen Luft gemeint hatte. Es fühlte sich irgendwie stickig an, doch vielleicht war das auch nur die Anspannung zwischen ihnen. „Ich hasse es, wenn du so was machst! Du bist eine gottverdammt wunderschöne Frau mit einer Figur, nach der sich jeder Mann umdreht, also hör damit auf! Nicht jede Frau hat die Statur eines zwölfjährigen Jungen, und es gibt tatsächlich Männer, die dafür dankbar sind."

Kristine sah ihn verblüfft an. „Oh."

Sofort bekam Sean ein schlechtes Gewissen, weil er so laut geworden war und weil sie nun so bestürzt dreinschaute. „Kristy", sagte er und verfiel auf ihren vertrauten Spitznamen. „Wenn du nicht so wunderschön wärst, würde ich mir nicht wünschen, du wärst nackt und ich würde auf dir liegen."

Erschrocken schnappte sie nach Luft, und Sean machte einen Schritt auf sie zu. Das Blut sammelte sich in seinen Lenden, sein Schwanz war so hart, dass es wehtat. Er wollte sie kosten, er wollte sie auf den Mund küssen und seine Zunge zwischen ihre zarten Lippen vordringen lassen.

„Das ist keine gute Idee", flüsterte sie unsicher.

„Das hat uns früher auch nie von etwas abgehalten." Er kam noch ein Stück näher, so wie ein Jäger, der sich an seine Beute heranschlich.

Plötzlich zuckte sie zusammen und huschte um ihn herum. „Okay, heb mich hoch. Ich versuch das mit dem Fenster."

Sean war enttäuscht, musste aber grinsen. Sie war gerade mal zwanzig Minuten mit ihm allein, und schon stellte er für sie eine so große Verlockung dar, dass sie sich lieber durch ein kleines Fenster hinauszwängen wollte. Es wäre übel gewesen, wenn er bei ihr gar keine Reaktion mehr ausgelöst hätte, aber das war offensichtlich nicht der Fall. Hier war etwas, womit er arbeiten konnte. Sie empfand noch etwas für ihn – auch wenn es sich auf das Sexuelle beschränkte. Er konnte die Glut ihres Verlangens neu entfachen, Kristine in sein Bett bekommen und einen angemessenen und erfreulichen Schlussstrich unter ihre Ehe setzen.

Ihm hatte die Ehe gefallen, und er wollte einfach nicht, dass sie auf beiden Seiten in Verbitterung endete. Wenn sie sich unbedingt von ihm scheiden lassen wollte, dann sollte es zumindest mit einem großartigen Feuerwerk enden. Jedenfalls im übertragenen Sinn.

Also ging er in die Hocke, verschränkte die Finger und bildete eine Räuberleiter, damit Kristine nach draußen gelangen konnte. Sie zog die Schuhe aus und sah zweifelnd auf seine Hände. Dann atmete sie tief ein und stellte einen Fuß darauf. Ihre Haut fühlte sich warm an. Mit dem Knie stieß sie gegen seine Brust – und schrie auf, als sie plötzlich das Gleichgewicht verlor und mit dem Fuß wegrutschte. Sie konnte sich gerade noch fangen.

„Du musst dich schon an meinen Schultern festhalten", forderte er sie auf.

An ihrem Blick erkannte er, dass Kristine überzeugt war, er hätte das alles von langer Hand geplant, um sich an sie heranzumachen. Letztlich ging es ja tatsächlich darum. Doch er hatte natürlich nichts damit zu tun, dass die Tür sich nicht mehr öffnen ließ. Dafür würde er keine Verantwortung übernehmen.

Dennoch wunderte er sich darüber, dass die Tür zugesperrt war. Das passte nicht zu einem Caterer, der normalerweise nicht in diesem Gebäude arbeitete. Sean war durch die Begegnung mit Kristine so abgelenkt gewesen, dass ihm das Offensichtliche gar nicht aufgefallen war. „Sag mal … diese Allison … Hast du mit ihr früher schon mal zu tun gehabt?", fragte er, während sie den Fuß wieder auf seine verschränkten Hände stellte und sich mit den Fingerspitzen auf seinen Schultern abstützte.

„Nein, aber ich mache den Job ja seit kaum zwei Wochen. Ich bin gerade erst nach Minneapolis zurückgekehrt."

Na, wenigstens hatte sie nicht schon seit Monaten einen Katzensprung von ihm entfernt gearbeitet, ohne sich bei ihm zu melden. Eine solche Erkenntnis wäre für ihn wie ein Tritt in die Eier gewesen. „Hat die Galerie diesen Caterer früher mal engagiert?"

„Ja, soweit ich weiß, ist das der Stamm-Caterer."

Hm. Also war das hier wirklich nur ein unglücklicher Zufall? So musste es wohl sein, sofern diese Allison keine international agierende Kunstdiebin war, die in diesen Minuten die Galerie ausräumte, während sie beide sich hier unterhielten. Einen Moment lang überlegte er, ob sie nicht doch die Polizei rufen sollten, doch aus der Galerie drang nicht ein Laut zu ihnen vor. Außerdem lenkte Kristine ihn gleich darauf von diesem Gedankengang ab, obwohl sie eigentlich gar nichts tat. Mit einem Bein stand sie nach wie vor auf dem Fußboden, ihre Taille befand sich verlockend dicht vor seinem Gesicht, vor seinem Mund.

„Was tust du da?", fragte er schließlich.

„Keine Ahnung. Was soll ich jetzt machen?"

Er musste grinsen. „Du greifst nach dem Fensterrahmen und ziehst dich rauf, während ich dich hochhebe."

„Das wird nicht funktionieren. Vergiss es."

Sein Handy klingelte. Es war Michigan. „Entschuldige bitte, Kristy, aber das ist mein Assistent." Er tippte auf das Display, um den Anruf anzunehmen. „Ja?"

„Da ist ein Unfall passiert, und ich komme nicht von der Stelle. Sieht so aus, als wäre ein Lastwagen umgekippt, der alle drei Fahrspuren blockiert. Es … ähm … es wird wohl etwas länger als zwanzig Minuten dauern. Ich tippe mal auf eine Stunde."

Sean hätte sich darüber eigentlich viel mehr ärgern sollen, als er es tat. „Okay, danke. Tut mir leid."

Nachdem er aufgelegt hatte, sagte er zu Kristine: „Der Highway ist nach einem Unfall komplett zu, und Michigan steht genau in dem Stau. Er schätzt, dass er erst in einer Stunde hier sein wird."

„O Himmel." Sie betrachtete das Fenster. „Das ist eine lange Zeit ohne Luft."

Am liebsten hätte er laut gelacht. „Wir haben hier mehr als genug Luft, das ist schon okay."

„Ich habe eine leichte Klaustrophobie, und allmählich fühle ich mich hier ziemlich unwohl. Ich werde versuchen, es durch das Fenster nach draußen zu schaffen." Sie holte wieder tief Luft. Danach streckte sie sich nach dem Rahmen und zog sich daran nach oben, während Sean sie ein Stück weit anhob.

Er wartete, bis sie Halt gefunden hatte. Schließlich ließ er ihren Fuß los und stellte sich in Position, um sie an der Taille zu packen und noch weiter nach oben zu schieben. Doch Kristine geriet in Panik und rutschte weg, wobei sie wie wild strampelte.

„Aaah!"

„Verdammt", murmelte er und verzog das Gesicht, als sie ihn mit der Ferse dicht unterhalb der Gürtellinie traf.

„Sorry", keuchte sie und bemühte sich, irgendwo Halt zu finden. Es war jedoch hoffnungslos: Sie rutschte ab und landete mit beiden Beinen auf dem Fußboden. Dabei wurde sie allerdings von ihrem Schwung mitgetragen und prallte rücklings gegen ihn.

„Also gut, wir müssen unsere Strategie überdenken", sagte er und schob seinen pulsierenden Schwanz in eine andere Lage.

Sie musterte ihn zweifelnd. „Hatten wir denn überhaupt eine Strategie?"

„Nein", räumte er ein und musste lachen. „Sieht nicht danach aus."

Zum ersten Mal seit seiner Ankunft in der Galerie sah er sie ehrlich und von Herzen lächeln. Es war ein verdammt schöner Anblick. Kristine konnte auf eine Weise lächeln, die selbst das Blut des missmutigsten alten Kerls in Wallung brachte. Kinder und alte Leute mochten sie dafür besonders, Sean war es ebenso ergangen. Er war dem Charme dieses Lächelns erlegen, und als er das jetzt wieder zu Gesicht bekam, war er noch entschlossener als zuvor, sie in sein Bett zu holen, um dieses Kapitel abzuschließen. Das war einfach etwas, das er tun musste.

„Es wäre viel leichter, wenn ich nicht diesen Rock tragen würde", meinte sie.

„Zieh ihn doch aus", schlug er ihr vor.

Hey, einen Versuch war es wert.

„Ja, wunderbare Idee", erwiderte sie. „So kann ich mir an dem Fensterrahmen wenigstens die Beine von oben bis unten aufkratzen und stehe anschließend auch noch in Unterwäsche draußen rum. Nein danke, ich verzichte."

„Du müsstest den Rock sowieso bis zur Taille hochziehen, damit du die Beine über den Fensterrahmen schwingen kannst. Also würdest du in jeden Fall mehr zeigen, als du willst. Ich könnte dir meine Hose geben."

Sie stutzte. „Was? Aber dann bist du … hosenlos."

Aus seiner Sicht ergab das einen Sinn. „Ja, ich weiß. Du nimmst meine Hose. Damit ist deine Haut geschützt, und du wahrst den Anstand. Danach gehst du durch die Vordertür in die Galerie und schließt mir auf, und ich ziehe meine Hose wieder an."

„Würde das nicht deine Hose ruinieren? Die sieht ziemlich teuer aus."

Sean zuckte mit den Schultern. „Eine Hose kann man neu kaufen." Bei anderen Dingen war das nicht möglich.

Er zog das Hemd aus der Hose, öffnete den Gürtel und sah Kristine amüsiert an. „Runter mit dem Rock, Süße."

Unter anderen Umständen hätte Kristine liebend gern eine solche Aufforderung befolgt. Aber das hier war einfach nur ... seltsam. Die ganze Situation hatte rein gar nichts mit dem zu tun, was sie sich von diesem Tag erwartet hatte. Sie hatte Mühe, dem verrückten Geschehen zu folgen. Sean wollte sie herausfordern, das war ihr klar. Er ging davon aus, dass sie nicht auf seine Worte eingehen würde. Aber vielleicht dachte er ja auch, dass sie es tun würde. Immerhin kannte er sie ganz gut ... oder, besser gesagt, er hatte sie mal ganz gut gekannt. Daher wusste er, dass sie vor allem eines war: impulsiv. Und sie war stets dazu bereit gewesen, den Beweis dafür zu liefern, dass sie gute Nerven besaß.

Die Logik seines Vorschlags war nicht zu widerlegen. Wenn sie seine Hose trug, konnte sie sich nicht die Beine verletzen. Wenn sie nicht den Weg durchs Fenster wählte, würden sie noch mindestens eine Stunde lang in diesem Raum in der Falle sitzen – einem Raum, der so klein und erdrückend war, dass sie immer nervöser wurde. So erging es ihr immer in beengten Räumen. Zugegeben, sie steckte nicht in einem Aufzug fest, doch das Wissen, diesen Ort nicht sofort verlassen zu können, genügte, um ihr Herz schneller schlagen und ihre Handflächen schweißnass werden zu lassen. Hinzu kam die Tatsache, dass die Eingangstür zur Galerie nicht abgeschlossen war und gerade sehr teure Ausstellungsstücke jedem Dieb schutzlos ausgeliefert waren. Die Fotografien da draußen waren zigtausend Dollar wert, und irgendjemand konnte genau jetzt ein paar davon in aller Ruhe nach Hause tragen, während sie hier mit sich selbst rang und sich fragte, ob sie wirklich in der Lage war, vor ihrem Exmann beziehungsweise ihrem baldigen Exmann den Rock auszuziehen.

Aber auch wenn sie vielleicht mit dem Feuer spielte, indem sie sich vor seinen Augen bis auf die Unterwäsche auszog: Dann sollte es eben so sein. In erster Linie stand nämlich hier ihre Karriere auf dem Spiel, und sie konnte es sich nicht erlauben, diesen Job zu verlieren.

Also griff sie hinter sich, um den Reißverschluss ihres Rocks aufzuziehen. „Augen zu."

„Machst du Witze?", fragte er ungläubig.

Es war albern, aber sie fühlte sich unsicher. In der letzten Zeit war sie nicht mehr im Fitnessstudio gewesen. Okay, genau genommen war sie da noch nie gewesen. Außerdem trug sie Liebestöter. Hin und wieder hatte sie sich tatsächlich vorgestellt, Sean noch einmal in Unterwäsche gegenüberzustehen. In ihrer Fantasie war das allerdings nie in einem stickigen Lagerraum passiert, und sie hatte dabei auch keine Liebestöter getragen, die sie bis unter die Achseln hochziehen konnte. Außerdem hatte sie sich ausgemalt, jünger zu sein. „Mache ich nicht."

„Schön, aber ich mache nicht die Augen zu." In einer zügigen Bewegung zog er seine Hose aus und hielt sie ihr hin. „Hier. Nimm sie oder lass es bleiben."

Kristine räusperte sich. Vielleicht war er ja gar nicht derjenige, der besser die Augen zumachte, denn nun war sie es, die mit dem Starren nicht aufhören konnte, als er im Slip vor ihr stand. Seine Oberschenkel wirkten hart wie Stein und waren deutlich muskulöser als noch mit einundzwanzig. Zwar sahen die Socken ein kleines bisschen albern aus, aber was vom schwarzen Stoff seines Slips verdeckt wurde, war nichts, worüber man sich lustig machen konnte. Das war eine Erektion, die ihr das Wasser im Mund zusammenlaufen ließ. Da sie nicht wusste, ob sie überhaupt einen Ton herausbringen würde, griff sie jetzt wortlos nach seiner Hose und zog sie an.

Es gelang ihr zum Glück, die Hose über ihre Hüften zu ziehen. Sie knöpfte sie zu, zog anschließend den Reißverschluss an ihrem Rock auf und machte sich daran, sich aus dem Stoff zu schälen. Es war ein mühsames Unterfangen, da sie nicht nur den Rock nach unten ziehen, sondern auch die Hose festhalten musste. Schließlich war es geschafft, und sie schaute zufrieden lächelnd an sich herab. Die Hose war zu lang und saß an den Hüften zu knapp, in der Taille hingegen war sie zu weit. Zwischen dem Saum ihres Sweaters und dem Hosenbund klaffte eine Lücke, sodass ihr Bauch zu sehen war. „Wow, das ist mal ein Look."

„Der ist nichts gegen meinen", hielt Sean dagegen. „Ich trage ein Hemd mit Krawatte und Manschettenknöpfen, aber keine Hose." Er drehte sich zur Seite und nahm die Pose einer römischen Statue ein. „Ganz bestimmt wird sich *GQ* bald bei mir melden."

Es versetzte ihr einen Stich, als sie für einen Moment daran zurückdachte, wie es sich angefühlt hatte, als sie und Sean noch ein Paar gewesen waren. Der Spaß und die intime Nähe waren zwei Dinge, die sie den guten Seiten der Ehe zurechnete.

Sie kannte jede seiner Gesten, kannte jeden Zentimeter seines Körpers – bis hin zu der Narbe an seinem Kinn, die aus seiner Kindheit stammte, als er einmal zu übermütig vom Bett seiner Eltern gesprungen war.

Zugleich gab es jedoch so vieles, was sie nicht über ihn wusste. Und das begann schon mit der Frage, was er an ihr bloß jemals als anziehend empfunden hatte.

Als Reaktion auf seine Pose gab sie ein raubtierhaftes Schnurren von sich, bereute das aber sofort, weil es zu persönlich und zu vertraut klang.

Doch Sean machte nicht den Eindruck, als hätte er ihren Kommentar als merkwürdig empfunden. Stattdessen sagte er: „Danke. Und jetzt klettere da raus und befreie uns."

Diesmal verzichtete er auf die Räuberleiter, stellte sich hinter sie und fasste sie an der Taille.

„Sean!" Lieber Himmel, das war aber eine Menge Sean, die sie da plötzlich zu spüren bekam. Oberschenkel, Hände, Brust und ein Körperteil jenseits der Gürtellinie kamen ihr sehr, sehr nahe.

Sie zuckte so heftig nach vorn, dass sie mit der Nase fast gegen die Wand geschlagen wäre, als sie merkte, wie sein Penis sich an ihren Po schmiegte.

„Was ist?", meinte er. „Ich will dich hochheben, also hör auf mit dem Strampeln."

„Du kannst mich nicht hochheben, du …"

Er hob sie hoch.

Okay, er konnte es also doch. Praktisch in der Luft schwebend griff sie nach dem Fensterrahmen und zog sich ran. Aber dann wurde ihre Vorwärtsbewegung abrupt gestoppt. O nein, das hatte ihr gerade noch gefehlt. *Herzlichen Dank, Pubertät!* „Sean, meine Brüste hängen fest."

Er lachte laut auf. „Was? Wie meinst du das?"

„Ich meine damit, dass sie unter mir am Rahmen festhängen. Du musst mich ein Stück hochheben, damit ich mich befreien kann." In diesem Moment war sie wirklich dankbar dafür, dass sie hier mit Sean zusammen festsaß. Sie konnte sich nämlich nicht einmal vorstellen, diese Worte zu einem anderen Mann zu sagen. Zu einer Frau schon, denn die verstand, welche Schwierigkeiten die Oberweite mit sich brachte, während Männer nicht begreifen konnten oder wollten, dass ihr persönlicher Spielplatz mit irgendwelchen Nachteilen verbunden war.

„Ich weiß nicht, ob mir wirklich klar ist, was das bedeutet, aber ich würde sagen, du legst einfach die Beine um meinen Kopf, dann hast du einen besseren Winkel, um durch das Fenster zu kommen."

Die Beine um seinen Kopf legen? Na, das weckte jetzt aber gleich einige gute Erinnerungen. „Ähm ..."

„Und zwar so."

Auf einmal schob Sean den Kopf und die Schultern zwischen ihre Beine. Sie klammerte sich am Fensterrahmen fest, ihre Handflächen waren vor Anstrengung und Erregung schweißnass. Wie war es möglich, dass er sich anhörte, als würde ihm das Ganze gar nichts ausmachen? Sie hing da, hielt sich krampfhaft fest, hatte die Brüste gegen die Fensterbank gepresst, den Po hoch in die Lüfte gereckt und Sean zwischen ihren Schenkeln. Es kam ihr vor wie Performance-Kunst oder wie Yoga für Perverse, und das Schlimmste war, dass es ihr viel zu viel Vergnügen bereitete.

Er stellte sich wieder aufrecht hin, sodass ihr Gewicht auf seinen Schultern ruhte, während er den Kopf vorbeugte. „Okay, jetzt setz dich auf, bevor du mir noch das Genick brichst."

Kristine richtete sich auf, befreite ihre Brüste aus der misslichen Lage und drückte die Oberschenkel gegen Seans Kopf, um Halt zu finden. „Das kann nicht funktionieren", sagte sie beim Anblick des Fensters. Sie zweifelte erheblich daran, dass sie es durch diese Öffnung schaffen konnte, ohne sich dabei zu verletzen oder sogar ums Leben zu kommen. Diese Bedenken waren vermutlich auch das Einzige, was sie von der Tatsache ablenken konnte, dass sie auf Seans Schultern kauerte, während seine Haare ihren nackten Bauch kitzelten.

„Gib nicht so schnell auf", mahnte er sie und nahm eine seitliche Position ein, damit sie an die Fensterbank herankommen konnte, ohne dass er ihr im Weg war.

Etwas an seinem Tonfall verriet ihr, dass er nicht nur das Fenster meinte. Das ließ sie noch entschlossener werden. Sie würde Sean beweisen, dass sie eben nicht jemand war, der einfach alles hinschmiss. Dass sie in der Lage war, etwas Richtiges zu tun und es auch durchzuziehen. Dass sie nicht so war wie ihre Mutter, die sich jede Woche auf ein neues Projekt stürzte und darüber alles andere vergaß.

Sie bekam das Fensterbrett zu fassen und zog sich nach draußen, bis der Rahmen ihr in den Magen drückte. Als sie schließlich den Kopf aus dem Fenster steckte und nach unten auf den Betonboden sah, rief sie erschrocken: „Ich falle runter!"

Seans Hände legten sich fest um ihre Oberschenkel. „Zieh den Kopf zurück! Du musst erst mal ein Bein draußen haben, du kannst nicht mit dem Kopf voran da raus!"

Da hatte er recht. Sie zog sich zurück und versuchte, sich wieder aufzusetzen. Das hier war eine Menge Arbeit, und sie merkte, dass ihr die Kraft und die Ausdauer dafür fehlten. Vielleicht sollte sie doch mal Pilates machen. Andererseits, wann würde sie je wieder aus einem Fenster klettern müssen? Seit fünf Jahren hatte sie nun keinen Fuß mehr in ein Fitnessstudio gesetzt. Ein persönlicher Rekord. Es wäre doch eine Schande, eine solch beeindruckende Leistung einfach zunichtezumachen.

Indem Sean von unten schob und sie selbst nach Kräften mithalf, konnte sie ihr Bein so weit heben, dass sie schließlich rittlings auf dem Rahmen saß. Zum Glück hatte das Fenster eine normale Größe, denn sonst hätte das hier niemals funktioniert. Dennoch musste sie gebückt dasitzen, was nicht gerade eine bequeme Haltung war. Sie wippte leicht vor und zurück. „Ich glaube, ich breche mir gleich was."

„Na, das wollen wir aber ganz bestimmt nicht." Ohne Vorwarnung schob er seine Hand weiter hinauf zwischen ihre Beine, sodass sein Daumen genau auf ihrer Klitoris lag.

Kristine stieß einen Schrei aus und wäre fast aus dem Fenster gefallen.

## 4. KAPITEL

Sean würde nicht zulassen, dass Kristine sich an irgendeiner besonders empfindlichen Stelle ihres Körpers verletzte, während sie versuchte, durchs Fenster nach draußen zu gelangen. Vielleicht musste er sie nicht unbedingt so festhalten, wie er es in diesem Moment tat, aber er wollte schließlich nur ihr Bestes – in jeder Hinsicht.

„Hey!“, rief er und stellte sich so an die Wand, dass er Kristine jederzeit wieder zurück in den Lagerraum ziehen konnte. Auf jeden Fall wollte er verhindern, dass sie aus dem Fenster fiel.

„Schon gut. Ich glaube, es geht jetzt“, erwiderte sie mit zitternder Stimme. Mit leuchtenden Augen sah sie ihn an. „Ich nehme allerdings an, dass ich einen Orgasmus bekomme, wenn ich mich nur ein bisschen bewege. Würdest du bitte deinen Daumen da wegnehmen?“

Sean musste lachen. Es war typisch für Kristine, dass sie nicht um den heißen Brei herumredete. „Ich will bloß nicht, dass du runterfällst.“

„Dein Daumen könnte das ganz sicher nicht verhindern. Außerdem spielst du mit unfairen Mitteln.“

Ihre Worte hatten eine enorm befriedigende Wirkung auf ihn. „Ich wusste gar nicht, dass wir spielen. Ich dachte, wir versuchen hier rauszukommen, damit die Veranstaltung stattfinden kann und wir uns scheiden lassen können.“

Sie kniff die Augen ein wenig zusammen. „Dass du irgendein Spiel mit mir treibst, ist mir längst klar. Ich weiß nur nicht, was für ein Spiel das sein soll. Du weißt, ich bin eine Niete, wenn es um Strategiespiele geht. Mich würde man auch als Erste bei *Survivor* rauswählen, weil ich andere nicht hintergehen kann."

„Ich hintergehe dich nicht." Jedenfalls nicht so richtig. „Ich will einfach verhindern, dass du aus dem Fenster fällst. Und das dient mir als idealer Vorwand, um dich anfassen zu können." Gemächlich bewegte er den Daumen auf und ab. „Ich habe nicht das Gefühl, dass es dich stört."

„Nur weil mein Körper auf deine sexuelle Stimulation reagiert, heißt das nicht automatisch, dass es auch sinnvoll ist, sich darauf einzulassen. Wir sollten uns lieber unterhalten."

Sie konnten sich ja unterhalten. Und danach würde er sie lieben. Das wäre für ihn kein Problem. „Jetzt sofort? Meine Hand wird allmählich taub, und ich schätze, deinem Hintern geht es genauso."

Kristine zog die Brauen zusammen und schüttelte den Kopf. „Das ist noch nicht vorbei."

Das hatte er auch nicht erwartet. Was damals ein Streit mit anschließender Versöhnung hatte werden sollen, hatte zu einem abrupten Ende geführt, und er hatte sich jahrelang nach dem Grund dafür gefragt. War ihr eigentlich bewusst, wie bedeutungsschwanger sich ihre Bemerkung anhörte? „Ganz meine Meinung." Langsam zog er seine Hand unter ihr hervor. „Jetzt nimm das andere Bein rüber und lass dich vorsichtig nach unten gleiten. Lass den Rahmen nicht los, bis du so weit runtergerutscht bist, wie es nur eben geht, okay?"

„Alles klar, Trainer." Sie folgte seiner Anweisung. „Weißt du, ich könnte ja jetzt behaupten, dass mich diese Aktion dazu inspiriert, ab sofort regelmäßig Sport zu treiben, aber das wäre eine glatte Lüge. Ich hasse Sport, und daran wird sich auch nie etwas ändern."

Sean wollte sich lieber gar nicht vorstellen, was ein ehrgeiziges Trainingsprogramm aus Kristines Körper machen würde. Sie würde all diese Kurven verlieren, die er so sehr an ihr liebte, ihr Körper würde hart und straff werden, und er hätte nicht mehr annähernd so viel Spaß daran, sie zu berühren. „Auf jeden Fall sorgst du dafür, dass dein Mund genügend Bewegung bekommt", zog er sie auf. „In der Zeit, die du jetzt mit Gerede verbracht hast, hättest du schon dreimal springen können."

Sie konterte mit einer Grimasse und ließ sich langsam an der Mauer nach unten gleiten, was mit ständigen Missfallensbekundungen kommentiert wurde. Sean nahm Anlauf, bekam den Rahmen zu fassen und beugte sich weit genug aus dem Fenster, um sie beobachten zu können und um Gewissheit zu haben, dass mit ihr alles in Ordnung war.

„Gut gemacht", lobte er sie. „Ich wusste doch, du kriegst das hin."

Sie zog seine Hose hoch, die ins Rutschen geraten war, und grinste ihn an. „Mir wird gerade klar, dass ich am längeren Hebel sitze. Ich bin raus aus dem Lagerraum, aber du sitzt noch immer da fest. Stell dir vor, ich würde jetzt einfach weggehen!"

Er schnaubte abfällig. Nicht mal im Traum würde er ihre Drohung ernst nehmen. „Blödsinn, Kristy. So was würdest du nicht machen, das weißt du so gut wie ich."

Doch dann wurde ihm bewusst, dass sie genau das schon einmal getan hatte. Sie hatte die Stadt verlassen, ohne ihm ein

Wort zu sagen, ohne ihm zu verraten, wohin sie gegangen war. Ein Jahr lang hatte er im Ungewissen leben müssen. Er hatte keine Ahnung gehabt, wo sie war und was sie machte, bis es ihm endlich gelungen war, ihre Mutter zu einer Antwort zu überreden. Doch nachdem er erfahren hatte, wo er sie finden konnte, hatte er weiter nichts unternommen. Was hätte schon dabei herauskommen sollen? Der alte Frust drang jetzt wieder an die Oberfläche, und er ließ wortlos den Fensterrahmen los und sprang auf den Boden.

Was hatte er sich bloß davon versprochen, hierher in die Galerie zu kommen? Hatte er gedacht, die Vergangenheit würde mit einem Mal einen Sinn ergeben?

Er ging im Lagerraum auf und ab und sah zwischendurch auf sein Handy. Noch keine Nachricht von Michigan. Plötzlich kam er sich wie ein Gefangener vor, was eigentlich dumm war, denn Kristine war bereits unterwegs, um ihn hier rauszuholen, und er war schließlich aus eigenem Antrieb in die Galerie gekommen. Er war einfach nervös und gereizt. Die Ereignisse dieses Tages hatten sich seiner Kontrolle entzogen, und das behagte ihm nie. Sein ganzes Leben baute darauf auf, dass er die Kontrolle über die Dinge besaß. Es gefiel ihm gar nicht, wie machtlos er sich im Augenblick fühlte.

Da half es ihm auch nicht, dass nun die Tür aufgerissen wurde und eine völlig aufgelöst wirkende Kristine vor ihm stand. „Sean! O Gott, jemand … jemand hat die Galerie verwüstet!"

Sie öffnete seine Hose und zog sie hinunter, ohne sich darum zu kümmern, dass sie in Unterwäsche vor ihm hin und her hampelte, als sie versuchte, ihre Knöchel daraus zu befreien. „Das ist entsetzlich!"

Was war entsetzlich? Oh, genau, die Verwüstungen. Er hatte ihr nicht folgen können, weil ihr Anblick ihm das Wasser im Mund zusammenlaufen ließ. Noch immer konnte er weder einen klaren Gedanken fassen noch irgendetwas unternehmen.

Er brachte nicht mal einen Ton heraus, bis sie ihm jetzt die Hose hinwarf und er gezwungen war, sich auf ihre Worte zu konzentrieren. „Verwüstet? Was meinst du damit?“, fragte er, während er seine Hose ausschüttelte.

„Zieh dich an!“ Sie schnappte sich ihren Rock, den sie zuvor auf den Boden hatte fallen lassen. „Das ist ein Albtraum. Man wird mich rausschmeißen!“

Die Situation klang so, als müsse sofort etwas unternommen werden, und der Geschäftsmann in ihm hörte die Alarmglocken schrillen, die ihn dazu aufforderten, auf der Stelle in Aktion zu treten. Aber der Mann und Ehemann in Sean konnte sich in diesem Moment kaum auf etwas anderes konzentrieren als auf Kristine in ihrer Unterwäsche, die mit dem Rücken zu ihm dastand und sich bückte. Ihr Höschen war bis über ihre Pobacken hochgerutscht, sodass er ihre Kurven genauso ungehindert bewundern konnte wie die kleine Tätowierung in Form eines Cupcakes auf der einen Seite. Wie oft hatte er nachts so getan, als würde er ein Stück davon abbeißen – mal einfach im Spaß, mal auf unverhohlen erotische Weise.

Erst als sie ihren Rock hochzog und ihm die Aussicht genommen wurde, konnte er seine Fantasien über Sex mit Kristine verdrängen und seine Aufmerksamkeit auf das eigentliche Geschehen richten. „Warum sollte man dich rausschmeißen?“

Sie hüpfte zwei-, dreimal auf der Stelle, bis der Rock richtig saß, danach schlüpfte sie in ihre Schuhe. „Jemand hat die

Fotos verschandelt! Wer könnte das getan haben? Meinst du, wir wurden absichtlich eingeschlossen, damit sie nicht von uns gestört werden?"

Sein Verstand übernahm wieder die Kontrolle, und ihm wurde klar, dass entweder die Chefin der Cateringfirma in Wahrheit zu jenen gehörte, die gegen Bainbridges Fotos demonstrierten, oder dass jemand die Galerie im Auge behalten und auf eine günstige Gelegenheit gewartet hatte, um für Ärger zu sorgen. „Ich bin davon überzeugt, dass es so gewesen ist. Das müsste schon der unwahrscheinlichste Zufall aller Zeiten gewesen sein, damit diese zwei Ereignisse unabhängig voneinander eintreten." Sean drehte die Hose herum, damit er sie anziehen konnte. „Haben die irgendwelche politischen Botschaften hinterlassen? Und was meinst du mit ‚verschandelt'?"

Kristine biss sich auf die Lippe, was einen Moment lang so wirkte, als würde sie mehr wissen, als sie ihm sagen wollte. „Eigentlich sieht es ziemlich kindisch aus …"

Mitten im Satz brach sie ab, als sie jetzt seine Erektion bemerkte. „Sean! Zieh sofort deine Hose an! Himmel …"

„Was denn? Ich kann nichts dafür. Du hast vor mir gestanden und dich gebückt. Ich bin schließlich auch nur ein Mann, Babe."

Daraufhin verdrehte sie die Augen. „Ich werde nie begreifen, wie Männer mitten in der größten Katastrophe trotzdem noch an Sex denken können."

Was ein klein wenig übertrieben war, wie er fand, während er seine Hose anzog. „Wir sind nicht in einen Tsunami geraten, und wir werden auch nicht von einem irren Killer gejagt. Jemand hat drei Stühle umgeworfen und die Champagnergläser geklaut. Das ist keine Katastrophe, das ist ein Ärgernis."

„Sie haben keine Gläser geklaut, sie haben einigen Nacktmodellen Unterwäsche auf den Leib gemalt."

Sean stutzte, dann musste er unwillkürlich lachen. „Das ist ja einfach nur dämlich."

„Da gibt es nichts zu lachen!"

„Eigentlich doch, das musst du schon zugeben. Die haben ein paar Modellen Unterwäsche aufgemalt?" Er schüttelte den Kopf. „Manche Leute haben echt zu viel Zeit."

„Es wäre vielleicht dann lustig, wenn es mich nicht betreffen würde." Sie ging an ihm vorbei. „Was soll ich jetzt machen? Die Ausstellung wird in zwei Tagen eröffnet. Am Freitag findet die Spendensammlung zugunsten der Brustkrebsforschung statt. Das ist schrecklich! Ich werde meinen Job verlieren, und dann werde ich verhungern!"

Fast wollte er ihr vorschlagen, dass sie ja immer noch ihn vernaschen konnte, um nicht zu verhungern. Doch ihm war klar, dass er Kristine mit solchen Anspielungen nicht aus ihrer einsetzenden Hysterie herausholen konnte. Sie brauchte eine Lösung für ihr Problem, und diese Lösung musste er ihr schnell unterbreiten, bevor sie sich in ihre Panik hineinsteigern konnte. „Sehen wir uns erst mal das genaue Ausmaß des Schadens an, bevor du dich auf den Weg zum Arbeitsamt machst."

„Ich kann mir nicht vorstellen, dass das deine Firma in einem guten Licht dastehen lässt", sagte sie und durchquerte eilig das Hinterzimmer.

O verdammt! Nein, er würde nicht zulassen, dass diese Sache auf Maddock Security zurückfiel. „Unser Vertrag besagt, dass wir am Freitag ab 19 Uhr unsere Arbeit aufnehmen, also eine Stunde vor dem Eintreffen der Gäste. Meine Firma trifft keine Schuld. Ich bin nicht wegen des Auftrags hergekommen, sondern wegen der Scheidungspapiere."

Sie sah ihn über die Schulter an. „Ehrlich? Du bist bloß meinetwegen hergekommen?"

„Natürlich. Die Papiere sind aus heiterem Himmel auf meinem Schreibtisch gelandet, Kristine, und ich wollte mit dir reden. Ich war neugierig, wieso du nach all den Jahren auf einmal die Scheidung willst. Aber das ist jetzt egal. Schauen wir uns an, was eigentlich passiert ist. Danach überlegen wir, wie wir das Problem aus der Welt schaffen können. Gekündigt wird hier überhaupt niemandem, das verspreche ich dir."

Kristine blieb stehen und drehte sich zu Sean um. Die Art, wie er redete, ließ sie ihre Panik angesichts der Ausstellung vergessen. Er klang … verletzt. Dieser Tag war einfach nur eine Katastrophe gewesen.

„Hattest du mir nicht gesagt, dass du nicht reden willst?", meinte sie. Zweimal war er ihr ins Wort gefallen, als sie mit dem Thema angefangen hatte. Andererseits hatte er aber ja wissen wollen, wieso sie so plötzlich die Scheidung einreichte.

In seinen Augen schwelte eine Fülle von Gefühlsregungen. „Wir müssen unter anderem auch reden."

So vieles war noch zu besprechen, dass eine Tasse Kaffee nicht ausreichen würde. Eine immense Anspannung – sexueller wie emotionaler Art – lag in der Luft, und es war ihr viel zu natürlich vorgekommen, von ihm berührt zu werden, mit ihm zu scherzen und ihn aufzuziehen.

Aber sie konnte sich jetzt nicht mit Sean auseinandersetzen, wenn die Ausstellung auf dem Spiel stand – und wenn sich in ihr der Verdacht regte, dass ihre Mutter etwas damit zu tun haben könnte. Das alles war so viel Drama auf einmal, dass man von keiner Frau erwarten konnte, alles gleichzeitig zu erledigen. „Okay, aber lass mich erst mal überlegen, was ich tun kann, um meinen Hintern zu retten. Danach können wir reden, solange du willst."

Er zog einen Mundwinkel hoch. „Ich wüsste einiges Besseres, was ich mit deinem Hintern anstellen könnte."

Und schon hatte er sie wieder vergessen lassen, dass ihr ganzes Leben im Begriff war, ihr um die Ohren zu fliegen. Ein wohliger Schauer lief ihr über den Rücken, doch schließlich riss sie sich zusammen und verdrehte die Augen. Sie war entschlossen, sich erwachsen zu verhalten. Okay, das war vielleicht ein wenig übertrieben, aber auf jeden Fall war sie fest entschlossen, sich dem dringenderen Problem zuerst zu widmen.

Ohne auf Seans Bemerkung zu reagieren, ging sie weiter in den Ausstellungsraum und wurde erneut mit dieser Sache konfrontiert, die sie ihre Stelle kosten konnte. O Gott, es war wirklich übel.

Zwanzig Fotos mit Scharen von Nackten schmückten die drei Wände des Ladenlokals, jedes Foto war deutlich größer als das übliche Posterformat. Wegen dieser Übergröße konnte der Betrachter mehr Details erkennen: vom Gesichtsausdruck der Modelle über Einzelheiten im Hintergrund bis hin zu Rissen und abgeblätterten Stellen in der Farbe, mit der die Modelle besprüht worden waren. Es waren beeindruckende Ausstellungsstücke, mit denen Ian Bainbridge die Machtlosigkeit des Individuums in einer Welt anprangerte, die von der Maschinerie der Gesundheitsbranche beherrscht wurde. Er hatte sich schon immer mit der Geldgier der Konzerne auseinandergesetzt. In diesem Fall wusste Kristine jedoch von der Galeristin June, dass bei Ians Mutter vor einigen Monaten Brustkrebs festgestellt worden war und er sich deshalb mit den neuesten Fotos auf die Pharmaindustrie konzentrierte. Die Eröffnung hätte eine gehobene Veranstaltung mit Spendensammlung werden sollen, aber weil irgendein Idiot die Motive mit schwarzer Farbe besprüht hatte, würde das Ganze nun zu einem Debakel werden.

Sie konnte nur beten, dass dieser Idiot nicht ihre Mutter war. Ebbe würde so was nicht machen. Das könnte sie gar nicht.

Oder doch?

O ja, sie würde so was machen. Ganz ohne Zweifel. Spraydosen waren Ebbes Medium, um ihren Protest kundzutun. Wo vor Kurzem noch nackte Brüste und Kehrseiten zu sehen gewesen waren, trug jetzt jeder, der auf insgesamt fünf der Fotos im Vordergrund stand, grobschlächtige Unterwäsche, die mit schwarzer Farbe auf das Glas des Bilderrahmens gesprüht worden war. Ihre Mutter hatte doch sogar davon gesprochen, dass die Modelle besser Hotpants tragen sollten. Und sie wusste, dass Kristine die meiste Zeit des Tages allein in der Galerie war.

Kristine kniff die Augen ein wenig zusammen und überlegte, ob sie ihrer Mom eine SMS schicken und sie geradeheraus fragen sollte. Natürlich änderte es nichts mehr an dem, was passiert war. Das eigentliche Problem war die Frage, was sie tun konnte, um das hier aus der Welt zu schaffen.

„Ja, das ist echt die dümmste Form von Vandalismus, die ich je erlebt habe", sagte Sean und stellte sich hinter sie.

„Was soll ich bloß tun?" Ganz egal, wer das hier zu verantworten hatte: Es musste so oder so beseitigt werden, bevor June und Ian um sieben Uhr hier eintrafen. „Meine Chefin und der Künstler kommen heute Abend her, um die letzten Einzelheiten zu klären. Sie werden das hier sehen!"

„Ruf die Polizei, damit eine Anzeige aufgenommen wird. Häng die Fotos ab, die beschädigt wurden." Er schaute sich in der Galerie um. „Es wurden ja nur fünf besprüht. Der größte Teil steht für die Ausstellung also immer noch zur Verfügung."

„Nein, auf keinen Fall. Ich kann meiner Chefin nicht sagen, was passiert ist. Sie wird mich feuern!" Erneut schnürte Panik ihr die Kehle zu. Sean hatte ja keine Ahnung, dass sie noch genau zwölf Dollar und siebzehn Cent in der Tasche hatte und dass sie ein riesiges Studiendarlehen zurückzahlen musste. Und dass sie dringend ein regelmäßiges Einkommen benötigte, da sie ihre letzten Ersparnisse für das Flugticket von Vegas nach Minnesota geopfert hatte. In den vergangenen zehn Jahren hatte sie einen mies bezahlten Job nach dem anderen angenommen, zuletzt in der Event-Abteilung eines Casinos.

Neben dem Flugticket hatte sie noch die Kaution und die erste Monatsmiete für ihr schäbiges kleines Apartment und den Anwalt bezahlen müssen, damit der die Scheidungspapiere zusammenstellte. Sie war praktisch pleite, und auf keinen Fall konnte sie die Cops rufen, wenn sie je wieder etwas zu essen in den Magen bekommen wollte. Wenn die Polizei anrückte, würde man sie feuern, davon war sie überzeugt. Abgesehen davon konnte es ja auch bedeuten, dass man dann ihre Mutter festnehmen würde. Auch wenn Ebbe ihr manchmal noch so sehr auf die Nerven ging: Sie wollte nicht dafür verantwortlich sein, dass ihre Mom in einer Arrestzelle landete.

Sean stutzte. „Ist dir etwa ganz egal, dass da irgendein Verrückter unterwegs ist, der Kunstwerke verschandelt? Du weißt, dass das ein Verbrechen ist, oder? Außerdem habt ihr doch bestimmt Überwachungskameras. Dann wird sowieso jeder wissen, was hier passiert ist."

Sie zuckte leicht zusammen und prüfte, ob sich die Farbe vom Glas kratzen ließ. „Wir haben keine Überwachungskameras. Jedenfalls nicht hier drinnen. Es gibt nur eine, die auf den Vordereingang gerichtet ist. Man kann also bloß sehen, wer die Galerie betreten hat, aber was hier genau passiert ist, das ist von keiner Kamera aufgenommen worden. Und ja, theoretisch mache ich mir auch Sorgen, dass ein Krimineller unterwegs ist, der Kunstwerke verunstaltet. Doch ich will nicht, dass die Ausstellung darunter leidet. Es geht hier um eine Wohltätigkeitsveranstaltung. Wir wissen nicht, ob der Täter tatsächlich gefährlich ist."

Zuerst erwiderte Sean nichts. Er sah sie aufmerksam an. „Was ist wirklich los? Weißt du etwa, wer das getan hat?"

„Wieso fragst du mich denn so was?", konterte sie, um Zeit zu schinden.

„Weil du so aussiehst, als würdest du etwas verheimlichen. Du hattest noch nie ein Pokerface. Bei einem Kartenspiel würdest du dein letztes Hemd verlieren – wobei ich dagegen nichts einzuwenden hätte."

Kristine zögerte. „Ich … ich glaube, das war meine Mutter."

„Was?" Mit dieser Antwort hatte er eindeutig nicht gerechnet. „Was zum Teufel hat deine Mutter damit zu schaffen?"

Ihr Herz setzte zu einem wilden Galopp an, ihre Handflächen waren schweißnass, während sie mit dem Daumen energischer über die Farbe auf dem Glas rieb. Sie konnte Sean nicht in die Augen sehen. „Sie hält Ians Fotos für äußerst anstößig. Am

Telefon hat sie erst heute noch davon geredet, die Ausstellung verhindern zu wollen."

„O mein Gott."

Ganz genau.

„Dann hat sich deine Mutter in den letzten zehn Jahren aber kaum verändert."

Sie wagte einen vorsichtigen Blick in seine Richtung. „Verstehst du jetzt, wieso ich nicht die Cops rufen kann? Wenn das hier ihr Werk war, muss ich einfach dafür sorgen, dass keiner was davon merkt, richtig?" Während ihrer kurzen Ehe hatten Sean und ihre Mutter sich überhaupt nicht verstanden, und Kristine vermutete, dass sein Mitgefühl ihr gegenüber nicht allzu weit reichte.

Noch bevor er etwas erwidern konnte, regte sich ihr schlechtes Gewissen, weil sie ihrer Mutter etwas durchgehen lassen wollte, womit sie jeden anderen nicht davonkommen lassen würde. „Ach, verdammt, du hast recht. Wir sollten trotzdem die Polizei holen. Meine Chefin wird mir so oder so am liebsten den Hals umdrehen wollen, wenn sie das hier erfährt. Und falls das wirklich meine Mutter war, bin ich den Job los."

Sean hielt einen Zettel hoch. „Jemand hat diesen Zettel in einen der Bilderrahmen geklemmt. Für mich klingt das ganz und gar nicht nach deiner Mom."

Das war gut. Und übel zugleich. „Ehrlich?"

„Ehrlich." Er räusperte sich und las die Notiz vor: *„Krieg mich doch, wenn du kannst.* Ohne irgendeinen Absender."

„Nicht das Moralkomitee?" Vielleicht war es doch nicht ihre Mutter gewesen.

„Nein."

Kristine beschloss, die Probe aufs Exempel zu machen. „Ich schicke Ebbe eine SMS. Wenn sie es war, wird sie es auch zugeben.“

Um nicht mit der Tür ins Haus zu fallen, fragte sie zunächst, was ihre Mutter gerade machte.

*Yoga. Wieso?*

*Warst du heute Nachmittag in der Stadt?*

*Nein.*

Das war verwirrend. Sie sah wieder zu Sean. „Okay, ich glaube jetzt nicht mehr, dass sie es war. Aber ist es möglich, dass noch jemand Ians Bilder für so abscheulich hält?“

„Was gefällt deiner Mutter denn nicht daran?“

„Sie findet, dass Frauen damit ausgenutzt werden.“

„Aber auf den Fotos sind nicht nur Frauen, sondern auch Männer zu sehen. Und es gibt keinerlei sexuelle Andeutungen. Ich verstehe das nicht“, sagte er verwundert und las noch einmal die Nachricht durch.

„Ich versuche seit neunundzwanzig Jahren, meine Mutter zu verstehen. Bis heute habe ich das nicht geschafft, und ich bezweifle, dass mir das jemals gelingen wird.“ Dass sie sich ein wenig frustriert und sehr panisch anhörte, war wirklich kein Wunder. „Mom stürzt sich alle zwei bis drei Jahre auf ein neues Thema, und zu meinem großen Glück hat sie in diesem Jahr beschlossen, dass jeder, der für einen Künstler Modell sitzt, einen Pullover tragen sollte.“

„Ich weiß, deine Mutter war immer sehr … na ja … leidenschaftlich, was ihre Anliegen betraf, aber das ist kriminell. Darum will ich sehr hoffen, dass sie damit nichts zu tun hat. Weißt du, ob sie am Freitag herkommen wird?“

*Hoffentlich nicht!* „Nein. Natürlich nicht. Wahrscheinlich nicht. Eigentlich doch. Sie hat mehr oder weniger angekündigt, hier aufzukreuzen.“

Sean machte einen nachdenklichen Eindruck, während er von einem verschandelten Foto zum nächsten ging. Plötzlich sagte er: „Sieh dir das an. Das ist dieselbe Frau.“ Er stellte sich vor das nächste Bild. „Heilige Scheiße. Hier ist sie auch drauf.“

„Was redest du da?“

„Es ist immer dieselbe Frau, der die Hotpants aufgesprüht worden sind.“

Das ergab keinen Sinn. Die Fotos waren in verschiedenen Städten entstanden. „Das ist völlig unmöglich.“

„Die Frisur ist unterschiedlich, und auf diesem trägt sie eine Brille, aber der Körper ist identisch. Da, die Nase, das Gesicht, und da …“ Er zeigte auf die Brüste.

Kristine zog die Brauen zusammen. Er hatte recht. Das waren dieselben Brüste, derselbe flache Bauch und dieselben schmalen Hüften. Na, großartig. Nicht nur, dass eine möglicherweise verrückte Frau auf jedem dieser Fotos auftauchte, sie sah auch noch scharf aus. Die Brüste waren einfach vollkommen.

„Das musst du deiner Chefin sagen“, erklärte er. „Und du solltest bei der Polizei Anzeige erstatten.“

„Also gut.“ Dann würde die Unbekannte mit den perfekten Brüsten bald festgenommen werden. Selbst wenn Kristine dadurch ihren Job verlor, wäre es die Sache wohl wert. Niemandem sollte gestattet werden, Kunst zu verunstalten. Vor allem, wenn es dabei um eine attraktive Frau ging, die von Sean viel zu genau betrachtet wurde. Allerdings gab es keinen vernünftigen Grund zu der Annahme, dass die Frau und der Vandale ein und dieselbe Person waren. „Das ist schrecklich", seufzte sie. „Dieser Tag bereitet mir Kopfschmerzen."

„Ich frage mich, worauf sie aus ist", murmelte Sean und legte die Finger auf das Glas. „Warum verhöhnt sie Ian?"

Das war Kristine total egal. Zu ihrem Entsetzen musste sie sich eingestehen, dass sie tatsächlich Eifersucht empfand, und sie beschloss, die Polizei zu informieren. Nachdem sie den Beamten ein paar Minuten lang die Situation erklärt hatte, legte sie auf. „Die machen sich jetzt auf den Weg. Eine Viertelstunde wird es dauern, weil es kein Notfall ist."

„Das ist ein sehr interessantes Verbrechen, finde ich." Sean tippte irgendwas auf seinem Smartphone an. „Ich recherchiere mal ein bisschen, um herauszufinden, was für Drohungen bisher gegen Bainbridge ausgesprochen wurden."

Sie konnte verstehen, dass der Vandalismus ihn neugierig gemacht hatte. Immerhin musste er für sein Unternehmen wissen, womit er es zu tun hatte. Ihre Panik hatte allerdings ausschließlich mit der Tatsache zu tun, dass niemand die Fotos in ihrem momentanen Zustand zu Gesicht bekommen durfte.

Sie widerstand der Versuchung, in seine Tasche zu greifen und den Zettel an sich zu nehmen, und schüttelte fassungslos den Kopf. „Bis Freitag müssen diese Bilder wieder ordentlich aussehen. Wir könnten mal ausprobieren, ob sich die Farbe eventuell mit irgendeinem Mittel abwischen lässt." Und zwar noch bevor sie June anrufen würde.

„Vermutlich funktioniert das. Ansonsten kannst du beim nächsten Glaser neue Scheiben zurechtschneiden lassen. Aber damit solltest du warten, bis die Cops hier waren." Er ging zum übernächsten Foto. „Wenn deine Mutter hört, dass die Polizei Ermittlungen wegen Vandalismus aufgenommen hat, dann überlegt sie es sich ja vielleicht noch mal und hält sich am Freitagabend von der Party fern."

So richtig konnte Kristine nicht daran glauben, dass Ebbe sich durch irgendetwas von einem einmal beschlossenen Vorhaben abbringen ließ. „Ich will es hoffen." Sie kratzte mit dem Fingernagel über die Farbe, aber da blätterte nichts ab. Als sie mit mehr Druck rieb, bemerkte sie gerade noch rechtzeitig, dass das ganze Bild wackelte und fast vom Wandhaken gerutscht wäre. „Verdammt."

„Das solltest du lieber nicht machen. Die Polizei wird die Bilder so sehen wollen, wie wir sie vorgefunden haben." Er kam herbei, berührte mit dem Zeigefinger eine Ecke des Rahmens und brachte so das wackelnde Bild wieder zur Ruhe.

Kristines Blutdruck schoss erneut in die Höhe, als sie die Schmiererei auf dem Foto sah und Seans Logik hörte. „Das sieht entsetzlich aus. Ich glaube, ich bekomme darüber noch einen Herzinfarkt. Woher soll ich innerhalb von eineinhalb Tagen neues Glas für die Rahmen bekommen?" Ein bitterer Geschmack erfüllte ihren Mund, ihre Handflächen waren noch immer schweißnass. Still begutachtete sie das verschandelte Kunstobjekt. Wenn man die Farbe abkratzte, würde das Glas beschädigt werden. Sie war zudem nicht allzu begeistert davon, mit irgendeinem Lösungsmittel ans Werk zu gehen, auch wenn das wohl die beste Methode war. „Ich schätze, wenn die Polizei hier war, werde ich erst mal zum Baumarkt fahren müssen."

„Ich denke, das solltest du der Galeristin überlassen, Kristine. Sie hat die Fotos sicherlich rahmen lassen und wird bestimmt diese Maßnahme selbst überwachen wollen."

Natürlich hatte er recht. Aber sie konnte ihm nicht erklären, dass es einem Eingeständnis ihres eigenen Versagens gleichkommen würde, wenn sie diese Arbeit ihrer Chefin überließ. Damit würde sie June einen Grund liefern, um sie fristlos zu entlassen. Wenn aber Kristine selbst den Schaden behob, wie sollte June sie dann wegen der Tat eines verrückten Vandalen zur Rechenschaft ziehen?

Während sie sich streckte und nach ihrer Handtasche suchte, wünschte sie sich, sie hätte andere Schuhe angezogen. „Kannst du mir einen Baumarkt empfehlen? Wenn die Polizei fertig ist, mache ich mich sofort auf den Weg."

„Du willst das wirklich noch heute Abend in Angriff nehmen? Ich halte das für keine gute Idee", meinte er und schob sein Hemd in den Hosenbund.

Ihr war der zerzauste Look lieber, den er in den letzten zehn Minuten zur Schau gestellt hatte. Dieser leicht unanständige Look, bei dem das Hemd halb aus der Hose hing und der so wirkte, als hätten sie beide sich bis eben stürmisch geküsst, anstatt in einem Lagerraum eingeschlossen gewesen zu sein. Aber das hier war der öffentliche Sean. Sie hatte früh gelernt, dass es zwei sehr verschiedene Seans gab. Und auch wenn dieser hier sexy und bestimmend war, begegnete sie ihm manchmal mit Skepsis. So wie jetzt.

„Danke für dein großes Vertrauen in mich." Sie lief ins Hinterzimmer und nahm ihre Handtasche aus der Schreibtischschublade. Die würde sie brauchen, wenn sie zum Baumarkt fuhr. Sie musste bloß noch die Maße der Scheibe aufschreiben … wofür sie natürlich ein Maßband benötigte, das sie aber nirgends finden konnte. Verdammt.

„Kein Maßband?“, fragte er, als sie zurückkehrte.

Sie biss sich auf die Lippe. „Nein.“

„Hast du eine Decke oder ein Laken? Dann können wir ein Foto einpacken und in den Baumarkt mitnehmen.“

Kristine betrachtete ihn argwöhnisch. „Du willst mir helfen?“

„Klar. Im Gegenzug für einen winzigen Gefallen.“

Ihr Bauchgefühl warnte sie. Egal, was er auch sagte: Seine Bedingung würde den Tag nur noch komplizierter machen. „Was für einen Gefallen?“

„Anschließend gehen wir beide noch irgendwo was trinken. Um der alten Zeiten willen.“

Damit konnte sie leben. Sie freute sich sogar jetzt schon darauf. „Einverstanden.“

Als er dann aber lächelte, fragte sie sich unwillkürlich, ob sie soeben einen Pakt mit dem Teufel geschlossen hatte. Oder zumindest mit seinem sexy Assistenten.

Sean machte einen Schritt auf sie zu.

In dem Moment wurde die Eingangstür aufgerissen, und Seans Assistent kam mit einem leicht panischen Ausdruck auf dem Gesicht herein. „Ist alles in Ordnung?“

Das würde sich erst noch zeigen.

## 5. KAPITEL

Sean stand daneben, als Kristine mit der Polizei die letzten Details regelte. Er versuchte mit allen Mitteln, den Frust von sich fernzuhalten, doch es wollte ihm nicht gelingen. Kristine warf ihm einen flehenden Blick zu, damit er ihr einen Rat gab. Daraufhin konnte er nicht anders: Er machte den einen oder anderen Vorschlag oder bot ihr seine Hilfe an. Sie schien sich allerdings über alles zu ärgern, was er zu ihr sagte, und wies ihn ab. In den dreißig Minuten, die sie mit der Polizei zu tun hatten, kam es ihm so vor, als sei ihm mit erschreckender Klarheit alles vor Augen geführt worden, was in ihrer Ehe falsch gelaufen war.

Er wollte Probleme für sie lösen, er wollte für sie da sein. Sie nahm seine Hilfe an, reagierte aber gleich darauf wütend über ebendiese Hilfe.

Das Schlimmste an allem war jedoch, ihr dabei zuzusehen, wie sie mit den Polizisten redete, die zur Galerie geschickt worden waren, um den gemeldeten Fall von Vandalismus aufzunehmen. Ihm ging dabei immer wieder durch den Kopf, wie wunderschön und erstaunlich sie war, und er fragte sich, ob das, was ihre Ehe zerstört hatte, es überhaupt wert gewesen war, dass es so weit hatte kommen können. Er war sich sicher, dass ihre Ehe damals hätte gerettet werden können.

„Solche Kunst habe ich noch nie gesehen“, erklärte einer der Polizisten mindestens zum fünften Mal, während er ein Foto anstarrte und mit einem Finger das Glas genau an der Stelle berührte, an der sich auf dem Bild darunter der Po eines weiblichen Fotomodells befand. Abrupt nahm er die Hand runter, sein pausbäckiges Gesicht wurde ein wenig rot.

„Gibt es hier Überwachungskameras?“, wollte der zweite Polizist wissen.

„Nur an der Tür, aber keine, die die Straße erfassen.“

Was für Sean einer massiven Sicherheitslücke gleichkam. „Es ist ein sehr einfaches System, das bloß gelegentliche Schwenks vollzieht. Vermutlich sollte sich trotzdem etwas Brauchbares darauf finden lassen.“ Er wandte sich an Kristine: „Was hat die Galeristin gesagt, wann sie herkommen will?“ Widerwillig hatte sie schließlich ihre Chefin angerufen und ihr von dem Vorfall berichtet. Sean hatte in der Zwischenzeit Michigan zurück ins Büro geschickt, damit der alle für den Rest des Tages angesetzten Termine absagte.

„Sie müsste jeden Moment eintreffen“, antwortete Kristine missmutig.

Er wusste nicht, warum sie auf ihn sauer war, denn immerhin hatte ja nicht er die Bilder beschmiert. „Kann ich dich mal kurz sprechen?“, fragte er sie. „Im Hinterzimmer.“

„Klar.“ Sie folgte ihm nach nebenan und betrachtete argwöhnisch den kleinen Lagerraum, so als fürchtete sie, er könnte sie da reinstoßen und die Tür hinter ihr verriegeln.

Fast hätte er gelacht, blieb aber ernst. „Kristy, ist mit dir alles in Ordnung?“

„Eigentlich nicht. Ich bin kurz davor, meinen Job zu verlieren.“ Sie verschränkte die Arme vor der Brust. „Ich bin vollkommen gestresst, und ganz ehrlich, Sean, dass du da bist, ist ein bisschen zu viel für mich. Kann ich mich später irgendwo mit dir treffen, wenn ich hier mit allem durch bin?“

Sie wollte ihn also loswerden. Im Grunde sollte er sich gekränkt fühlen, aber ihre Worte machten ihn bloß noch starrsinniger. Er war zehn Jahre lang weg gewesen, da konnte sie ihn jetzt nicht einfach wieder fortschicken. Nicht, solange sie nicht einige Dinge besprochen hatten.

„Die Polizei ist in zwanzig Minuten fertig, ich bleibe", erklärte er. Und bevor sie auf ihrem Ansinnen beharren konnte, fügte er hinzu: „Außerdem geht das hier mich auch etwas an." Damit meinte er jedoch nicht nur die Tatsache, dass die Ereignisse von Belang für den Einsatz seiner Leute am Freitag waren.

Mit jeder Minute, die er an ihrer Seite verbrachte, wurden die Gefühle und die Neugier intensiver. Er wollte Antworten, er wollte Erklärungen – und dieses Kapitel endlich abschließen können.

Und er wollte Kristine ein letztes Mal berühren, bevor er die Scheidungspapiere unterzeichnete und sich ihre Wege für immer trennten.

„Warum siehst du mich so an?", fragte sie mit leiser, nervöser Stimme.

„Wie sehe ich dich denn an?" Er hatte keine Ahnung, was sein Gesichtsausdruck in diesem Moment vermittelte. Normalerweise konnte er gut ein Pokerface wahren, doch bei Kristine war das etwas anderes.

„So als würdest du mich küssen wollen."

Sein Pokerface konnte er damit wohl vergessen. „Weil ich genau das will", gestand er ihr.

„Vergiss das lieber." In ihrer Stimme schwang weder Boshaftigkeit noch Verärgerung mit. Es war nur eine Aufforderung – die ihm aber ein Lächeln entlockte.

„Kann ich nicht." Er ging einen Schritt auf sie zu.

„Hör auf." Sie wirkte unruhig und schaute nach links und rechts, als ob sie nach jemandem suchte, der ihr aus ihrem Dilemma heraushelfen konnte.

„Womit soll ich aufhören?"

„Mich so anzusehen."

Sean wusste, wie er dieses Spiel spielen musste. Er kam Kristine ganz nah, so nah, dass er hören konnte, wie sie hastig nach Luft schnappte. „Vielleicht solltest du einfach die Augen zumachen", murmelte er und strich mit den Fingern über ihre Wange.

In Erwartung des Kusses öffnete sie die Lippen, während sie ihn mit ihren klaren, sinnlichen Augen betrachtete, die auf ihn eine äußerst erregende Wirkung hatten.

Plötzlich flog die Tür zur Galerie auf, und eine sehr schmale Frau Mitte fünfzig stürmte ins Hinterzimmer.

Kristine reagierte mit einem erschreckten Laut. Sie ging einen Schritt nach rechts und damit von ihm weg.

„Oh, Entschuldigung", meinte die Frau, die ihn innerhalb von zehn Sekunden gründlich von Kopf bis Fuß musterte. „Kristine, wer ist das?", fragte sie, ohne den Blick von ihm abzuwenden.

„Ich bin Sean Maddock", erwiderte er und streckte ihr die Hand entgegen. „Meine Firma stellt für die Eröffnung am Freitagabend das Wachpersonal, aber wie ich sehe, hat es bereits im Vorfeld ein Sicherheitsproblem gegeben."

Es war offensichtlich, dass die Frau mit dieser Antwort nicht gerechnet hatte. Einen Moment lang schaute sie verwundert drein, ehe sie sich wieder im Griff hatte. „Hervorragend. Ich bin froh, dass Kristine Sie gerufen hat. Der Künstler ist eben eingetroffen. Können Sie ihn über den Stand der Dinge informieren, während ich mit Kristine rede? Danke."

Dann drehte sie sich zu Kristine um, womit sie ihn weggeschickt hatte, ohne es sagen zu müssen. Sean bemerkte, wie Kristine den Mund verzog, bevor sie ihre Chefin begrüßte. Da er ihr nicht noch mehr Stress bereiten wollte, als sie auch so schon aushalten musste, verließ er den Raum und ging nach vorn. In der Galerie unterhielten sich die Cops mit einem Mann, bei dem es sich wohl um den Fotografen handelte.

Er näherte sich der Gruppe und wartete auf eine Gelegenheit, sich vorzustellen. Erstaunlicherweise wirkte Ian Bainbridge gar nicht mal sonderlich aufgebracht.

„Ich bin Sean Maddock", sagte er zu dem Mann, als die Polizisten alle Angaben für ihren Bericht hatten. Er reichte dem Künstler die Hand und fuhr fort: „Mir gehört Maddock Security. Ich war heute eigentlich nur hergekommen, um mir ein Bild von den Gegebenheiten zu machen und um einzuschätzen, ob es hinsichtlich der Sicherheit irgendwelche Besonderheiten zu beachten gibt. Dabei hat sich dann herausgestellt, dass gleich mehrere Probleme bestehen."

„Freut mich, Sie kennenzulernen. Ian Bainbridge", stellte sich der Fotograf mit einem festen Händedruck vor. „Ob Sie es glauben oder nicht, aber allmählich gewöhne ich mich an diese ständigen Störmanöver. Ich bin bloß froh, dass das heute passiert ist und nicht am Abend der Eröffnung."

„Sie sind das gewöhnt?", fragte Sean interessiert.

„Bedauerlicherweise ja. Ich hatte schon meine eigene Stalkerin, Moralkomitees und Künstlervereinigungen, die gegen mich und meine Arbeit protestiert haben."

„Bekannt zu sein ist gar nicht so toll, wie?“, meinte Sean und grinste den anderen Mann ironisch an.

„Das kann man so sagen.“ Ian schüttelte nachdenklich den Kopf. „Dabei wollte ich nie Kontroversen auslösen.“ Gleich darauf setzte er ebenfalls ein ironisches Lächeln auf und ergänzte: „Moment mal, das ist doch genau das, was ich erreichen wollte.“

„Ich werde von jetzt an bis zur Eröffnung einen Wachmann am Eingang postieren“, ließ Sean ihn wissen. „Da die Mitarbeiter der Galerie immer mal wieder in den hinteren Raum gehen, ist dieser Bereich hier vorne nicht ständig unter Beobachtung. Damit laufen wir Gefahr, dass sich dieser Zwischenfall wiederholt.“

„Es kommt mir zwar ein bisschen albern vor, aber ich verstehe, was Sie meinen.“ Ian seufzte. „Dass jemand nackten Fotomodellen Unterwäsche aufmalt … Ich kann das noch überhaupt nicht fassen.“

„Da wir gerade davon reden: Ich würde Ihnen gern etwas zeigen“, sagte Sean. „Ich hatte die Polizisten bereits darauf aufmerksam gemacht, doch die hielten es nicht für wichtig. Sie meinten, das wäre wohl mehr ein Zufall.“ Sean war klar, dass es kein Zufall sein konnte. Es war absurd zu glauben, dass jemand, der ein paar Kunstwerke beschmieren wollte, rein zufällig auf jedem Bild genau dieselbe Person auswählte.

„Was denn?“, erkundigte Ian sich. Der Fotograf trug Jeans und ein Sweatshirt und machte den Eindruck, als hätte er lieber in seinem Hotelzimmer vor dem Fernseher gesessen. Trotzdem folgte er Sean fast gehorsam.

„Die Person, die auf den Fotos bemalt wurde, ist immer ein

und dieselbe Frau. Mal sind ihre Haare etwas dunkler, mal trägt sie auch eine Brille, aber es ist eindeutig dieselbe Frau."

Ian sah sich in Ruhe die betroffenen Fotos an. „Himmel, Sie haben recht. Was soll denn das?"

„Ich weiß nicht, ob diese Frau auch die Person ist, die den Zettel hinterlassen hat, oder ob das jemand getan hat, der sie bloß irgendwoher kennt. Aber in jedem Fall haben wir es mit einer Nachricht zu tun – egal, ob wir den Inhalt verstehen oder nicht."

„Eigenartig, nicht wahr?" Ian schaute zu den Polizisten. „Irgendwie kann ich mir nicht vorstellen, dass sie sich mit besonderem Eifer auf die Ermittlungen stürzen werden, oder?"

„Garantiert nicht."

„Ermittelt Ihre Firma auch, oder sind Sie nur für Sicherheitsaufgaben zuständig?"

„Das gehört eigentlich nicht zu unseren Angeboten, aber ich könnte Ihnen jemanden empfehlen." Sean hatte selbst nie Detektivarbeit anbieten wollen. Jeder, den er kannte und der diesen Dienst anbot, hatte die meiste Zeit über mit wütenden Eheleuten zu tun, die entweder auf die Scheidung zusteuerten oder die den jeweils anderen in Verdacht hatten, sie zu betrügen. So etwas gehörte nicht zu den Dingen, mit denen er sich regelmäßig beschäftigen wollte.

Er hatte zehn Jahre damit verbracht, seine eigene gescheiterte Ehe zu ignorieren. Da musste er sich nicht auch noch in fremde Ehen einmischen.

„Okay, so machen wir es. Ich sollte jetzt wohl noch ein paar Worte mit der Eventkoordinatorin reden", meinte Ian. „Sie sieht so aus, als würde sie jede Sekunde in Tränen ausbrechen."

Sean drehte sich um und sah Kristine an. Im gleichen Moment wusste er, dass Ian sich irrte. Im Gegensatz zu dem Fotografen kannte er sie. Sie stand keineswegs kurz davor, in Tränen auszubrechen.

Vielmehr versuchte sie, ein Lachen zu unterdrücken.

In unangenehmen Situationen musste Kristine aus Verlegenheit oft kichern. Es war ein nervöser Tick, den sie mindestens so lange hatte, wie er sie kannte. Bei ihrer Trauung hatte sie die gesamten fünfzehn Minuten hindurch ständig gekichert, sodass der Standesbeamte offenbar vermutet hatte, sie sei betrunken. Deshalb hatte er wiederholt nachgefragt, ob sie sich auch wirklich ganz sicher sei, dass sie heiraten wollte.

Die verräterisch weit aufgerissenen Augen, die Art, wie sie die Nase krauszog, das Zucken in ihren Mundwinkeln: Sean war klar, dass sie jeden Augenblick zu einem völlig unpassenden Lachanfall ansetzen konnte.

„Ich werde mal mit ihr reden", sagte er zu Ian. „Ich glaube, sie braucht nur ein wenig Zuspruch."

In Wahrheit hatte er nicht die mindeste Ahnung, was sie brauchte. Er wusste nur, was er ihr alles geben konnte und wollte.

Kristine hasste diese entsetzliche Eigenart, immer im verkehrten Moment einen Lachkrampf zu bekommen. Wenn sie von ihren Gefühlen überwältigt wurde, konnte sie einfach nicht anders: Sie musste lachen, selbst wenn ihr bewusst war, dass andere Leute sich davon vor den Kopf gestoßen fühlen würden. Wenn ihr jetzt auch nur ein leises Kichern über die Lippen kam, würde June glauben, dass sie die Schmierereien auf die leichte Schulter nahm. Aber sie konnte nichts dagegen tun. Es war alles so lächerlich.

Schon als June erklärt hatte, ein Drittklässler könne bessere Graffiti abliefern als der Täter, hatte Kristine mit aller Macht ein Lachen unterdrücken müssen. Sie war sich sehr sicher, dass der Täter nicht die Absicht verfolgt hatte, sein künstlerisches Können unter Beweis zu stellen.

Sean kam zu ihnen, als sie schon so gut wie überzeugt davon war, dass sie den inneren Kampf verlieren und loskichern würde.

„Ganz bestimmt werden wir am Freitagabend keine Probleme mit der Sicherheit erleben", sagte er zu June. „Ich werde noch heute einen Wachmann herschicken, der bis zum Ende der Veranstaltung aufpassen wird."

„Hervorragend." Wieder musterte June ihn von Kopf bis Fuß. „Ihnen gehört der Wachdienst?"

„Ja."

Kristine war heilfroh darüber, dass ihre Chefin damit von ihr abgelenkt war. Es amüsierte sie, zu sehen, wie sehr June sich für Sean interessierte. Sie konnte es ihrer Chefin wirklich nicht verübeln, dass sie Gefallen an dem Mann fand. Immerhin sah Sean nicht nur blendend aus, er strahlte zudem ein grenzenloses Selbstvertrauen aus. Sie selbst war ja auch beeindruckt von ihm: Er zweifelte niemals an sich selbst, und ein schlechtes Gewissen zu haben war ihm ebenso unbekannt, wie Gefühle der Unzulänglichkeit zu empfinden.

Sie hingegen verspürte ständig den Impuls, sich erst einmal für irgendetwas entschuldigen zu müssen.

Das war noch so eine Eigenart, an der sie zu arbeiten begonnen hatte. Und deshalb sollte sie es nicht Sean überlassen, ihren Kopf aus der Schlinge zu ziehen. Das war nämlich eindeutig das, was er gerade tat, als er zu June und ihr herübergekommen war. Nein, sie musste die Dinge selbst in die Hand nehmen.

„Kann ich sonst noch was für Sie tun, June?“, fragte sie. „Sonst mache ich für heute Schluss. Ich werde morgen sehr früh hier sein, falls Sie mich brauchen, wenn das neue Glas in die Rahmen eingesetzt wird.“

Es war ihr gutes Recht, Feierabend zu machen. Ihre Arbeit war erledigt. Sie hatte mit ihrer Äußerung selbstbewusst erscheinen wollen. Trotzdem kam es ihr plötzlich so vor, als würde sie wie ein Faulpelz wirken. Wenigstens verspürte sie nicht mehr den Drang, lachen zu müssen.

„Das ist gut, danke, Kristine. Dann sehen wir uns morgen.“

„Ich bringe dich noch raus“, meinte Sean. „Auf dem Hinterhof ist es ziemlich düster.“

„Oh. Danke.“ Also würde er sie heute Abend nicht in Ruhe lassen, sondern darauf bestehen, ihr einen Drink auszugeben.

Sie musste allerdings zugeben, dass ihr seine Beharrlichkeit durchaus zusagte.

Natürlich war sie abgekämpft und gestresst, doch dieser Blick, den er ihr zugeworfen hatte, bevor June hereingekommen war … Ja, ihr Höschen fühlte sich jetzt noch warm an.

Sean fasste sie zwar nicht an, als sie ihre Handtasche an sich nahm und sie beide durch die Hintertür die Galerie verließen; dennoch war ihr seine Nähe sehr deutlich bewusst. Ihre Schritte hallten vom brüchigen Asphalt wider, als sie den Parkplatz überquerten. Zwischen ihnen herrschte betretenes Schweigen, und Kristine hatte keine Ahnung, was sie sagen sollte. Worüber sollten sie sich unterhalten?

Als sie ihren Wagen erreichten, der schon bessere Zeiten erlebt hatte, schloss sie die Fahrertür von Hand auf. Die Fernbedienung hatte zwei Jahre zuvor den Geist aufgegeben. Kristine drehte sich zu Sean um. „Danke."

„Wir treffen uns in zehn Minuten in dieser Weinbar im nächsten Block", sagte er nur.

„Ähm, also ..." Sie konnte keine Ausrede vorschieben, sie hatte schließlich längst zugesagt. „Solange es nicht zu spät wird. Ich muss morgen sehr früh in der Galerie sein."

„Du wirst deine acht Stunden Schlaf bekommen", versicherte er ihr. „Gib mir nur eine Stunde."

„Natürlich, werde ich machen." Das war sie ihm schuldig, nachdem er ohne jede Vorwarnung die Scheidungspapiere zugestellt bekommen hatte. Genau genommen war sie ihm noch viel mehr schuldig, aber der Parkplatz war nicht der richtige Ort, um in der Vergangenheit zu wühlen.

Das war eine Weinbar womöglich auch nicht, aber zumindest war dort die Umgebung angenehmer. Sean brauchte nicht mal die vereinbarten zehn Minuten, um ihr in das Lokal zu folgen. Kaum hatte sie sich im Empfangsbereich hingesetzt, zog er bereits die Tür auf, kam herein und lächelte sie an. O Gott, er war so heiß! Mit einundzwanzig hatte er schon gut ausgesehen, mit diesem verruchten Lächeln und mit dieser sexy zerzausten Art. Heute war er geradezu beeindruckend. Es war unglaublich, dass es noch keiner Frau gelungen war, sein Herz zu erobern. Allerdings war sie sich sicher, dass unzählige Frauen genau das versucht hatten.

Jede Frau, die bei klarem Verstand war, wollte einen Mann wie ihn haben.

„Als ich dich das letzte Mal gesehen habe, warst du nicht mal alt genug, um Alkohol trinken zu dürfen“, meinte er kopfschüttelnd. „Verdammt, wir waren so jung.“

„Jung und dumm und verliebt. Eine großartige Kombination“, erwiderte sie wehmütig, während sie von einer Bedienung zu einem Tisch in einer gemütlichen Ecke geführt wurden. Das Lokal war in rotes Licht getaucht, und die Sitzbänke waren mit dunklem Samt bezogen, was dem Ganzen ein leichtes Bordell-Flair gab. Das hatte etwas Intimes, Romantisches.

Wider Erwarten stimmte Sean ihr nicht zu, sondern zuckte mit den Schultern. „Ich weiß nicht. Es gab viele Dinge, die ganz gut funktioniert haben. Wir hatten keine Erwartungen, keine finanziellen Bedürfnisse. Wir waren einfach nur ineinander verliebt. Was soll daran dumm gewesen sein?“

Aus irgendeinem Grund verspürte sie bei diesen Worten einen Stich. „Verliebt gewesen zu sein war nicht dumm. Aber ich war unreif. Ich bin weggelaufen, anstatt mich unseren Problemen zu stellen.“

„Da du es gerade ansprichst: Worum ging es eigentlich noch mal bei unserem letzten Streit? Ich kann mich nur daran erinnern, dass du mir unterstellt hattest, ich würde dich betrügen, und ich hatte dir widersprochen. Und auf einmal warst du weg, und unsere Ehe war vorbei.“

Na ja, damit hatte er die Vergangenheit aus der Tasche geholt und zwischen sie auf den Tisch geknallt. Himmel. Aber auch wenn es ihr Unbehagen bereitete: Er hatte jedes Recht, ihr Fragen zu stellen. „Ganz ehrlich, Sean: Mit neunundzwanzig fällt es mir schwer, zu erklären, was damals passiert ist. Ich war schrecklich unsicher. Ich konnte nicht glauben, dass du mich wirklich willst. Okay, vielleicht für eine kurze Zeit. Aber auf lange Sicht? Unmöglich." Sie trank einen Schluck von dem Wasser, das die Kellnerin ihr hingestellt hatte. „Ich war fest davon überzeugt, dass du mich betrügst, denn … na ja, warum solltest du es nicht machen?"

„Ich habe dich aber nicht betrogen."

„Jetzt weiß ich das auch. Aber zu der Zeit …" Sie machte eine hilflose Geste. „Du weißt ja, wie ich aufgewachsen bin. Mein Vater hat das Weite gesucht. Meine Mutter interessierte sich mal für diesen, mal für jenen Mann, dazwischen engagierte sie sich für immer neue Anliegen. Ich habe nie in stabilen oder sicheren Verhältnissen gelebt. Darum wollte ich unbedingt Stabilität und Sicherheit, und ich wusste, ich würde am Boden zerstört sein, solltest du mir das wegnehmen. Also habe ich dich weggestoßen, bevor du eine Gelegenheit bekommen konntest, mir wehzutun."

Seine Miene war unergründlich. Der Ausdruck auf seinem Gesicht gehörte einem Sean, den sie nicht kannte. Dieses Pokerface musste er sich in den letzten zehn Jahren angeeignet haben.

Sie wusste nicht, was sie sonst noch sagen sollte. Was sie ihm erklärt hatte, war die Wahrheit. Die war zwar nicht schön, außerdem war es ihr peinlich, diese Dinge zugeben zu müssen. Aber es war für sie wichtig, dass sie ihm und sich selbst gegenüber ehrlich war.

Nach einer Weile fragte er: „Hätte ich irgendetwas anders machen können? Das ist die eine Sache, die mir heute noch zu schaffen macht: dass ich ein besserer Ehemann für dich hätte sein können."

Sie schüttelte den Kopf. „Rückblickend vermute ich, dass ich mich klarer hätte mitteilen müssen, damit du mich hättest verstehen können. Aber das, was ich von dir haben wollte, war zugleich das, was ich verabscheute."

Es hörte sich irgendwie nicht richtig an, wie diese Worte über ihre Lippen kamen. Dementsprechend sah Sean sie prompt verwundert an. „Du hast mich verabscheut?"

„Nein. Ich wollte, dass du dich um mich kümmerst, dass du meinem Leben Stabilität und Sicherheit gibst. Aber ich habe es zugleich gehasst, dass du mir all das geben konntest. Verstehst du, wie ich das meine? Ich kam mir wertlos vor, dadurch fühlte ich mich noch unsicherer, und meine Wut darüber habe ich dann an dir ausgelassen."

„Ich habe dich nie für wertlos gehalten. Ganz im Gegenteil."

„Ich weiß." Er würde es entweder verstehen oder eben nicht. Es war nie um ihn oder um sein Handeln gegangen, sondern immer nur um sie. „Ich hätte gern ein Glas Pinot noir. Wo ist die Kellnerin?"

Sean winkte die Bedienung an den Tisch. Sie bestellten, und gleich darauf zog er einen Umschlag aus der Innentasche seines Jacketts und warf ihn auf den Tisch. „Unsere Scheidungspapiere."

Oh, wie peinlich. „Ja." Sie räusperte sich. „Ich hoffe, du bist mit den Bedingungen einverstanden. Da wir kein gemeinsames Eigentum besitzen, fällt in dem Punkt ja gar nichts an."

„Du hast ein Anrecht auf Unterhaltszahlungen, auf die

Hälfte meines Vermögens und auf einen Teil meiner Pension. Warum hast du nichts davon gefordert?"

Kristine starrte ihn ungläubig an. „Warum sollte ich das machen? Himmel, wir waren gerade mal sechs Monate verheiratet, und wir hatten damals kaum mehr als das, was wir am Leib trugen." Dass er überhaupt darauf zu sprechen kam, ließ ihre Wangen vor Verlegenheit glühen. Hatte er solche Forderungen von ihr erwartet? „Die letzten zehn Ehejahre waren eine reine Formalität. Was du besitzt, gehört dir ganz allein."

Er nickte kurz. „Okay. Danke."

Nachdem die Kellnerin ihnen den Wein gebracht hatte, trank Kristine einen Schluck und stellte das Glas wieder hin. Sie wusste nicht so recht, wie es jetzt weitergehen sollte. „Und? Wirst du die Papiere unterschreiben?"

Er schien ihr in keinem Punkt widersprechen zu wollen, was die Scheidung betraf. „Was kostet dich das?", wollte er wissen.

„Mach dir darüber keine Gedanken", sagte sie, wich aber seinem Blick aus. Eigentlich konnte sie sich diese Scheidung gar nicht leisten, doch wenn sie die Vergangenheit wirklich und endgültig hinter sich lassen wollte, musste sie diesen Schlussstrich ziehen.

„Kristine." Sein Tonfall hatte etwas Sanftes und fast schon Gönnerhaftes. „Ich sollte wenigstens die Hälfte davon übernehmen."

„Wieso? Immerhin habe ich dich verlassen und bin zehn Jahre lang untergetaucht." Es war ein wenig melodramatisch, aber sie musste ihm zu verstehen geben, dass sie seine Hilfe und Unterstützung nicht mehr haben wollte. Sie musste ihre eigenen Angelegenheiten endlich selbst regeln.

Seine Finger umschlossen sein Glas, aber er trank nicht von seinem Wein. Nach einer Pause, die ihr wie eine halbe Ewigkeit vorkam, nickte er schließlich. „Also gut, ich werde unterschreiben. Ich werde dich sogar allein den Anwalt bezahlen lassen – unter einer Bedingung."

O Gott, das konnte nichts Gutes bedeuten. „Was für eine Bedingung?"

„Du verbringst dieses Wochenende zusammen mit mir am See."

Sie bekam den Mund nicht mehr zu, als zu ihr durchdrang, was er eben gesagt hatte. „*Was?*"

„Das ist meine Bedingung. Ich werde nicht darauf bestehen, die Hälfte der Scheidungskosten zu übernehmen, wenn du das Wochenende mit mir in der Hütte verbringst."

Die Hütte. Der Ort, an dem sie ihre Flitterwochen verbracht hatten, weit weg von der Hektik der Stadt, von der Schule und vom Einfluss ihrer Eltern. Dort hatten sie ihre ganz eigene Welt aus jugendlicher Liebe, Spaß und Sex geschaffen. Das konnte sie nicht machen. Sie konnte nicht diese Hütte betreten und dabei so tun, als würde es ihr nicht das Herz brechen. „Bist du verrückt? Warum sollten wir uns selbst quälen wollen?"

Er zog einen Mundwinkel hoch. „Ich hatte nicht vor, mich zu quälen. Ich beabsichtige, jede Minute zu genießen."

Das schockierte sie nur noch mehr. „Wie meinst du das?"

Seine Augen waren finster und ließen sexuelle Begierde erkennen. „Du weißt, wie ich das meine."

Ja, das wusste sie. „Du willst Sex haben?" *Ernsthaft?* Das war völlig verrückt. Das war die dümmste Idee aller Zeiten.

Und sehr, wirklich sehr verlockend …

„Na ja, der Fernsehempfang ist da miserabel. Es ist Oktober, also können wir auch nicht schwimmen gehen. Deshalb habe ich mir gedacht, wir haben Sex. Jede Menge davon."

„Fällt das nicht unter Erpressung?" Nein, genau genommen natürlich nicht, weil er ja bloß sagte, dass er nicht darauf bestehen würde, die Hälfte der Scheidungskosten zu übernehmen, wenn sie einverstanden war. Faktisch war das keine Erpressung, auch wenn er sie mit seiner Bedingung manipulierte und sie in die Richtung manövrierte, die ihm lieb war. Das alles erklärte allerdings nicht, wieso sie sich mit einem Mal bis in die Zehenspitzen erregt fühlte. Das war doch einfach lächerlich.

„Nein, es ist ein Handel."

„Manchmal taugt ein Handel nichts, wenn man das, was man kauft, überhaupt nicht braucht."

„Ja, aber du brauchst das." Er beugte sich vor und strich mit einem Finger über ihre Unterlippe. „Wir beide brauchen das."

Verflucht, dieser Tisch war viel zu klein. Sean hätte nicht in der Lage sein dürfen, sie zu berühren. Sie schluckte angestrengt und musterte ihn, während sie überlegte, ob sie eigentlich verrückt war, dass sie diesen Vorschlag überhaupt in Erwägung zog. Wenn sie nur einen Funken Verstand besaß, würde sie sofort aufstehen und diese Weinbar verlassen.

„Nein, das ist keine gute Idee." Sie hatte schon genug um die Ohren. Sie konnte sich nicht auch noch darauf einlassen, ein Wochenende lang so zu tun, als wäre zwischen ihr und Sean alles so wie vor zehn Jahren. Zu viel hatte sich seitdem verändert.

Aber dieser verdammte Sean lächelte sie weiterhin an. „Also hast du nichts dagegen, wenn ich die Hälfte der Scheidungskosten bezahle."

Er kannte sie gut genug, um zu wissen, dass sie eine Grenze gezogen hatte, über die er jetzt hinwegtrampelte. Zum Teufel mit ihm! „Das würdest du nicht wagen."

„Oh, ich glaube, du kennst mich und weißt, dass das mein absoluter Ernst ist. Betrachte es einfach als einen Handel, Kristy. Du bekommst, was du haben willst, und ich bekomme, was ich haben will."

„Das ist das Gruseligste, was ich je von dir gehört habe."

Er lachte, obwohl sie keine Ahnung hatte, was an dieser Situation so amüsant sein sollte. „Sag mir, was du wirklich empfindest. Warum ist die Vorstellung für dich so entsetzlich, mit mir zwei Tage allein zu sein?"

Daran war nichts entsetzlich. Es gefiel ihr bloß nicht, manipuliert zu werden, sodass ihr fast nichts anderes übrig blieb, als einzuwilligen. „Es gibt mir das Gefühl, dass ich bevormundet werde."

Er wurde schlagartig ernst. „Was ich mit dir machen will, hat mit Bevormundung nichts zu tun. Ich will dir nur zeigen, dass wir zusammen gut funktioniert haben. Dass wir etwas hatten, das besser war, als wir es wohl damals wahrgenommen haben. Dass das Ganze ein verkehrtes Ende genommen hat."

*Oje.* Sie konnte nicht anders, als von seinen Worten fasziniert zu sein. Er wollte sie noch immer. Die Erkenntnis hatte etwas Wundervolles an sich. Doch sie wollte nicht bloß ein Sieg sein, den er aus irgendeinem Grund erringen wollte – selbst wenn das ihrem Körper noch so egal war.

„Und wenn ich mit harten Bandagen kämpfen muss, um diese Gelegenheit zu bekommen", fügte er hinzu, „dann werde ich das tun."

Keine Frage, der Sex würde fantastisch sein. Das war bei ihnen immer so gewesen. „Also nur Samstag und Sonntag. Und dann …?"

„Das hängt ganz von dir ab. Ich kann die Papiere unterschreiben, wenn du das willst. Oder aber wir sprechen über andere Möglichkeiten."

Andere Möglichkeiten? Welche anderen Möglichkeiten sollte es noch geben? Dass sie wieder ein Paar wurden? Wieso hatte dieser Gedanke etwas so Fesselndes an sich? Oder meinte er etwa eine Annullierung ihrer Ehe? „Das ist keine gute Idee", bekräftigte sie.

„Ich werde nichts tun, was du nicht willst. Wir tun nur das, was dir behagt."

Das war ja ihr Problem. Wenn es um ihn ging, dann gab es sehr, sehr viel, was ihr behagte.

Das Ganze war gefährlich.

Zwei Tage mit Sean allein in einer Hütte? Ja, es *könnte* ein guter Abschluss für dieses Kapitel in ihrem Leben sein. Ganz sicher würde der Sex gut sein.

Kluge Entscheidungen zu treffen war noch nie ihre Stärke gewesen. Das war eine weitere Sache, die sie an sich ändern wollte. Aber sie war einfach nicht stark genug, um diesem Angebot zu widerstehen. Wenn sie darauf einging, tat sie doch eigentlich genau das Richtige, weil sie dann allein für die Scheidung aufkommen würde. Das machte daraus also eine reife Entscheidung. Oder?

Aber klar. *Rechtfertigung, dein Name ist Kristine.* Trotzdem konnte sie damit leben.

„Lass mich darüber nachdenken", sagte sie.

Als sie sah, wie sich seine Nasenflügel aufblähten, wusste sie, dass sie einen Fehler begangen hatte.

Der Beweis dafür folgte in der nächsten Sekunde, als er aufstand. „Denk über das hier nach."

„Wohin willst du?", fragte sie besorgt und ein wenig verängstigt. Er wirkte so ... so gefährlich.

Sean kam um den Tisch herum, stellte sich vor sie und beugte sich vor, woraufhin sie automatisch den Kopf in den Nacken legte.

Und dann küsste er sie.

## 6. KAPITEL

Sean wusste genau, in welchem Moment Kristine auf seine Bedingung einging. Nicht, als sie zögerlich sagte, sie würde darüber nachdenken. Auch nicht, als sie eine Hand auf seinen Bauch legte, um ihn daran zu hindern, ihr zu nahe zu kommen.

Es war der Moment, als ihre geschürzten Lippen einen sanften Zug annahmen, als er seine Finger zwischen ihre schob. Es war der Moment, als ihre Augen größer wurden und ihr verlockender Mund sich einen Spaltbreit öffnete. Es war der Moment, als ihre Lider flatterten und ihr der Atem stockte. Der Moment, als sie sagte: „Ich glaube nicht, dass das schicklich ist." Und das, während sie sich ihm gleichzeitig entgegenreckte.

„Ich werde niemandem ein Wort verraten", versprach er ihr. Bevor sie weitere Argumente vorbringen konnte, nutzte er ihr kurzes Zögern ebenso wie ihr unübersehbares Verlangen und strich über ihren Nacken. Er ließ seine Hand durch ihr Haar wandern, wodurch sich der Knoten löste, von dem es zusammengehalten wurde. Während er näher und näher kam, sah er ihr tief in die Augen und genoss es, wie sie den Atem anhielt und mit der Zungenspitze die Lippen benetzte.

Es sollte ein kurzer Kuss sein, eine Andeutung auf das, was noch kommen würde.

Doch als sich ihre Lippen berührten, vergaß er, wo er sich befand, wer er war und was er vorgehabt hatte.

Er war ein Mann, der in der Zeit zurückgereist war zu jenem Ereignis, das sein Leben verändert hatte – zu der Sekunde, als seine Lippen zum allerersten Mal die von Kristine berührt hatten. Es war ihr zweites Date gewesen.

Sie waren sich in einem Coffeeshop begegnet, in dem er täglich verkehrt hatte. Er hatte das Handy am Ohr gehabt, weil er damals als Praktikant bereits voll in seiner Arbeit aufgegangen war, und hatte das Telefongespräch nur kurz unterbrochen, um seine Bestellung aufzugeben. Da hatte Kristine ihm von hinten auf die Schulter getippt und ihn wissen lassen, dass es der Bedienung gegenüber unhöflich sei, gleichzeitig zu telefonieren. Zuerst ärgerte er sich über ihre Einmischung, aber dann wurde ihm klar, dass sie recht hatte. Er entschuldigte sich bei der Frau und gab ihr ein großzügiges Trinkgeld.

Anschließend spendierte er Kristine einen Kaffee, und nachdem er sie zehn Minuten lang vom anderen Ende des Lokals so unauffällig wie möglich beobachtet hatte, gab er ihr seine Telefonnummer und fragte, ob sie mit ihm ausgehen würde. Aus irgendeinem Grund willigte sie ein.

Ihr erstes Date war ein ziemlich verheerendes Abendessen in einem viel zu teuren Restaurant, mit dem er sie beeindrucken wollte. Es gelang ihm nicht. Sie war zu jung, um die edlen Gerichte genießen oder auch nur schätzen zu können. Außerdem ärgerte sie sich darüber, dass zu jedem Gang ein weiterer Wein empfohlen wurde, den sie nicht trinken durfte, weil sie noch nicht alt genug war.

Um das zweite Date musste er sie förmlich anbetteln und sie bestimmen lassen, was sie unternehmen würden. Heraus kam dabei eine Unterrichtsstunde in Gesellschaftstanz. Wahrscheinlich wollte sie damit nur testen, wie groß seine Bereitschaft war, über seinen eigenen Schatten zu springen. Er kam sich wie ein Idiot vor, als er zu tanzen versuchte, doch Kristine blühte in seinen Armen auf. Am Ende des Abends fand er, dass nicht nur sie sehr sexy war, sondern auch der Tango, den er hatte tanzen müssen. Vor ihrer Wohnung übte er dann mit ihr einen der neu erlernten Tanzschritte, beugte sich weit über sie und küsste sie.

Von dem Moment an war nichts mehr so gewesen wie zuvor. Die Welt um ihn herum war zum Stillstand gekommen, während er von seiner Leidenschaft und Bewunderung für diese Frau mitgerissen worden war.

Dieser Kuss hier in der Weinbar war genauso leidenschaftlich wie damals, nur dass er nicht von grenzenlosem Erstaunen und Ehrfurcht begleitet wurde. Es war eine Springflut aus Verlangen, ein Lavastrom der Gefühle, ein Wiedererwachen der Gluthitze zwischen ihnen, die selbst Metall zum Schmelzen brachte. Als sich ihre Lippen berührten, zögerte sie kurz, seufzte dann aber und ließ es zu, dass er seine Hand fester um ihren Nacken schloss. Sie schmeckte wie der Wein, von dem sie getrunken hatte … Einfach süß und wunderbar.

„Das hatte ich damit nicht gemeint“, flüsterte sie, während sein Mund von ihrem gerade mal so weit entfernt war, dass er mühelos an ihrer Unterlippe knabbern konnte.

„Nein? Was hast du denn gemeint?“ Er genoss die Machtposition, die er dadurch eingenommen hatte, dass er vor ihr stand. Aber sie befanden sich noch immer in der Öffentlichkeit, also nutzte er ihre Verwirrung, um sich zu ihr auf die Bank zu setzen. Sie rutschte ein Stück weit zurück, indem sie sich von ihm abstieß.

„Ich meinte damit, dass wir nicht mehr zusammen sind, Sean … Du solltest mich daher nicht küssen. Außerdem habe ich deinem Vorschlag noch gar nicht zugestimmt.“

Schon seltsam, dass sie so etwas sagte und sich gleichzeitig mit den Zeigefingern in seinem Gürtel einhakte. Alles an ihrer Körpersprache vermittelte ein eindeutiges Ja, und im Grunde waren nicht mal ihre Worte ein ernsthafter Protest.

Dennoch lehnte er sich zurück, um sie anzusehen und ihr Mienenspiel zu beobachten. „Aber der Kuss hat dir gefallen, oder nicht? Zwei Tage mit mir am See würdest du als sehr befriedigend empfinden, das weißt du so gut wie ich." Dann beugte er sich vor und erkundete mit der Zungenspitze ihr Ohr. „Meine Zunge hast du immer gemocht, wenn ich mich nicht irre."

Wie würde sie darauf reagieren?

Es war ein gutes Gefühl, den Schauer zu spüren, der ihr über die Haut lief. „Das schon. Aber das gilt nicht für die Worte, die über deine Lippen kommen. Du bedrängst mich."

Sean lachte leise. „Niemand kann sich zu irgendetwas drängen lassen, wenn er nicht ohnehin daran interessiert ist."

„Du solltest mich hier nicht küssen. Wir erregen damit Aufsehen. Wir sind das Paar, auf das die anderen zeigen."

Das Paar waren sie mal gewesen, und er wollte, dass sie wieder dieses Paar wurden. Oder zumindest wollte er wissen, ob sie wieder dieses Paar sein konnten. „Aber wenn ich dich woanders küsse, ist das in Ordnung?"

Sie wich vor ihm zurück. „Ich weiß nicht. Ich meine … nein! Auf keinen Fall! Küss mich nicht noch mal!"

Genau das hatte er sich gedacht. Sie wollte ihn ebenso sehr, wie er sie wollte. Er lächelte nicht, obwohl er das zu gern getan hätte. „Oh", sagte er und tat so, als hätte er verstanden. „Richtig. Aber sicher, Sweetheart. Kein Problem."

Sie zog die Brauen zusammen. „Du solltest auch keine Kosenamen benutzen. Das lenkt nur von der Sache ab."

„Von der Sache? Von welcher Sache? Ich weiß von keiner Sache. Du?"

„Nein, ich auch nicht. Also schön, dann nenn mich eben, wie du willst."

Er kannte sie so gut, dass er sich ihr gegenüber in einem unfairen Vorteil befand, als er sie zu manipulieren versuchte. Allerdings war er auch ehrlich genug, um zugeben zu können, was er da tat. Kristine wusste ebenfalls, was er tat, und letztlich konnte sie darauf vertrauen, dass er dabei nie zu weit gehen würde. Deshalb verspürte er nie ein schlechtes Gewissen, wenn er sie manipulierte, weil sie es ja wusste und es zuließ. Dadurch wurde sie in die Lage versetzt, sich gegen ihn zu behaupten und ihre Haltung nicht verraten zu müssen. Letztlich bekamen sie beide, was sie wollten – und in diesem Fall wollten sie beide dieses gemeinsame Wochenende.

Doch Kristine war starrsinnig und würde so lange auf einem Nein beharren, wie sie konnte. Für ihn hieß das, dass er hier erst weggehen konnte, wenn er von ihr dieses deutliche Ja zu hören bekommen hatte.

Dann würde er sie Sweetheart nennen und sechsunddreißig Stunden lang alles tun, um ihr so viel Lust zu bereiten, wie er nur konnte. Er würde sie körperlich so sehr befriedigen, dass ihre Muskeln und ihr Gewissen es ihr am Montag sehr schwer machen würden, ihn abermals zu verlassen.

Erneut strich er mit dem Daumen sanft über ihre Unterlippe. Er genoss es, dass ihr dabei jedes Mal für einen Moment der Atem stockte. „Perfekt, Sweetheart. So perfekt wie du."

Es war wirklich sehr, sehr schwierig, einen klaren Gedanken zu fassen, wenn Sean sie berührte. Wenn er sie küsste. Wenn er sie ansah, als wäre sie etwas Besonderes, etwas Erstaunliches. Innerlich schmolz sie dahin, ihre Entschlossenheit löste sich allmählich in Wohlgefallen auf.

Aber er musste verrückt sein, wenn er sie für perfekt hielt. Oder war das vielleicht eine spöttische Bemerkung? Sie war sich nicht sicher. Er klang zwar sehr überzeugend, doch er konnte ja unmöglich so sehr den Verstand verloren haben, dass er ihr ernsthaft den Begriff Perfektion zuschrieb. War er nicht wütend auf sie gewesen, weil sie zu kindisch gewesen war, um mit ihm über ihren albernen Streit zu reden?

Ja, er war wütend gewesen. Weil sie *diese* Frau gewesen war. Die Frau, die weggelaufen und untergetaucht war, so wie es vor ihr schon ihr Vater und ihr Großvater getan hatten.

Was machte es da schon aus, wie wunderbar es sich anfühlte, Sean zu küssen? Und was machte es aus, dass sie es kaum erwarten konnte, wieder mit ihm ins Bett zu gehen? Sie musste standhaft bleiben und durfte nicht auf seinen Vorschlag eingehen.

Diese Phase ihres Lebens musste sich darum drehen, ihr Privatleben in den Griff zu bekommen, ihren Job nicht zu verlieren, Stabilität zu schaffen und sich eine Richtung vorzugeben, in die sie gehen sollte. Und zwar aus eigener Kraft.

Sie durfte nicht zulassen, dass es Sean war, der ihr Fehlverhalten entschuldigte und rechtfertigte. Es kam ihr nämlich so vor, dass dieser Punkt längst wieder erreicht war.

Sie musste Reife zeigen, selbst wenn es sie umbringen würde. Sie musste nach vorn schauen, nicht zurück.

„Also gut", sagte sie und strich mit beiden Händen ihren

Bleistiftrock glatt. „Ich sollte mich jetzt wohl besser auf den Heimweg machen. Mich erwartet morgen ein anstrengender Tag."

Einen Moment lang herrschte Schweigen, dann nickte er. „Sicher. Lass mich nur schnell die Rechnung bezahlen, dann begleite ich dich zu deinem Wagen."

Kristine nahm Schlüssel und Handtasche an sich und suchte nach ihrer Geldbörse. „Wie viel hat mein Wein gekostet?"

„Beleidige mich nicht. Ich bezahle die Rechnung."

„So wild ist das auch nicht", protestierte sie und verstummte gleich darauf, als sie Seans Miene bemerkte. Es sah so aus, als würde er auf keinen Fall ein Nein akzeptieren.

„Ich habe dich eingeladen, ich bezahle."

Sie schürzte die Lippen. „Warum musst du immer so verdammt logisch sein?"

„So bin ich schon auf die Welt gekommen."

Daran hatte sie nicht den geringsten Zweifel. Seine Eltern gehörten zur Arbeiterschicht, und auch wenn sie nicht über die Mittel verfügt hatten, um ihn finanziell zu unterstützen, hatten sie ihm doch einen scharfen Verstand und die Fähigkeit mit auf den Weg gegeben, bei praktischen Angelegenheiten gar nicht erst Gefühle ins Spiel zu bringen.

Was ihre Mutter ihr – abgesehen von ihrer Neigung zu Magenverstimmungen – mit auf den Weg gegeben hatte, wusste Kristine nicht so genau.

„Ist ja gut, du hast gewonnen." Sie griff nach ihrem Handy und fuhr fort: „Ich werde meiner Mom eine SMS schreiben. Wenn sie am Freitag vor der Galerie auftaucht, werde ich nie wieder ein Wort mit ihr reden."

„Denkst du, das wird funktionieren?"

Wie es schien, war ihm ihre Mutter sehr deutlich in Erinnerung geblieben. „Nein, aber einen Versuch ist es wert. Zum Glück haben June und Ian den Vandalismus gelassen aufgenommen, aber ich will weitere Katastrophen so frühzeitig wie möglich abwenden."

Sie schickte ihre ernst gemeinte Nachricht ab, wobei sie sich einmal mehr so vorkam, als wäre sie die Mutter, die der Tochter eine Dummheit ausreden wollte.

„Ich wüsste nur zu gern, welchen Zweck das Ganze hat", überlegte er laut, während er seine Kreditkarte auf den Tisch legte, damit die Kellnerin kassieren konnte. „Es ist so sinnlos, eine Botschaft zu verbreiten, wenn kein Mensch die Botschaft verstehen kann. Mir gefällt auch nicht, dass man uns in diesem Lagerraum eingesperrt hat. Die konnten unmöglich wissen, wie lange wir da festsitzen würden. Das war ziemlich gedankenlos von diesen Leuten."

„Glaubst du, es waren eher Verbrecher als Demonstranten?" Das war ein beunruhigender Gedanke.

„Ich werde das mal recherchieren." Er notierte etwas auf seinem Handy, wobei die Finger über die Tastatur flogen. Sean betrieb kein Multitasking, er arbeitete vielmehr mit der Effizienz eines Fließbandarbeiters: Er tippte E-Mails und erledigte Telefonate, während er im Fitnessstudio das Laufband benutzte. Ihre eigene Vorstellung von Multitasking bestand hingegen darin, zum Abendessen ein Glas Wein zu trinken.

Sie griff nach ihrem Glas und nahm einen großen Schluck. Es gab keinen Grund, den Wein verkommen zu lassen.

So gern sie noch etwas länger mit Sean hier gesessen und

geredet hätte: Es wurde für sie allmählich Zeit, ins Bett zu kommen.

Gleich nachdem die Bedienung die Kreditkarte zurückgebracht hatte, stand sie auf. „Danke für alles."

Das hörte sich irgendwie kläglich an, wenn sie überlegte, dass es hier um eine Ehe ging. Sie hatte außerdem den Eindruck, dass es noch viel mehr dazu zu sagen gab, aber sie wusste beim besten Willen nicht, was das sein sollte.

„Gern geschehen", erwiderte er und lächelte flüchtig. „Das ist also jetzt mein Stichwort, damit ich mich zurückziehe, oder?"

Ihre Wangen glühten. Er lag damit nicht ganz richtig. Es war nämlich keineswegs so, dass sie ihn loswerden *wollte*. Sie fand lediglich, dass sie es tun *sollte*. Vom ersten Date an hatte sie gewusst, dass sie aus völlig verschiedenen Welten kamen und dass sie in seiner Welt fehl am Platz war. Doch dieser Mann besaß ungeheure Überredungskünste, was auch erklärte, warum sie sich auf ein zweites Date mit ihm eingelassen hatte. Warum sie mit ihm geschlafen hatte. Warum sie seine Freundin und dann seine Ehefrau geworden war.

Und deshalb war sie auch kurz davor gewesen, diesem gemeinsamen Wochenende zuzustimmen. Vor allem nach seinem Kuss.

„Ich weiß nicht, was du da redest", behauptete sie. „Ich versuche nur, Rücksicht auf deine wertvolle Zeit zu nehmen."

Er bedeutete ihr, voranzugehen. „Danke, Kristy, aber ich will keine Rücksichtnahme."

Nein, sie würde ihn nicht fragen. Sie würde ihn nicht fragen …

„Und was willst du?“ Verdammt. Warum konnte sie nicht den Mund halten, wenn es mal wirklich darauf ankam? Sie handelte sich ständig nur Schwierigkeiten ein. Schließlich wusste sie doch genau, was er wollte.

„Du weißt, was ich will.“

Ein Schauer lief ihr über den Rücken. Plötzlich standen sie draußen auf dem Parkplatz. Es war dunkel. Sean sah sie eindringlich an. Sein Blick hatte etwas Bestimmendes, Manipulierendes.

Offenbar wollte er sie noch einmal küssen.

Aber er tat es nicht, sondern hielt ihr stattdessen die Wagentür auf. Sie war tatsächlich enttäuscht.

„Fahr vorsichtig“, sagte er. „Wir sehen uns am Freitag.“

„Am Freitag?“ Wieso sollten sie sich am Freitag sehen? Hatte sie sich doch schon damit einverstanden erklärt, mit ihm zum See zu fahren?

„Bei der Eröffnung der Ausstellung. Dort sehen wir uns.“

Ach ja. Ihr Job. Die Galerie. Die Eröffnung von Ians Ausstellung.

„Ja, sicher. Natürlich. Danke.“ Eigentlich war ihr nicht klar, wofür sie ihm gerade dankte. Vermutlich für alles.

„Du kannst mir dann deine Antwort geben.“

„Meine Antwort?“, fragte sie, obwohl sie genau wusste, was er meinte.

„Das Wochenende am See. Ja oder nein. Ich erwarte deine Antwort am Freitag.“

Sie nickte. Weil sie es nicht ausstehen konnte, die Einzige zu sein, die heute überrumpelt worden war, gab sie Sean einen sanften Kuss. Während er vor Verwunderung große Augen machte, stieg sie ein. „Gute Nacht.“

O ja, das fühlte sich schon besser an. Sean stand da, als hätte ihm jemand ein Kantholz gegen den Kopf geschlagen.

Dann wandte er sich ab und verschwand kopfschüttelnd in der Dunkelheit.

Kristine fuhr los und hatte zum ersten Mal an diesem Tag ein Lächeln auf den Lippen.

## 7. KAPITEL

Am Abend der Ausstellungseröffnung ließ Sean die Leute vom Catering herein, als Kristine sich gerade auf der Toilette aufhielt. Zwei der Frauen wirkten für den Anlass etwas zu leger gekleidet, so als wären sie auf dem Weg zum Fitnesscenter. Er wollte sie fragen, in welcher Funktion sie hier waren, da zogen sich beide bis auf den Slip aus.

*Wie zum Teufel …?* Ihm war bewusst, dass es bei dieser Ausstellung um Fotografien von nackten Modellen ging, aber wenn diese Frauen nur in Unterwäsche den Gästen Champagner und Häppchen anboten, würde er sich wohl doch ein bisschen unbehaglich fühlen. Seine Eltern waren konservativ eingestellt, und er war nicht so erzogen worden, dass er Nacktheit als etwas so Belangloses ansehen konnte. Als eine der Frauen ihn mit einem fröhlichen „Hi" begrüßte, musste er sich zwingen, ihr ins Gesicht zu schauen, um nicht irgendeine andere Körperpartie anzustarren.

„Hi. Also … ähm … was machen Sie hier?", fragte er.

„Wir sind Sushi-Modelle", erklärte sie und deutete auf sich und auf die Blondine neben ihr. „Wir sind sozusagen Buffettische. Die Gäste können Sushi von unserem Körper essen."

Es sollte besser niemand behaupten, dass Minnesota nicht genauso angesagt und seltsam sein konnte wie New York oder L.A. Die Vorstellung, ein Stück rohen Fisch vom Bauch einer wildfremden Frau zu essen, war zwar etwas sonderbar, doch er war mit zwei Brüdern und sparsamen Eltern aufgewachsen, deshalb sagte er zu kostenlosem Essen grundsätzlich nicht

Nein. „Sind Sie dabei schon mal eingeschlafen?", wollte er wissen. „Oder fühlt sich das mehr so an wie diese Fischpediküre? Ich meine, nehmen Sie das wahr, dass dauernd nach Ihnen gegrapscht wird?" Er war sich ziemlich sicher, dass er selbst es abscheulich finden würde, ständig aus dem Augenwinkel beobachten zu müssen, wie Hände auf ihn zukamen und etwas von seinem Bauch oder von seiner Brust nahmen. Nein, das wäre wirklich nichts für ihn.

Beide Frauen lachten. „Ich meditiere in der Zeit", erwiderte die Blonde.

„Mich macht das an", gestand die Brünette ihm. „Dazu stehe ich auch."

„Was tust du da?", fragte plötzlich Kristine, die von der Toilette zurück war.

Er drehte sich um und bemerkte ihren grimmigen Blick. Da war wohl jemand eifersüchtig. „Ich rede mit den Damen vom Buffet."

„Beschäftige dich mit was anderem", knurrte sie. „Die Leute haben zu tun."

Die Eingangstür ging auf, und Ian Bainbridge kam herein.

„Oh", hauchte sie und legte eine Hand an ihren Hals. „Da ist ja Ian."

„Ich gehe ihn begrüßen, solange du hier noch beschäftigt bist", sagte Sean, der Kristine irgendwie helfen wollte, weil sie so hoffnungslos gestresst wirkte.

„Würdest du das machen?" Ihre Erleichterung war nicht zu übersehen.

Er hatte kaum ein paar Worte mit Ian gewechselt, da ging die Eingangstür erneut auf, und Kristines Mutter kam hereingeschlendert, als hätte sie hier das Sagen. So viel zu der mahnenden SMS, die ihre Tochter ihr geschickt hatte.

„Haben Sie von der Polizei noch irgendeine Rückmeldung bekommen?“, fragte er Ian. Am Vortag hatte Sean sich mit Ians früheren Fotoshootings und den Drohungen beschäftigt, die er bislang erhalten hatte. Er war jedoch noch keinen Schritt weitergekommen, was die Identität der rätselhaften Frau anging, die auf so vielen Fotos auftauchte.

„Nein, man geht von gewöhnlichem Vandalismus aus, was es ja eventuell auch war.“ Ian zuckte mit den Schultern. „Womöglich eher ein lokaler Protest als eine groß angelegte Verschwörung.“

„Sie sollten trotzdem wachsam sein. Aber mit Blick auf diese Notiz, die hier zurückgelassen wurde, scheint unser Unbekannter sich ein Katz-und-Maus-Spiel mit Ihnen liefern zu wollen. Daher bezweifle ich, dass derjenige heute Abend hier auftauchen wird.“

Das vorrangige Problem war Kristines Mutter Ebbe.

Der Künstler grinste. „Welchen Zweck hat ein Katz-und-Maus-Spiel, wenn die Maus sich nicht bedroht fühlt? Vielleicht sollte ich das, doch das Ganze wirkt auf mich eher albern.“

„Es kann nie schaden, wenn man die Augen offen hält. Aber ich verstehe genau, was Sie meinen. Diese Schmierereien sind schon kindisch.“

Ebbes Stimme schallte durch die Galerie, aber Sean konnte kein Wort verstehen. „Tja, meinen Glückwunsch zur Ausstellung“, meinte er zu Ian. „Ich versichere Ihnen, wir haben hier alles im Griff.“ Dann machte Sean sich auf den Weg, um möglichem Ärger zuvorzukommen.

Zehn Jahre hatten ein paar zusätzliche Falten um ihre Augen herum entstehen lassen, und sie hatte ein paar Pfund zugelegt. Ebenso war ihr Haar inzwischen mehr grau als braun, aber im Wesentlichen sah Ebbe noch so aus wie früher. Selbstbewusst ging sie umher und ließ dabei den Blick durch den Raum schweifen. Ihr Outfit bestand aus mehreren aufwendig arrangierten Schichten von Stoffen in allen möglichen Farben – und erinnerte Sean ein wenig an Bettwäsche. Als er und Kristine ein Paar gewesen waren, hatte er Ebbe nur zweimal getroffen. Das hatte allerdings genügt, um ihn zu der Erkenntnis gelangen zu lassen, dass Ebbe auch auf ihre Tochter keine Rücksicht nahm und eine sehr egoistische Frau war.

Die Ansichten und die unerschütterliche Überzeugung ihrer Mutter, den einzig richtigen Standpunkt zu vertreten, hatten Kristines Selbstwertgefühl erheblich geschadet. Der heutige Tag war dafür sogar der perfekte Beleg: Während Kristine sich zweiteilte, um ihren Job zu erledigen, stolzierte Ebbe durch die Galerie, als sei sie die wichtigste Frau auf der ganzen Welt.

„Kennen wir uns?", fragte sie nachdenklich, als sie Sean erblickte.

„Ich bin Sean Maddock. Es ist lange her, seit wir uns das letzte Mal gesehen haben. Du siehst gut aus", ergänzte er, weil es auch so war.

„Natürlich sehe ich gut aus. Yoga ist mein Leben. Aber ich weiß noch immer nicht, wer du bist. Du kommst mir bekannt vor. Habe ich mal mit dir geschlafen?"

Großer Gott! Sean versuchte das Entsetzen unter Kontrolle zu bekommen, das ihm wahrscheinlich deutlich ins Gesicht geschrieben stand. „Nein, das hast du nicht." Er konnte sich nicht dazu durchringen, den Satz zu wiederholen, denn selbst wenn sie zehn Jahre jünger und nicht Kristines Mutter gewesen wäre, hätte er niemals irgendein Interesse an ihr verspürt. Sie bedeutete einfach zu viel Ärger.

Ebbe zuckte mit den Schultern. „Vor fünf Jahren hatte ich eine Phase, da stand ich auf Managertypen."

Dieses Thema musste dringend ein Ende nehmen. „Ich habe vor zehn Jahren deine Tochter geheiratet."

„Kristine hat geheiratet?" Sie runzelte die Stirn, einen Moment später hellte sich ihre Miene auf. „Ach ja. Das war, als sie ein paar Minuten lang geglaubt hatte, verliebt zu sein."

Autsch. Das versetzte ihm einen Stich. Doch auf diese Bemerkung würde er jetzt nicht eingehen. „Ebbe, kann ich dir irgendwie behilflich sein? Ich bin für die Sicherheit auf dieser Party zuständig, und ich muss dir sagen, dass du als Sicherheitsrisiko eingestuft worden bist. Du kannst nicht bleiben, deshalb muss ich dich bitten zu gehen."

Sean konnte sich nicht umdrehen, weil er Ebbe nicht aus den Augen lassen wollte. Dennoch war er sich ziemlich sicher, dass Kristine sie beide beobachtete und die Sushi-Modelle inzwischen von Kopf bis Fuß mit kaltem, rohem Fisch bedeckt waren. Jeden Moment würden die Gäste eintreffen, und deshalb wollte er nicht, dass es zu einer lautstarken Diskussion mit dieser Frau kam. Er wusste, Kristine würde dann vor Verlegenheit im Erdboden versinken.

„Was? Ist das dein Ernst?", gab Ebbe zurück. „Das. Kannst. Du. Nicht. Tun." Dabei tippte sie mit dem Zeigefinger gegen seine Brust, um jedes ihrer Worte zu unterstreichen.

Wo war er hier gelandet? Unter Drittklässlern? Würde sie als Nächstes „Ätschibätsch“ rufen und ihm eine lange Nase drehen?

„Überleg mal, was deine Anwesenheit für Kristine bedeutet“, sagte er so leise, dass nur Ebbe ihn hören konnte. „Und wenn dir das egal sein sollte, dann denk darüber nach, dass am Mittwoch jemand einige Ausstellungsstücke mit Farbe beschmiert hat. Wenn du hier anfängst, Theater zu machen, kann es sehr gut sein, dass die Polizei dich mit diesen Schmierereien in Verbindung bringt und dich in Gewahrsam nimmt.“

Nachdenklich musterte sie ihn von Kopf bis Fuß und nickte. „Nicht schlecht. Deine Strategie gefällt mir. Kein Wunder, dass es mit dir und Kristy nicht geklappt hat. Sie könnte ja nicht mal eine Strategie entwickeln, um aus der Badewanne zu steigen.“

Wie konnte Kristine diese Frau bloß ertragen? Sean schob die Hände in die Hosentaschen, damit sie nicht sah, wie er vor Wut die Fäuste ballte. „Kristine ist sehr intelligent.“

Ebbe winkte ab. „Sie besitzt nur durchschnittliche Intelligenz. Sie kommt eher nach ihrem Vater als nach mir.“

Er war dankbar, dass er in den letzten Jahren so intensiv an seiner Selbstbeherrschung gearbeitet hatte, denn dieses Training war gerade unverzichtbar. „Dann nehme ich an, dass ihr Vater ein netter, großzügiger und taktvoller Mann ist, denn diese Eigenschaften kann sie ja ganz eindeutig nicht von dir geerbt haben.“

„Ich glaube, ich mag dich“, meinte Ebbe und lachte. „Zu schade, dass ich nicht mit dir geschlafen habe. Wenn ich verspreche, dass ich mich benehme, darf ich dann bleiben?“

In dem Moment kam Kristine zu ihnen und zischte: „Mom, was machst du denn hier? Meine Chefin ist da, ihr gehört die Galerie!“

„Ach, krieg dich wieder ein. Ich werde gar nichts tun. Ich wollte mir nur die Ausstellung ansehen. Die Bilder im Netz werden diesem Schmutz nicht gerecht.“ Sie nahm ihre Tochter am Arm und ging mit ihr durch die Galerie. „Du hättest dir ein paar von deinen hässlichen SMS ruhig sparen können.“

Sean wollte den beiden folgen und Kristine überreden, ihm dabei zu helfen, ihre Mutter vor die Tür zu setzen. Doch seine beiden Mitarbeiter waren soeben eingetroffen, und er musste sie einweisen. Nachdem er ihnen die generelle Sicherheitslage erklärt hatte, deutete er auf Ebbe: „Lasst die Frau da nicht aus den Augen. Ich bin mir hundertprozentig sicher, dass sie irgendeine Art von Protest vorhat. Wenn sie sich irgendwie seltsam benimmt, dann geleitet ihr sie sofort nach draußen.“

Beide Wachleute arbeiteten bereits seit Jahren für ihn. Der ältere, Jason, wirkte überrascht. „Was glauben Sie denn, was sie machen wird?“

„Ich traue ihr zu, dass sie sich zu den Sushi-Modellen stellt und auf die Gefahren der Überfischung aufmerksam macht. Und das wäre noch das Harmloseste.“

Es würde ein langer Abend werden. Sean war ausgehungert, er musste unbedingt was in den Magen bekommen, bevor der die gesamte Galerie zusammenknurren konnte. Also ging er schnell zum Buffet und schnappte sich eine Portion Tempura vom Bauch der Blonden, bevor die ersten Gäste eintrafen.

Dankbar nahm Kristine das Glas Champagner entgegen, das Ian ihr anbot. Natürlich sollte sie während der Arbeit besser nicht trinken, aber nach den Ereignissen der letzten Tage fand sie, dass sie ein Recht auf ein klein wenig Champagner hatte. Immerhin gab es zwei Dinge zu feiern: June hatte sie nach dem Vandalismus-Zwischenfall nicht gefeuert, und Kristine hatte bislang ihre Mutter nicht erwürgt. Nervös schaute sie Ebbe hinterher, wie sie von Foto zu Foto wanderte. Beruhigend war allerdings die Tatsache, dass sich ständig ein Wachmann in der Nähe ihrer Mom aufhielt, der zweifellos von Sean auf sie angesetzt worden war.

„Die Spendensammlung wird bestimmt ein Erfolg", sagte sie zu Ian und nippte an ihrem Glas.

Der Fotograf war etwa so alt wie sie. Ian war ein attraktiver Mann, der sich ungewöhnlich, aber nicht bizarr kleidete. Er stammte aus Neuseeland, und auch wenn Kristine davon überzeugt war, dass sein Akzent so manche Frau in Verzückung versetzte, zog sie Seans sanfte, tiefe Stimme vor. Sie gab es ja nur ungern zu, doch in den letzten zehn Jahren hatte sie mal bewusst, mal unbewusst jeden Mann mit Sean verglichen.

Seit sie sich wiedergesehen und geküsst hatten, war für sie klar, dass zwischen ihnen noch nicht alles vorüber war.

„Das will ich auch hoffen", erwiderte Ian. „Geld für die Krebsforschung zu sammeln, ist mir wirklich wichtig." Mit der Hand, in der er das Glas hielt, deutete er auf das Buffet. „Ich weiß noch nicht, ob ich wirklich rohen Fisch vom Körper einer nackten Frau essen will. Aber es ist angesagt, und die Gäste haben ein Gesprächsthema."

„Davon bin ich überzeugt.“ June hatte auf diese beiden Frauen bestanden, während sich Kristine nicht sicher gewesen war, wie der Künstler darauf reagieren würde. Allerdings war ihre Meinung zu der Angelegenheit ohnehin nicht von Belang gewesen. Sie selbst hatte jedenfalls kein Interesse daran, ein Stück Thunfisch vom Oberschenkel irgendeiner Frau abzupflücken und in den Mund zu nehmen.

Sean hingegen hatte damit offenbar kein Problem. Sie sah, wie er zwischen den beiden Frauen stand und sich abwechselnd bei jeder von ihnen bediente. Er schaufelte sich solche Mengen Sushi in den Mund, als hätte er seit Wochen nichts zu essen bekommen. War er wirklich so ausgehungert? Oder war das bloß ein Vorwand, um bei den Frauen zu bleiben, die abgesehen von einigen strategisch geschickt platzierten Salatblättern völlig nackt waren.

Im nächsten Moment ärgerte sie sich darüber, dass es sie überhaupt kümmerte. War nicht genau diese Denkweise der Grund dafür, dass ihre Ehe in die Brüche gegangen war? Sie hatte nicht glauben wollen, dass Sean unter allen Frauen auf der Welt ausgerechnet sie ausgewählt hatte. Jetzt waren sie nicht mal mehr zusammen, und sie reagierte eifersüchtig, nur weil er sich bei zwei Frauen aufhielt, die als lebendes Buffet engagiert worden waren. Das war absolut lächerlich.

June kam aus dem hinteren Teil der Galerie nach vorn und strich sich über ihren Dutt. Ihr kleines Schwarzes mit der Perlenkette zeugte von klassischer Eleganz. Sie war schlank und durchtrainiert, und zusammen mit ihrem atemberaubend silbernen Haar war sie das beste Beispiel dafür, wie eine Frau in Würde altern konnte. Mit ihrem Selbstbewusstsein und ihren perfekten Umgangsformen war June das genaue Gegenteil von Ebbe und stellte die Art von Frau dar, die Kristine gern gewesen wäre. June genoss Respekt und Bewunderung von Männern wie von Frauen, was Kristine ebenfalls gefallen hätte. Aber es war nun mal eine Tatsache, dass sie niemals so gut organisiert und so gelassen wie ihre Chefin sein konnte. Ganz zu schweigen davon, dass Konfektionsgröße zweiunddreißig für sie immer ein unerreichbarer Traum bleiben würde.

Die Frage war nur: Warum konzentrierte sie sich ständig bloß auf diese Dinge, anstatt sich das vor Augen zu halten, was sie selbst auszeichnete? Man konnte von den Leuten auch für andere Eigenschaften bewundert werden. Schließlich waren Einfallsreichtum, Kreativität und ein strahlendes Lächeln durchaus nicht zu verachten.

Es wurde allmählich Zeit, dass sie ihre eigene Einzigartigkeit akzeptierte und etwas daraus machte.

Immerhin war sie genau deswegen nach Minnesota zurückgekehrt.

„Es wird Zeit, die Türen zu öffnen“, sagte June. „Kristine, würden Sie das bitte übernehmen?“ Dann bemerkte sie das Glas in Kristines Hand, drehte sich so, dass Ian nichts davon mitbekam, und fügte tonlos an: „Kein Alkohol.“

Sie hätte wissen müssen, dass ihre Chefin damit nicht einverstanden sein würde. Da sie schon froh sein konnte, dass June sie nicht für den Vandalismus verantwortlich machte, obwohl sie die Eingangstür aus den Augen gelassen hatte, wollte sie sich jetzt ganz sicher nicht wegen eines Schlucks Champagner in Schwierigkeiten bringen. Sie stellte ihr Glas auf das Tablett, das für benutztes Geschirr und Gläser vorgesehen war, und erwiderte: „Ich kann es gar nicht erwarten, die Gäste hereinzulassen.“

Als sie die Galerie durchquerte und dabei bemerkte, dass sie für den Anlass bedenklich underdressed war, hörte sie hinter sich auf einmal June irritiert fragen: „Wer ist denn diese Frau im Kaftan? Ian, gehört sie zu Ihnen?“

Kristine zuckte zusammen. Am liebsten hätte sie sich sofort umgedreht, um zu sehen, was ihre Mutter da gerade anstellte, aber das konnte sie einfach nicht riskieren. Erst nachdem sie die Tür geöffnet und lächelnd die wenigen Leute begrüßt und hereingebeten hatte, die auf der Straße warteten, wagte sie einen Blick über die Schulter – den sie sofort bereute.

Ihre Mutter redete mit Ian!

O nein! Nein, nein, nein!

Ihr Magen krampfte sich vor blankem Entsetzen zusammen, ihre Wangen glühten, Panik überkam sie. Ihren Job konnte sie abschreiben, denn eines war sicher: Ebbe unterhielt sich mit Ian nicht über das aktuelle Wetter mit seinen niedrigen Temperaturen.

Sollte sie weiterhin den Gästen die Tür aufhalten oder lieber loslaufen, ihre Mutter am Arm packen und sie hinter sich her in den Lagerraum schleifen? Letztlich war es egal, was sie machte: Sie würde so oder so teuer dafür bezahlen müssen. Am besten war es, erst einmal die Gäste zu betreuen. Vielleicht würde sich ja Sean um Ebbe kümmern, sofern es ihm gelang, sich vom sexy Sushi-Buffet loszureißen.

Diese Entscheidung erwies sich in dem Moment als falsch, als alle Besucher die Galerie betreten hatten. Denn so konnte auch der letzte von ihnen beobachten, wie ihre Mutter jetzt den

Wachmann wegstieß, der von Sean zu ihr geschickt worden sein musste, um mit ihr zu reden.

„Lass mich los, du Idiot!“, brüllte ihre Mom den Mann an, der sie am Arm packte und sie in den hinteren Bereich bugsieren wollte. Gemeinsam lieferten sie sich einen Kampf um den Gürtel, der Ebbes Wickelkleid zusammenhielt. „Ich bin Amerikanerin! Ich habe Rechte! Wenn die Frauen auf dem Buffet und die Leute auf den Fotos nackt sein können, warum sollte ich das dann nicht auch dürfen? Hier wird wohl mit zweierlei Maß gemessen! Typisch Mann!“

„Was ist denn da los?“, fragte eine Frau, die von Kristine in die Galerie gelassen worden war. „Ist das eine Performance?“

„Ja, genau“, antwortete Kristine geistesgegenwärtig, während sie überlegte, ob ihre Mutter tatsächlich vorgehabt hatte, ihr Kleid auszuziehen und nackt durch die Galerie zu spazieren. Lieber Himmel! „Ganz richtig. Wir sprechen damit die Brutalität an, mit der der Brustkrebs eine Frau attackiert.“ Gott würde ihr diese Lüge hoffentlich verzeihen, immerhin diente sie ja dem Wohl aller Beteiligten.

„Ah, verstehe.“ Die Frau und ihr Ehemann nickten zustimmend. „So regt das wirklich zum Nachdenken an.“

So konnte man es auch ausdrücken. Kristine versuchte, die Ruhe zu bewahren, während sie zusah, wie Ebbe sich halb nackt einen bizarren Tanz mit dem Wachmann lieferte, damit der sie nicht zu fassen bekam. Kristine hatte keine Ahnung, was sie unternehmen sollte. In Ian Bainbridges Richtung konnte sie gar nicht erst sehen, weil sie panische Angst vor dessen Reaktion auf dieses Theater hatte.

Dann jedoch schritt Sean persönlich ein, schickte den Wachmann weg und redete auf ihre Mutter ein. Erstaunlicherweise hörte Ebbe ihm tatsächlich zu und unterließ es sogar, weiter mit den Armen zu fuchteln.

Dieser Anblick ließ Kristine gleich etwas ruhiger werden. Sie führte die Gäste ein Stück weiter und verkündete: „Bedienen Sie sich bei Champagner und Sushi und lernen Sie unseren Ehrengast persönlich kennen – den Fotografen Ian Bainbridge."

Ihre Stimme klang fast normal, wovon sie selbst beeindruckt war.

Als sie sah, wie Sean mit Ebbe ins Hinterzimmer verschwand, stieß sie vor Erleichterung einen Seufzer aus.

June winkte sie zu sich und fragte: „Wer in Gottes Namen war denn diese Frau?"

„Keine Ahnung", erwiderte sie, ohne zu zögern. „Schon gut, dass wir die Wachleute haben."

„Das war aber nicht zufällig unsere Sprayerin, oder?"

„Nein, ganz sicher nicht." Das konnte sie mit Gewissheit sagen, denn Ebbe würde sich nicht über ihre Tat ausschweigen, sondern sie hätte sich längst dazu bekannt. Das war eindeutig das Werk eines anderen Täters. Wer das sein mochte, dazu konnte sie gar nichts sagen. Vielleicht war es ja die Frau, die auf all den beschmierten Fotos zu sehen war.

Unabhängig davon hatte Kristine so eine Ahnung, dass sie Sean in großem Stil etwas dafür schuldete, dass er Ebbe weggebracht hatte, bevor es zu einem schlimmeren Eklat gekommen war. Sie konnte sich bereits denken, was er im Gegenzug von ihr verlangen würde.

Die Bestätigung für ihre Vermutung erfolgte nur zehn Minuten später, als er das Hinterzimmer verließ und gemächlich auf sie zukam. Das Jackett war noch aufgeknöpft, die Hände hatte er in die Hosentaschen geschoben. Dabei erweckte er den Eindruck, als wäre überhaupt nichts Außergewöhnliches vorgefallen. Bei ihr angekommen, beugte er sich vor und sagte zu ihr: „Kann sein, dass ich anschließend eine Therapie machen muss, aber auf jeden Fall sitzt Ebbe jetzt zusammen mit einem von meinen Leuten in meinem Wagen und spielt auf ihrem Handy Solitär."

„Ehrlich?" Das klang für sie fast schon zu leicht. „Ich danke dir."

Er schaute sie lange an, bevor er erklärte: „Das höre ich in letzter Zeit ziemlich oft von dir. Es ist sehr höflich, aber ich möchte von dir keine Höflichkeiten zu hören bekommen."

Kristine biss sich auf die Lippe. „Das ist kein guter Moment. Meine Mutter bringt mich gerade total durcheinander."

„Das macht sie mit mir auch, obwohl ich mich eigentlich bloß auf dich konzentrieren will. Komm mit mir zum See", forderte er sie auf. „Lass mich alles andere vergessen."

Ein Schauer lief ihr über den Rücken, und wieder kam Sean ihr viel zu nahe. Sie war sich nur allzu deutlich seiner Männlichkeit bewusst, und durch die Art, wie er sich zu ihr vorbeugte, fühlte sie sich seltsamerweise sehr weiblich. Vielleicht lag es an ihrer Erschöpfung, vielleicht auch an ihrer Dankbarkeit für alles, was er in den letzten Tagen für sie getan hatte, einschließlich der Tatsache, dass er ihr wegen der Vergangenheit nicht böse gewesen war … zumindest nicht allzu sehr. Auf jeden Fall brodelte da etwas dicht unter der Oberfläche.

Vielleicht hing es aber auch damit zusammen, dass Kristine

sich einfach nicht die Gelegenheit nehmen lassen wollte, mit ihrem Ex wieder ins Bett zu gehen.

Was auch immer der wahre Grund war, jetzt hörte sie sich antworten: „Ja, ich fahre mit dir an den See."

Er verzog den Mund zu einem sündigen Lächeln. „Du wirst es nicht bereuen."

Damit hatte er wahrscheinlich sogar recht, aber genau das war das Problem.

## 8. KAPITEL

„Verzeihen Sie bitte den Zwischenfall von vorhin“, sagte Sean eineinhalb Stunden später zu Ian. Genau genommen war sein Unternehmen nicht dafür verantwortlich, dass Ebbe die Galerie betreten hatte, aber es fiel in seine Zuständigkeit, alle auftauchenden Probleme schnell und diskret aus der Welt zu schaffen. Wenn er ganz ehrlich war, musste er zugeben, dass er die Frau sogar schneller aus der Galerie hatte bringen können, als er es für möglich gehalten hatte. Hinsichtlich der Tatsache, dass zu der Zeit erst ein paar Gäste eingetroffen waren, konnte er nur hoffen, dass Ebbes Auftritt kein großes Thema sein würde. Vor allem war er jedoch dankbar dafür, dass ihr Plan, sich in der Galerie auszuziehen, noch schnell genug vereitelt worden war, ehe irgendjemand etwas zu sehen bekommen hatte, was er nicht sehen musste.

Ian zuckte mit den Schultern. „Kein Grund zur Sorge. Jeder hat schließlich etwas zu sagen, nicht wahr? Ich freue mich, wenn Leute ihre Meinung über meine Arbeiten kundtun.“

Der Mann nahm den Vorfall viel gelassener hin, als Sean selbst es getan hätte, wenn das sein großer Abend gewesen wäre. Vielleicht gab es für ihn hier ja eine Lektion zu lernen. „Ich glaube nicht, dass sie wirklich eine Meinung äußern wollte. Sie hätte wohl eher Ihre gesamte Ausstellung an den Pranger gestellt.“

Lachend nahm Ian ein Glas Champagner von einem der Kellner entgegen, die mit vollen Tabletts zwischen den Gästen hin und her gingen. „Das passiert mir oft. Aus irgendeinem Grund stören sich viele Menschen an Nacktheit. Mich stört daran nichts. Nacktheit ist für den modernen Menschen die offensichtlichste Form, sich auszudrücken."

Dagegen konnte Sean nichts einwenden. Schließlich wollte er sich morgen in dem Wochenendhaus mit Kristine auch nackt ausdrücken.

Zwar war er davon ausgegangen, dass sie früher oder später einlenken und sich damit einverstanden erklären würde, Zeit mit ihm zu verbringen. Dennoch hatte es ihn überrascht, wie mühelos er sie dazu hatte überreden können. Der Gedanke ließ seinen Mund trocken werden und seinen Schwanz pulsieren.

Zum Glück neigte sich der Abend seinem Ende entgegen, und der nächste Tag war schon zum Greifen nah. Kristine war den ganzen Abend in der Galerie umhergeeilt, die Wangen gerötet und immer ein strahlendes Lächeln auf den Lippen. Jemand, der sie nicht kannte, würde glauben, dass sie die Lage vollständig im Griff hatte. Er dagegen konnte ihr deutlich ansehen, unter welchem Stress sie stand und wie sehr der sie belastete. Dieser Job war ihr eindeutig sehr wichtig. Aber sie musste auch kurz davor sein, vor Hunger umzufallen, denn soweit er das beurteilen konnte, hatte sie den ganzen Abend nicht einen einzigen Happen gegessen.

„Das kann ich verstehen", sagte Sean nun zu dem Fotografen. „Und wie lange werden Sie in Minneapolis bleiben?"

„Nur noch eine Woche. Danach brechen wir unsere Zelte hier ab und machen uns auf den Weg zur nächsten von insgesamt sechs Städten, die wir bis Jahresende bereisen wollen."

„Klingt aufregend."

„Ist aber eher ermüdend." Ian lächelte ironisch. „Es gehört halt zur Arbeit dazu."

„Kann ich gut nachempfinden“, bestätigte Sean, der sich mit langen Arbeitstagen gut auskannte. Den Großteil der Zeit zwischen seinem zwanzigsten und dreißigsten Geburtstag hatte er damit zugebracht, sein Geschäft aufzubauen. Während seine Freunde vom College damit beschäftigt gewesen waren, jede Bar in der Innenstadt zu testen, hatte er E-Mails beantwortet und war mit den Klienten seines Mentors zu Geschäftsessen gegangen. Für Spaß war damals keine Zeit gewesen, und obwohl er heute die finanziellen Früchte dieser Selbstdisziplin ernten konnte, überlegte er in manchen Momenten, ob es nicht irgendeine Möglichkeit gab, Arbeit und Vergnügen in ein ausgewogeneres Verhältnis zueinander zu bringen. Diese Frage ging ihm regelmäßig durch den Kopf, wenn er um Mitternacht in seinem Apartment saß und immer noch arbeitete, während ihm nur ein Glas Wein Gesellschaft leistete.

„Ein eigenes Unternehmen zu leiten, lässt sich vermutlich mit meiner Arbeit vergleichen“, fuhr Ian fort. „Es ist erbarmungslos und nimmt nie ein Ende, nicht wahr?“

Sean nickte. „So kann man das sagen.“

„Sind Sie verheiratet? Oder haben Sie eine Freundin?“

„Weder noch“, antwortete er reflexartig. Aber so wie immer, wenn eine Frau ihm diese Frage stellte, fühlte er sich auch jetzt dazu veranlasst, die ganze Wahrheit zu sagen. „Na ja, auf dem Papier bin ich noch immer verheiratet, allerdings haben wir uns bereits vor zehn Jahren getrennt. Irgendwie hat keiner von uns sich die Mühe machen wollen, endlich mal die Scheidung einzureichen.“

„Ehrlich? Zehn Jahre sind eine lange Zeit.“ Ian betrachtete ihn aufmerksam. „Sind Sie beide noch befreundet?“

„Wir geben uns Mühe." Hoffte er zumindest.

„Na, dann viel Glück, mein Freund. Ich kann mir nicht vorstellen, dass das sehr einfach sein dürfte."

„Ich glaube, wenn es um Beziehungen geht, ist nie irgendwas sehr einfach." Warum zum Teufel redete er ausgerechnet mit Ian darüber? Vielleicht, weil er bloß einen kleinen Freundeskreis hatte, der sich aus seinen beiden Brüdern und seinem besten Freund von der Highschool zusammensetzte. Und weil er den Wunsch verspürte, über Kristine und darüber zu sprechen, wie sie wieder in sein Leben geplatzt war. Aber das war nichts, worüber er sich mit einem Fotografen unterhalten sollte, der seine Firma unter Vertrag genommen hatte. „Waren Sie jemals verheiratet?"

„Nein, nie. Es ist auch ziemlich schwierig, eine Beziehung aufzubauen, wenn man so gut wie nie zu Hause ist und Fotos von nackten Menschen macht. Frauen halten mich entweder für pervers oder vergleichen sich ständig mit den Modellen auf den Fotos. Oder sie sind mehr an meinem Erfolg als an mir interessiert."

Ian klang nicht zynisch, er schätzte vielmehr die Situation möglichst sachlich ein. Und Sean konnte diese Äußerung nur unterstreichen. „Das können Sie laut sagen. Zu viel Arbeit ist tödlich fürs Privatleben."

„Allerdings."

Als Sean bemerkte, dass sie jetzt beide wortlos auf das Foto vor ihnen an der Wand starrten, fühlte er sich mit einem Mal verlegen. „Tja, dann will ich Sie lieber mal wieder Ihren Gästen überlassen", meinte er und hielt Ian die Hand hin. „Viel Glück mit Ihren kommenden Ausstellungen. Ich hoffe, dieser Zwischenfall vom letzten Mittwoch wiederholt sich nicht."

„Danke, ich weiß Ihre Sorge zu schätzen."

Sean ging an den Sushi-Modellen vorbei, die fast nur noch mit welken Salatblättern belegt waren. Zu seinem Erstaunen wirkte das Ganze ohne das Essen noch sonderbarer. Die Brünette zwinkerte ihm zu, worauf er jedoch bloß mit einem verhaltenen Lächeln reagierte, weil er sie zu nichts ermuntern wollte. Er war nicht interessiert. Seine Gedanken und seine Libido waren ausschließlich auf Kristine ausgerichtet.

Als er am Getränkestand vorbei in Richtung Hinterzimmer ging, entdeckte er sie. Das Lächeln, das er ihr zuwarf, kam von Herzen, aber sie verzog den Mund und verdrehte die Augen. Welchen Grund sie dafür haben sollte, war ihm nicht klar. Da er den anderen Gästen den Rücken zugewandt hatte und niemand außer ihr sein Gesicht sehen konnte, streckte er ihr die Zunge raus. Sie machte große Augen und lachte leise.

„Gehst du?", fragte sie, als er nahe genug war, dass sie leise mit ihm reden konnte, ohne von anderen belauscht zu werden.

„Ich will nur raus auf den Parkplatz und nach einem gewissen Jemand sehen", erwiderte er.

„Ah." Sie zog wissend die Brauen hoch. „Also kommst du zurück?"

Vielleicht redete er sich gerade etwas ein, doch es klang wirklich so, als wollte sie, dass er zurückkam.

Dann fügte sie hinzu: „Es sei denn, du hast vor, dir einen Nachschlag beim Wasabi und bei den Shrimps zu holen."

Was sollte denn das bedeuten? Er beschloss, diese Bemerkung für den Augenblick zu ignorieren. „Wenn ich wiederkomme, musst du mir deine Nummer geben." Im Weggehen raunte er ihr zu: „Pack nicht zu viel ein. Kleidung wirst du fast keine brauchen."

Ihr stockte kurz der Atem, dann hob und senkte sich ihre Brust heftig unter dem eng anliegenden Sweater. Doch sie antwortete: „Du wirst mich in einem Schlafanzug aus Fleece erleben, und es wird dir gefallen."

Frech. Ganz so, wie er sie in Erinnerung hatte. Und wie er es mochte.

„Daran zweifle ich nicht." Er zwinkerte ihr zu, was sie zu erschrecken schien.

Schließlich ging er durchs Hinterzimmer und trat nach draußen in die Gasse neben dem Gebäude, wo Ebbe zusammen mit seinem Wachmann in seinem Wagen saß.

Sofort bereute er, dass er auf diese Idee gekommen war.

„Heilige Scheiße!", platzte er heraus, ehe er es verhindern konnte.

Sean war nie ein Zwinkerer gewesen. Damit hatte er Kristine völlig überrumpelt. Auch wenn er wie der todernste Geschäftsmann aussah, der außer Arbeit nichts kannte, kam er ihr nicht mehr ganz so ... so besessen vor wie noch vor zehn Jahren. Vielleicht lag es daran, dass er den Erfolg erreicht hatte, auf den er damals so zielstrebig hingearbeitet hatte. Er wirkte heute selbstbewusst, mit sich und seinem Leben rundum zufrieden.

Dieses Zwinkern deutete zumindest auf eine Spur von Humor hin.

In der Abgeschiedenheit ihres kleinen Apartments war er immer zu Späßen aufgelegt gewesen – ob er Grimassen geschnitten oder nackt Sit-ups gemacht hatte. Der Gedanke ließ bei ihr nostalgische Gefühle aufkommen. Wie lange war es her, seit ein Mann sie zum Lachen gebracht hatte? Sie war momentan vor allem von Sorgen geplagt: Geldsorgen ebenso wie Existenzängste. In den letzten Jahren war sie mit ernsten, verantwortungsvollen Männern ausgegangen, fast so als hätte sie gehofft, dass von diesen Eigenschaften etwas auf sie abfärbte.

Aber das war nie ihr wahres Ich gewesen.

Sie konnte sich anderen Leuten so oft als Kristine vorstellen, wie sie wollte – sie war und blieb Kristy, die Tochter der durchgeknallten Ebbe, die abwechselnd in einer Stadtwohnung und einem schrottreifen alten Schulbus weit draußen auf dem Land lebte. Sie war die Frau, die auf jeden ihrer Fingernägel einen kleinen Smoking malte und Swingtanz liebte.

Erwachsen zu werden bedeutete nicht, dass man sein altes Ich über Bord warf. Ihr wurde bewusst, dass sie mit ihrer Zusage, mit Sean zur Hütte zu fahren, jene impulsive Seite zum Zug hatte kommen lassen, die sie selbst immer so verabscheut und als Zeichen ihres persönlichen Versagens angesehen hatte. Die ungestüme Art ihrer Mutter hatte für viele Probleme und Entbehrungen gesorgt, und die überhastete Entscheidung ihres Vaters, die Familie im Stich zu lassen, hatte ebenfalls ihre Kindheit von Grund auf verändert. Aber spontan zu sein war an sich keine Schwäche, auch wenn ihr das noch so viele Leute einreden wollten. Spontan zu sein hieß, für den Moment zu leben und ebendiesen Moment zu genießen.

Genauso spontan beschloss sie jetzt, sich von June und allen anderen unbemerkt nach draußen zu schleichen und Sean zu sagen, dass sie sich auf das Wochenende mit ihm freute. Natürlich hätte sie ihm das auch morgen sagen können, aber dann wäre die Wirkung nicht dieselbe gewesen. Er musste sofort wissen, dass sie seine Hilfe zu schätzen wusste. Und dass sie erleichtert war, weil er nicht ausgerastet war, obwohl ihm die Scheidungspapiere ganz ohne Vorwarnung auf den Tisch geflattert waren. Sie war sich nicht sicher, ob sie an seiner Stelle auch so nachsichtig gewesen wäre.

Sie ging nach draußen in die Gasse und genoss die kühle Brise. In der Galerie war es zu warm, und sie fühlte sich durch den Stress zusätzlich aufgeheizt. Erschrocken zuckte sie zusammen, als Sean auf sie zukam und so wirkte, als hätte er einen Geist gesehen. Sein Atem ging stoßweise, sein Gesicht war kreidebleich, die Augen waren weit aufgerissen.

„Was ist los?“, fragte sie, musterte ihn von Kopf bis Fuß und prüfte, ob er irgendwelche Verletzungen aufwies. Nach seiner Miene zu urteilen, hätte man denken können, dass ihm jemand einen Finger abgehackt hatte oder ihm etwas ähnlich Schmerzhaftes und Schockierendes angetan worden war. Aber rein äußerlich war ihm nichts anzusehen.

„Deine Mutter und mein Wachmann machen in meinem Wagen rum!“

*„Was?“*

Er blieb stehen, dann beugte er sich vor und stützte sich auf seinen Oberschenkeln ab, als müsse er erst ein paarmal tief durchatmen. „Vor einer Stunde bin ich weggegangen, da haben die beiden noch Karten gespielt. Wie kann so was passieren? Ich meine, sie ist … und er ist …“ Plötzlich lachte er auf. „Auf eine bizarre Art finde ich das sogar faszinierend. Wie kann jemand solche Schwingungen aussenden, dass man nach ein paar Minuten anfängt, Zungenküsse auszutauschen?“

Kristine war sich nicht sicher, was sie darauf erwidern sollte. Es überraschte sie im Grunde nicht. Dennoch war es so erschreckend, dass sie das dringende Bedürfnis verspürte, sich für ihre freigeistige Mutter zu entschuldigen. „Es tut mir leid. Sie lernt halt gern neue Leute kennen."

„So kann man das auch bezeichnen." Er sah sie amüsiert an. „Und dir verleihe ich eine Tapferkeitsmedaille dafür, dass du es in der Kindheit mit ihr als Mutter ausgehalten hast. Sie ist völlig bescheuert, aber das weißt du ja sicher, oder?"

„Ja." Das war wirklich nichts Neues. „Sie ist ... na ja, sie ist halt Ebbe." Das Kreuz, das Kristine zu tragen hatte. „Ich war so lange weg, dass ich völlig vergessen hatte, was es heißt, mit ihr unmittelbar zu tun zu haben."

„Im Augenblick hat Jason unmittelbar mit ihr zu tun. Also bleibt uns eine Verschnaufpause."

Das stimmte.

„Eigentlich wollte ich nur kurz mit dir reden", sagte sie seufzend, „und danach gleich wieder reingehen, doch meine Mom hat wie gewöhnlich ihren Sinn für miserables Timing bewiesen." Hier stand sie und bemühte sich, einen professionellen Eindruck zu machen, und ihre Mutter hatte nichts Besseres zu tun, als das zu sabotieren – ganz gleich, ob sie das mit purer Absicht tat oder nicht.

„Mach du dir keine Gedanken darüber, ich kümmere mich um die beiden. Ich werde in einer Minute mal anklopfen und ihnen vorschlagen, dass sie die Telefonnummern austauschen und dass Ebbe sich dann auf den Heimweg macht."

„Würdest du das tun?" Eine enorme Erleichterung erfasste sie. Schließlich musste sie zurück in die Galerie, damit June sehen konnte, wie sie ihren Job erledigte. Andererseits hatte sie das Gefühl, dass sie Sean nicht einfach die Verantwortung für Ebbe aufhalsen konnte. Ihre Mutter war ihr Problem, und sie sollte sich diesem Problem stellen. „Ich kann das nicht von dir verlangen."

„Ich habe es von mir aus angeboten, also kein Grund zur Sorge." Er kam näher und legte die Hände an ihre Wangen. „Du bist mir wichtig, und das weißt du auch. Ich will dir helfen."

Ihre Kehle war im ersten Moment wie zugeschnürt, zudem konnte sie spüren, wie ihr die Tränen in die Augen stiegen. „Du bist mir auch wichtig." Das war nichts anderes als die Wahrheit. Das hatte nie aufgehört. Sean war der Maßstab für jeden der Männer gewesen, mit denen sie seitdem ausgegangen war, und nicht ein einziger von ihnen hatte an ihn heranreichen können. Das bedeutete nun jedoch auch wieder nicht, dass es sinnvoll war, Nostalgie ins Spiel zu bringen, wenn dadurch die gegenwärtige Situation nur noch verworrener werden würde. Jeder von ihnen gehörte in die Vergangenheit des jeweils anderen, nicht in die Zukunft. „Aber ich möchte nicht das Gefühl haben, dass ich dir etwas schulde."

Ein Ausdruck von Verärgerung huschte über seine Miene. „Das Leben ist keine ausgeglichene Bilanz. Ich kann etwas für dich tun, weil du mir wichtig bist, aber nicht, weil ich im Gegenzug etwas erwarte."

Sie wollte nicht widersprechen, zumal sie wusste, dass er recht hatte. „Okay."

„Gib mir deine Telefonnummer, ich hole dich morgen früh um sechs ab."

„Um sechs?" Das ließ sie prompt alle Gefühle vergessen, die er bei ihr geweckt hatte. „Geht's nicht noch etwas früher?"

„Gern. Umso mehr Zeit kann ich mit dir im Bett verbringen“, konterte er ihre ironische Frage.

O verdammt! Sie war kurz davor, wie ein Teenager zu erröten, als sie sich vorstellte, wie sie beide verschwitzt und außer Atem im Bett lagen. Ja, das würde sicher ein interessantes Wochenende werden. „Haha.“

„Du weißt ja, dass ich vorhabe, dich zu verführen.“

„Ja, darin waren wir uns bereits einig, wenn ich mich nicht irre.“ Sie hatte den Eindruck, dass sie beide immer noch sehr lässig miteinander umgehen konnten, wenn es um Sex ging. Daran schien sich seit damals nichts geändert zu haben.

„Nein.“ Er schüttelte bedächtig den Kopf. „Ich meine, ich werde dich *verführen*. Am Sonntagabend wirst du nicht mehr wissen, wie du heißt. Ich werde dich dazu bringen, vor Verlangen meinen Namen zu schreien.“ Mit dem Daumen strich er über ihre Unterlippe. Dieses leichte Kitzeln und seine Nähe ließen ihr einen Schauer über den Rücken laufen. „Denkst du, dass du damit klarkommen wirst?“

Nein. Aber sie hatte sich in ihrem ganzen Leben ständig weggeduckt und die Flucht ergriffen. Wenn sie seine Unterschrift auf den Scheidungspapieren haben und dieses Kapitel endlich abschließen wollte, damit sie als reife Erwachsene nach vorn schauen konnte, dann musste sie das hier durchziehen. Für Sean und für sich selbst. Und für ihren Körper, der schon viel zu lange ohne Sex auskommen musste.

„Ich glaube, das kriege ich hin“, versicherte sie ihm.

„Denk aber daran, dass das Haus auf einer Insel steht und dass du von da nur wegkommst, wenn du mit einem Boot umgehen kannst.“

Das konnte sie nicht. Allerdings fand sie die Vorstellung lustig, mitten in der Nacht den Lake Vermilion zu überqueren, um Seans sexuellen Fertigkeiten zu entkommen. „Es sind zwei Tage. Sofern es nicht irgendeinen Grund dafür gibt, dass ich dir besser nicht vertrauen sollte, werde ich diese zwei Tage schon irgendwie überstehen. Ich bin hart im Nehmen."

Er zog einen Mundwinkel nach oben. „Ich kann mich gar nicht daran erinnern, dass du es magst, hart genommen zu werden."

Die angekündigte Verführung hatte also bereits begonnen. Kristine wünschte sich, sie würde sitzen, denn dann hätte sie die Beine übereinanderschlagen können, um das verräterische Ziehen zwischen ihren Schenkeln zu unterdrücken. „Wer weiß, was sich in den letzten zehn Jahren noch alles verändert hat."

Ha! Was er konnte, konnte sie schon lange.

Es schien zu funktionieren, da es ihm offenbar die Sprache verschlagen hatte.

In dem Moment ging die Hintertür der Galerie auf. „Ah, da sind Sie ja", sagte June.

Kristine zuckte vor Schreck zusammen. Ach ja. Ihr Job. „Tut mir leid, ich habe nur kurz mit Mr. Maddock geredet. Ich komme gleich rein."

„Könnten Sie für mich einspringen? Ich muss unbedingt eine rauchen."

Diese Bitte erstaunte Kristine, da sie June mit einem Mal viel menschlicher erscheinen ließ. Zu wissen, dass auch ihre Chefin nicht vollkommen war, hatte etwas unerwartet Beruhigendes an sich.

„Klar, kein Problem. Ich bin in zwei Minuten für Sie da, keine Sekunde später."

June lächelte erleichtert. „Danke, ich hole schon mal mein Feuerzeug."

Die Tür fiel zu, und Kristine schaute sich auf dem Parkplatz um. „Ich schätze, ich sehe dich dann morgen früh um sechs. Mach dich aber darauf gefasst, dass ich nicht geschminkt sein werde."

„Also ganz natürlich. So wie ich es mag. So wie ich dich mag."

Wieso kam es ihr bloß so vor, als würde sie von der überwältigenden Kraft von Seans Persönlichkeit schon jetzt auf den See hinausgetrieben?

„Ich mag es, wie deine Lippen schmecken, wenn du keinen Lippenstift trägst", fügte er hinzu. „Und ich mag es, wenn deine Haut blass und zart ist."

In diesem Moment beschloss sie, früh genug aufzustehen, um alles auflegen zu können, was sie an Make-up im Haus hatte. Dies war nicht Seans Show, er führte hier nicht Regie. Zwar hatte er sie zu dieser verrückten Idee überreden können, doch sie würde zu ihren eigenen Bedingungen mitmachen.

„Beruhig dich mal wieder", sagte sie. „Und jetzt Gute Nacht."

Damit stolzierte sie zur Tür. Sie hatte ihm ihre Machtposition deutlich gemacht.

Er ruinierte ihr diesen kleinen Triumph jedoch, indem er ihr hinterherpfiff wie ein Bauarbeiter.

Kristine verdrehte die Augen. Ja, er hatte in den letzten zehn Jahren eindeutig die Seite an sich entdeckt, die das Leben nicht ganz so ernst sah. Sie dagegen hatte wohl die Seite an sich entdeckt, die auf alles gereizt reagierte.

Dieser Ausflug mit ihm war in etwa so sinnvoll wie eine Flasche Sonnenschutzcreme bei einem Wolkenbruch.

## 9. KAPITEL

Sean bog auf den Parkplatz vor der Hausnummer ein, die Kristine ihm genannt hatte. Das Gebäude war ein vernachlässigt aussehender Apartmentkomplex, zwar nicht in einem der schlechten Viertel, aber auch nicht in dem angesagten Stadtteil, in dem er ihre Wohnung eigentlich erwartet hatte, in der Nähe der Galerie und der coolen Restaurants. Diese Gegend hier wirkte dagegen irgendwie abgekämpft und kraftlos, das Grün ringsum hatte man schon seit einer Weile nicht mehr geschnitten, der Boden war übersät mit Zigarettenkippen und anderem Abfall. Aus unerfindlichen Gründen bekam er bei dem Anblick ein schlechtes Gewissen, weil er in einem luxuriösen Apartment lebte. Aber schließlich war ihm seine Wohnung nicht in den Schoß gefallen; er hatte hart dafür arbeiten müssen. Kristine war früher nie so ehrgeizig und materialistisch ausgerichtet gewesen wie er, und daran hatte sich anscheinend bis heute nichts geändert.

Doch wenn sie damit glücklich war, warum nicht?

Nur … war sie damit wirklich glücklich?

Er hatte keine Ahnung, und das störte ihn ganz gewaltig.

So etwas sollte er eigentlich wissen.

Schon seltsam, wie bizarr sich das auf einmal anfühlte, dass sie vor einem Jahrzehnt wie aus dem Nichts in seinem Leben aufgetaucht war, alles auf den Kopf gestellt hatte und dann gleich wieder verschwunden war. Er wusste nichts darüber, was sie in den letzten Jahren getan hatte – nichts über ihre Erfahrungen, ihre Siege und Niederlagen, ihre Freude und ihr Leid. Nichts, rein gar nichts. Ihr Weg hatte sie in dieses Haus dort geführt, doch welche Schritte hatte sie zurückgelegt, um letztlich dort anzukommen? Das wollte er erfahren.

Während er den Parkplatz überquerte, wählte er auf seinem Handy ihre Nummer. Sie meldete sich mit einem atemlosen „Hallo?"

„Habe ich dich geweckt?", fragte er. Es hätte ihn nicht gewundert, denn immerhin war der gestrige Tag ziemlich hektisch gewesen.

„Nein, ich packe bloß gerade die letzten Teile ein."

„Du brauchst nur Jeans und ein Sweatshirt. Insektenspray habe ich schon besorgt. Bevor wir zur Insel übersetzen, können wir beim Supermarkt in der Stadt anhalten und das einkaufen, was du sonst noch brauchst."

Das einzige Mal, dass sie die Hütte seiner Familie besucht hatten, war während ihrer Flitterwochen gewesen. Kristine war eindeutig ein Stadtmensch gewesen. Dennoch hatte sie kein Problem damit gehabt, sich kopfüber in dieses Abenteuer zu stürzen, bei dem sie auf modernen Komfort wie sanitäre Anlagen, Fernsehen und Telefon hatte verzichten müssen. Damals waren sie eine Woche geblieben, und sie hatte nur ein paar sexy Slips, drei Bikinis, Jeans, ein T-Shirt und ein Sweatshirt mitgenommen. Diesmal konnte sie allerdings auf die Bikinis verzichten, da ja Herbst war. Umso verblüffter schaute er drein, als sie die Wohnungstür öffnete und einen riesigen Koffer in den Hausflur rollte.

„Was zum Teufel ist denn da alles drin?" Und was bitte trug sie da eigentlich? In dem Flanellhemd, das sie in den Bund ihrer dunklen, hautengen Jeans geschoben hatte, und den sehr weiblich gestylten Wanderstiefeln wirkte sie, als wäre sie aus einem früheren Jahrzehnt entsprungen. Um den Hals hatte sie kunstvoll einen Schal drapiert, der hoch genug saß, um einen Blick auf ihren großzügigen Ausschnitt zu gewähren. Sean lief bereits das Wasser im Mund zusammen, während er nach dem pinkfarbenen Koffer griff und sich über das beträchtliche Gewicht wunderte.

„Ich hatte eine kleine Schuhkrise", erwiderte sie. „Ich hatte Angst, dass ich mit dem Paar, das ich trage, durch Wasser oder Schlamm laufen muss. Also habe ich ein Ersatzpaar eingepackt. Und dann die Flip-Flops, um zum Plumpsklo zu laufen. Und Pantoffeln für die Hütte, weil es ja bestimmt kalt sein wird."

„Für zwei Tage?" Er sah zu, wie sie die Wohnungstür hinter sich zuzog und sich vergewisserte, dass sie auch tatsächlich zu war. Als sie sich zu ihm umdrehte, stellte Sean fest, dass sie Lippenstift, Mascara und Eyeliner aufgelegt hatte. „Du hast dich ziemlich rausgeputzt für ein Dorf wie Tower in Minnesota."

Er war als ältester von drei Jungs in Tower aufgewachsen, großgezogen von der Mutter, die in der häuslichen Krankenpflege arbeitete, und vom Vater, der als Bauarbeiter jeden Job annahm, der ihm angeboten wurde. Sein Großvater war Bergarbeiter gewesen und hatte einen großen Teil seines Lebens unter Tage verbracht. Von Jugend an war es Seans ehrgeiziges Ziel gewesen, Tower zu verlassen und dort heimisch zu werden, wo es bessere Jobs zu finden gab. Dennoch sehnte er sich heute nach dem einfachen Leben zurück. Es war gut gewesen, in einer kleinstädtischen Atmosphäre aufzuwachsen, umgeben von Menschen, auf die man sich verlassen konnte.

Kristine hatte ihn in der Kirche an der Main Street geheiratet, anschließend waren sie per Boot zu der Insel gefahren, auf der die Hütte seiner Familie stand. Er fragte sich, was Kristine wohl von den Veränderungen halten würde, die er seit damals vorgenommen hatte. Mit Blick auf den großen Koffer würde es ihr wohl gefallen. Die ursprüngliche Hütte war im Vergleich zu dem Haus, das er dort hingebaut hatte, kaum mehr als ein Schuppen gewesen.

„Kann sein, dass ich zu viel eingepackt habe", gab sie zu. „Aber ich bin in Panik geraten. Ich habe überlegt, dass es weiter nördlich wahrscheinlich viel kälter ist, darum habe ich so viel mitgenommen, dass ich mehrere Lagen übereinander tragen kann."

Gemeinsam gingen sie zu seinem Wagen. Sean machte den Kofferraum auf. „Mit anderen Worten: Wenn ich Spaß haben will, muss ich dich zuerst wie eine Zwiebel schälen?"

Sie schaute ihn belustigt an. „Wenn du das machst, dann fang wenigstens nicht an zu weinen, sonst bringt mich das noch in Verlegenheit."

„Ich werde nicht weinen, versprochen", sagte Sean lachend und wollte gerade den Koffer ins Auto packen, als Kristine ihn davon abhielt.

„Warte, ich brauche noch meine Decke für die Fahrt."

Wie kam es nur, dass diese Bemerkung das Süßeste war, was er je zu hören bekommen hatte? Im Geiste verdrehte er über seinen eigenen Gedanken die Augen. Er beobachtete sie dabei, wie sie sich hinhockte und den Reißverschluss am Koffer aufzog, nachdem sie ihn auf die Seite gelegt hatte.

Als sie ein kleines Kissen und eine Fleecedecke herausnahm, kam darunter ein Teil ihrer übrigen Dinge zum Vorschein. Ungläubig betrachtete er den Kofferinhalt. Er entdeckte Kosmetika aller Art, einen Föhn … und waren das da etwa *Lockenwickler*?

„Sag mal, Kristine, bist du mit deinem Hausstand auf der Flucht vor irgendwem?"

„Ach, sei ruhig." Sie reichte ihm das Kissen und die Decke. „Halt das mal."

Das tat er, während sie den Koffer zumachte. So wie sie vor ihm hockte, konnte Sean die wundervolle Aussicht auf ihren Po genießen, der durch die Stretchjeans erst richtig betont wurde.

„Okay, fertig." Sie klang ein wenig atemlos, als sie sich aufrichtete und ihren Koffer hochheben wollte.

„Lass mich das machen."

„Ich kann das selbst."

„Ja, aber ich will es machen." Er drückte ihr Decke und Kissen in die Arme. „Steig du schon mal ein."

Eine Sekunde lang zögerte sie, setzte sich dann aber doch in den Wagen. Er stellte den Koffer neben seine Reisetasche und stieg ebenfalls ein. Insgeheim überlegte er, wie er Kristine in eine Unterhaltung verwickeln konnte, in deren Verlauf sie von sich aus erzählte, was sie erlebt hatte, seit sie damals einfach weggelaufen war. „Und? Was hast du in den letzten zehn Jahren so gemacht?", war nicht gerade die Art von Frage, die er ihr stellen wollte. Er dachte darüber nach, wie er das Gespräch geschickter anfangen konnte, doch nachdem er losgefahren war, musste er feststellen, dass Kristine bereits die Augen geschlossen hatte und ihr Kopf auf das Kissen gesunken war, das sie zwischen sich und das Fenster geklemmt hatte.

Anscheinend war sie verdammt früh aufgestanden, um sich noch schminken und ihre Sachen packen zu können. Nach dem gestrigen Tag musste sie wohl ziemlich erschöpft sein, weshalb er beschloss, sie die gesamten vier Stunden schlafen zu lassen, die sie bis zur Insel benötigen würden. Wenn es nach ihm ging, würde sie dann ohnehin nicht mehr viel Schlaf bekommen, und daher war es sinnvoll, dass sie jetzt Kräfte sammelte. Als er wenig später am Drive-in anhielt, um noch einen Kaffee zu holen, bevor es auf den Highway ging, war sie längst fest eingeschlafen.

Sean verließ die Stadt in nördlicher Richtung. Von Zeit zu Zeit schaute er nach Kristine und erfreute sich am Profil ihrer Stupsnase und an ihren vollen Lippen. Trotz des Make-ups wirkte sie schlafend jünger als an den Tagen zuvor – fast so wie er sie noch in Erinnerung hatte. Jünger und … ruhiger, gelassener. Der sorglosen Kristine, die er gekannt hatte, schien die Last des Lebens zugesetzt zu haben. Sein Gefühl sagte ihm, dass ihr in der Vergangenheit mehr abgefordert worden war als ihm. Zugegeben, er hatte oft bis zum Umfallen gearbeitet, aber er war nie von der Sorge geplagt gewesen, gerade mal ein Monatsgehalt von einer finanziellen Katastrophe entfernt zu sein. Als Kind hatte er zusehen müssen, wie die Sorgenfalten seiner Eltern von Jahr zu Jahr deutlicher hervorgetreten waren, während sie ständig Wege gesucht hatten, um irgendwie über die Runden zu kommen. Es war genau dieser Gesichtsausdruck, den er auch bei Kristine beobachtet hatte. Diese Erkenntnis betrübte ihn und brachte ihn zu dem Entschluss, etwas dagegen zu unternehmen.

Während er fuhr, geriet er immer weiter ins Grübeln. Das war überhaupt nicht gut. Sich für Kristines privates Glück und ihre finanzielle Sicherheit verantwortlich zu fühlen, war kein gutes Zeichen. Seine Absicht war es, dieses Kapitel seines Lebens abzuschließen. Das war die einzige Lösung, wenn er die Vergangenheit hinter sich lassen und nach vorn blicken wollte. Und er war nun einmal ein Mann, der Probleme löste. Nur weil er sich in den Jahren seit ihrer Trennung nicht wieder verliebt hatte, bedeutete das nicht, dass Kristine die Einzige für ihn war. Vielmehr hielt seine immer noch bestehende Ehe ihn davon ab, eine andere Frau in sein Leben zu lassen.

Die Lösung bestand also darin, Kristine aus seinem Kopf zu bekommen. Endgültig. Und Antworten auf all die Fragen zu erhalten, die ihn offenbar die ganzen Jahre hindurch begleitet und ihn mehr beschäftigt hatten, als ihm bewusst gewesen war.

Anscheinend erging es ihr nicht anders. Sie wollte die Scheidung. Es gab einen Grund dafür, wieso sie vor zehn Jahren abgehauen war und wieso er seitdem keinen Ton mehr von ihr gehört hatte. Und der Grund war nicht der, dass sie ihn liebte. So einfach war das.

Es ärgerte ihn, dass er sein Privatleben nicht genauso unter Kontrolle hatte wie seine Firma. Am See angekommen, fuhr er zu den Anlegestellen und parkte vor seinem Bootshaus. Er hätte die Sache schon vor langer Zeit in Angriff nehmen sollen. Nachdem er den Motor gestartet hatte, stieß er Kristine ganz sanft an. „Wir sind da“, sagte er, als sie die Augen aufschlug. „Letzte Chance, noch einen Rückzieher zu machen, ehe du sechsunddreißig Stunden mit mir auf einer Insel festsitzt.“

Eine innere Stimme forderte ihn auf, selbst die Notbremse zu ziehen und diesem Irrsinn ein Ende zu setzen. Vielleicht würde das sein Unbehagen und seine Gereiztheit verstummen lassen.

Aber Kristine machte keinen Rückzieher.

Sie blinzelte nur ein paarmal, setzte sich aufrecht hin und

streckte die Arme, sodass ihr Flanellhemd über ihren Brüsten spannte und die Knöpfe abzuspringen drohten. „Ich bin lange genug weggelaufen, Sean. Wenn du mich loswerden willst, musst du mich schon in den See werfen."

Ihre Antwort ließ seine Lust erwachen und seinen Schwanz pulsieren. „Oh, ich kann mir Besseres vorstellen, was ich mit dir machen kann. Aber dich in zehn Grad kaltes Wasser zu tauchen, gehört nicht dazu."

Um sich nicht noch mehr ablenken zu lassen, stieg er aus und schloss das Bootshaus auf. Dabei zog er zwischendurch seine Jeans zurecht. Wenn das so weiterging, würde Kristine ihn noch umbringen, bevor das Wochenende vorbei war. Es konnte nicht gesund für einen Mann sein, so viele Erektionen zu haben, ohne ein einziges Mal befriedigt zu werden.

Er konnte nur hoffen, dass der Schlaf für Kristine erholsam gewesen war, denn sie war im Begriff, körperlich sehr gefordert zu werden …

Kristine fühlte sich noch immer groggy, aber Seans Blick und die Art, wie er die Wagentür zuwarf und kurz darauf mit sichtlicher Unruhe das Bootshaus aufschloss, ließen für sie bloß eine Deutung zu. Er war sexuell frustriert, und er war wütend auf sie. Warum, das war ihr nicht klar. Natürlich gab es jede Menge berechtigter Gründe, sauer auf sie zu sein, doch sie hatte keine Ahnung, was genau ihn jetzt so reagieren ließ.

Ihr Vorwurf von vor zehn Jahren, er sei ihr untreu gewesen?

Ihre kindische Aktion, einfach wegzulaufen?

Die Erkenntnis, dass sie im Gegensatz zu ihm nicht Karriere gemacht hatte?

Ihre nervtötende Mutter?

Vielleicht lag es aber auch bloß daran, dass sie die ganze Fahrt verschlafen hatte und ihm langweilig gewesen war. Sie hatte gar nicht schlafen wollen, aber die letzte Woche war eine einzige Strapaze gewesen. Nicht zu vergessen, dass sie heute Morgen um fünf Uhr aufgestanden war, nur um Sean zu zeigen, dass sie sich von ihm keine Vorschriften machen ließ. Dabei hatte er ihr gar keine Vorschriften gemacht, sondern nur eine Vorliebe geäußert. Warum war sie so entschlossen, ihm zu beweisen, wie eigenständig sie doch war? Wenn sie wirklich von ihrer Eigenständigkeit überzeugt war, würde sie sich dann veranlasst sehen, diese Tatsache immer wieder zu betonen?

Nein.

Genau darin lag ihr Problem.

Anstatt Sean irgendetwas vorführen zu wollen, sollte sie sich lieber darauf konzentrieren, sie selbst zu sein.

Kristine nahm ihre Handtasche und folgte ihm ins Bootshaus, um die Tasche dort auf ihren Sitz im Boot zu werfen, damit sie zum Auto zurückkehren und ihren Koffer holen konnte. Im Bootshaus blieb sie dann aber wie erstarrt stehen. Ihr stockte der Atem, als sie durch das zum Wasser hin geöffnete Tor die Aussicht bemerkte. Eingerahmt vom Bootshaus, erstreckte sich vor ihr der ganze See mit seinen zahllosen kleinen Inseln. Eine leichte Brise sorgte dafür, dass sich die Wasseroberfläche kräuselte, während sich schneeweiße Wolken ihren Weg vorbei an der Sonne bahnten. Es war ein wunderschönes Bild, das überwältigende Erinnerungen an das einzige Mal weckte, als sie mit Sean hergekommen war.

Um hier die Flitterwochen zu verbringen.

Damals hatte er sie hochgehoben und in dem kleinen Motorboot abgesetzt, während sie gekreischt und gelacht hatte. Das Boot hatte wie verrückt geschaukelt, und im ersten Moment war sie voller Angst gewesen, es könnte umkippen und sie könnten im Wasser landen. Doch dann war ein Blick in Seans Augen genug gewesen, um sie sämtliche Bedenken vergessen zu lassen. Er würde sie beschützen, sie behüten und sie lieben. Davon war sie überzeugt gewesen.

Es gab keinen Grund zu glauben, dass er das nicht getan hatte. Er hatte seinen Teil der Vereinbarung eingehalten.

Und das würde sie nun auch tun müssen, obwohl die Erinnerung an die glückliche Zeit sie melancholisch stimmte.

Sie konnte nicht ständig vor ihren Gefühlen davonlaufen, sobald ihr irgendetwas einen Stich versetzte. Dadurch hatte es sie ja überhaupt erst nach Vegas verschlagen, wo sie sich einsam und isoliert vorgekommen war. Sie hatte nur wenige Freundinnen gehabt, auf die Verlass gewesen war.

Während Sean eines der Taue löste, warf sie entschlossen ihre Handtasche ins Boot. Damit war die Entscheidung gefallen. Die Handtasche war ihre Rettungsleine, und sie konnte sie nur ergreifen, wenn sie an Bord ging. Danach kehrte sie zum Wagen zurück und versuchte, ihr Gepäck aus dem Kofferraum zu hieven. Neben ihrem Koffer lagen einige Beutel mit Einkäufen. Ach ja, Essen. Daran hatte sie gar nicht gedacht, weil sie so damit beschäftigt gewesen war, ihre Unterwäsche nach den atemberaubendsten Stücken zu durchsuchen und Outfits mit Holzfällercharme zusammenzustellen. Ein Glück, dass er so praktisch veranlagt war! Allerdings fiel ihr jetzt auch ein, dass er davon gesprochen hatte, in Tower am Supermarkt anzuhalten, bevor sie zur Insel übersetzen würden. Er musste die Einkäufe erledigt haben, während sie fest geschlafen hatte.

Das bereitete ihr ein schlechtes Gewissen. Sie würde das wiedergutmachen; sie würde für ihn kochen. Auch wenn sie nicht so wie er ein ganzes Unternehmen aus dem Boden gestampft hatte, konnte sie zumindest für sich in Anspruch nehmen, dass sie sich trotz ihrer unorthodoxen Erziehung einige für den Haushalt nützliche Fertigkeiten wie Kochen und Stricken selbst beigebracht hatte. Sie hatte sogar einen Schal mitgenommen, an dem sie weiterstricken konnte, falls es zwischen zwei Orgasmen gerade mal nichts zu tun gab. Momentan war aber die Atmosphäre von so viel Unbehagen zwischen ihnen aufgeladen, dass sie sich nicht sicher war, ob Orgasmen überhaupt noch ein Thema waren.

Wortlos griff Sean um sie herum, nahm ihr den Koffer aus der Hand und brachte ihn zum Boot. Als er ihn dort verstaute, schaukelte das Boot so sehr, dass die entstehenden Wellen gegen das Dock plätscherten. Hoppla, da hatte er wohl nicht übertrieben, als er davon gesprochen hatte, dass der Koffer schwer war.

„Muss ich mich auf die andere Seite setzen, damit das Gewicht besser verteilt ist?“, scherzte sie, als sie ihm mit mehreren Einkaufstaschen folgte.

„Ich glaube, der Koffer wiegt mehr als du, also wird es nichts ausmachen.“ Er holte die restlichen beiden Tüten aus dem Kofferraum, schloss den Wagen ab und zog die Tür zum Bootshaus hinter sich zu. Dann sprang er zielsicher ins Boot, während sie auf dem Steg stand und überlegte, wo sie hintreten sollte, um trotz ihrer zweckmäßigen Schuhe nicht das Gleichgewicht zu verlieren. Auf High Heels zu gehen lag ihr im Blut, doch ein schaukelndes Boot war ein ganz anderes Thema.

„Halt dich an dem Seil da fest“, wies er sie an und deutete auf ein Tau, das von einem Dachbalken herunterhing. „Das wird dir Halt geben.“

„Vielleicht sollte ich so was immer mit mir herumtragen“, erwiderte sie und machte sich damit über sich selbst lustig, da sie nicht so recht wusste, wie sie sich in dieser Situation verhalten sollte, die ihr aus irgendeinem Grund nicht behagte.

Leider konnte er darüber nicht lachen. „Steig ins Boot ein, Kristine.“

Zumindest hatte er daran gedacht, sie Kristine zu nennen. Außer ihrer Mutter sagte niemand mehr Kristy zu ihr, was auch gut war, weil ihr die Kurzform ihres Namens das Gefühl gab, ein junges Mädchen zu sein, das es im Leben noch zu nichts gebracht hatte. Und schließlich war sie kein junges Mädchen mehr, sondern eine erwachsene Frau … die es im Leben noch zu nichts gebracht hatte.

Sie stieg zu ihm ins Boot.

Es schwankte nur leicht, und sie schaffte es, sich hinzusetzen, ohne dass irgendeine Katastrophe eintrat.

„Kopf einziehen“, meinte Sean zu ihr, während er das zweite Seil löste und den Motor anließ.

Sie zog den Kopf ein, als er aus dem Bootshaus manövrierte, und bewunderte ihre Stiefel. In Vegas waren die einfach angesagt gewesen, hier dagegen unverzichtbar. Als sie das Tor hinter sich hatten, hob sie den Kopf und atmete tief ein. „Es ist gut, wieder zu Hause zu sein. Hier ist die Luft so wunderschön klar und frisch. Das hat mir in Vegas echt gefehlt.“

„Ich könnte mir nie im Leben vorstellen, mitten in der Wüste zu leben", sagte er laut genug, um das Heulen des Motors zu übertönen, während er das Boot lässig in Richtung Insel lenkte.

Sean war hier geboren, und mit seiner Jägerjacke und der Strickmütze sah er auch so aus, als würde er hierhergehören. Es war ein krasser Unterschied zu dem Geschäftsmann, als den sie ihn gestern noch erlebt hatte. Kristine konnte beide Seiten gut leiden.

„Mich hat's nicht gestört", erklärte sie. „So viel Sonnenschein hat durchaus was für sich, wenn man im März problemlos baden gehen kann. Andererseits ist es da schon ein bisschen trostlos, wenn man so wie ich Bäume und all das Grün gewöhnt ist." Dabei war sie sich nicht sicher, ob sie bis zu diesem Moment überhaupt gewusst hatte, wie sehr ihr das alles tatsächlich gefehlt hatte.

„Ich glaube nicht, dass ich jemals von hier weggehen werde", entgegnete er. „Besser kann ich es ja eigentlich nicht haben: Ich lebe die meiste Zeit in der Stadt, und wenn meine Zeit es zulässt, komme ich her."

„Besuchen deine Eltern und deine Brüder auch immer noch die Insel?" Sie hatte seine Familie wirklich gemocht, auch weil sie von ihr mit offenen Armen aufgenommen worden war.

„Ja. Meine Brüder sind beide verheiratet, ich habe jetzt zwei Nichten. Meine Eltern kommen im Sommer fast jedes Wochenende her."

Ein Adler zog über sie hinweg, und Kristine sah ihm hinterher, bis er hoch oben auf einer großen Kiefer auf einer der vielen Inseln landete, von denen der See übersät war. „Zwei Nichten?

Wow, das muss Spaß machen." Um diese Dinge beneidete sie Sean, das musste sie ehrlich zugeben. Stabile Verhältnisse innerhalb der Familie, eine neue Generation, ein gleichbleibender Rhythmus aus Traditionen und Feiertagen. Allein die Tatsache, dass niemand aus seiner Familie das Verlangen verspürte, sich öffentlich nackt zu präsentieren, ließ ihr seine Verwandten mehr als nur sympathisch erscheinen.

„Und was hast du in Vegas gemacht?", fragte er, während er sie aufmerksam betrachtete.

„Angefangen habe ich als Empfangsdame in einem Salon, und später bin ich in einem Casino in der Abteilung gelandet, die sich um die Organisation von Events kümmerte." Sie zuckte mit den Schultern. „Der Job brachte mir den Lebensunterhalt ein, der in Vegas ein ziemlich teures Vergnügen ist."

„Hast du auch das Nachtleben kennengelernt?"

So gut wie gar nicht. „Nein, überhaupt nicht. Die Shows waren mir zu teuer, die Buffets ebenfalls. Ich spiele nicht, außerdem sind die Klubs auf dem Strip alle viel zu überlaufen und zu teuer. Nicht das, was mir zusagt."

„Und womit hast du dir dann die Zeit vertrieben?"

Mit gar nichts. „Damit, mir die Fingernägel zu lackieren."

Sean musste lachen.

Das Traurige daran war, dass sie es völlig ernst gemeint hatte. Ihr war etwas kühl, also zog sie an ihrem Schal, bis der locker genug saß, um ihn wie eine Kapuze über den Kopf zu ziehen. Das Motorboot war schnell, und der Fahrtwind schnitt ihr ins Gesicht. Schon vergessen, Kristine? meldete sich eine Stimme in ihrem Kopf zu Wort. *In Minnesota ist es kalt.*

Sie setzte sich gerader hin. „Oh! Da ist es ja!"

Natürlich wusste er, dass da die Hütte war. Immerhin war er seit damals noch tausendmal hier gewesen, aber sie war verwundert und erfreut zugleich, dass sie den Bootssteg und die Hütte auf dem Hügel auf Anhieb wiedererkannte. Die Hütte war klein und klapprig, sie bestand praktisch nur aus einem Zimmer und einem baufällig erscheinenden Loft, aber vor zehn Jahren hatte sie das nicht gekümmert. Da war es nur um sie und Sean gegangen – so wie jetzt auch wieder. Sie verzog jedoch den Mund, als sie ein deutlich größeres Gebäude entdeckte, das gleich nebenan errichtet worden war und das das Maddock-Anwesen winzig erscheinen ließ.

„Himmel, eure Nachbarn sind euch aber auf die Pelle gerückt. Mann, ich will nur hoffen, dass die nicht so viel Lärm machen."

„Das ist nicht das Haus der Nachbarn", antwortete Sean, während er das Boot einen Bogen beschreiben ließ und sich dem Anleger näherte. „Das habe ich gebaut. Es gehört uns."

„Oh. Wow", sagte sie staunend. „Das sieht wirklich groß aus."

Er nickte. „Ich wollte, dass die ganze Familie auf einmal herkommen kann. Aber auch wenn es größer ist, fügt es sich immer noch in die Landschaft auf der Insel ein."

Er hatte recht: Es war nicht so groß, dass es gestört hätte. Aber dieser Anblick erinnerte sie einmal mehr daran, welchen Erfolg Sean für sich reklamieren konnte. Sie war stolz auf ihn, und sie wusste, es musste ihm sehr viel bedeutet haben, so etwas seiner Familie geben zu können. „Das ist fantastisch. Ich bin mir sicher, dass deine Eltern es lieben. Einfach unglaublich, was du da für deine Familie geschaffen hast. Heißt das, es gibt jetzt Strom und Wasser? Und was ist mit der alten Hütte?"

Sean stellte den Motor ab und vertäute das Boot. „Es gibt Strom, und wir können Wasser aus dem See hochpumpen, das zum Kochen und Duschen verwendet wird. Trinken kann man es nach wie vor nicht, dafür gibt es einen Wasserspender. Abwasserleitungen sind keine verlegt worden. Die alte Hütte ist jetzt ein Lagerraum. Auf einer Seite ist die Verbrennungstoilette untergebracht, aber vor allem wird da Holz und Ausrüstung gelagert."

So, so. „Ähm ... was genau bedeutet das? Diese Verbrennungstoilette?"

„Das bedeutet, dass du nicht mehr das Plumpsklo benutzen musst. Es gibt auch eine Deckenleuchte mit einem richtigen Schalter, also kann es keine Überraschungen mit Spinnen mehr geben." Er trat auf den Bootssteg und grinste sie an.

Kristine verzog das Gesicht. Okay, vielleicht hatte sie ja Angst vor Spinnen, und vielleicht hatte sie beim Anblick einer Spinne im Plumpsklo so laut gekreischt, dass Sean zu ihr gekommen war, weil er gedacht hatte, sie würde einem Bären gegenüberstehen. Aber viele Leute hatten Angst vor Spinnen, und deshalb machte sie das nicht gleich zum Feigling. „Sag bloß, du hast immer noch keine Angst vor Spinnen."

„Ganz genau", bestätigte er.

„Ich auch nicht mehr", behauptete sie. „Ich bin darüber hinweg."

Kaum hatte sie einen Fuß auf den Steg gesetzt, entdeckte sie jedoch die größte und hässlichste Spinne, die sie in ihrem ganzen Leben gesehen hatte.

Schreiend wich sie zurück, stolperte über eine Angelrute und verlor das Gleichgewicht. Das Boot fing an zu schaukeln, als sie eine harte Landung hinlegte, bei der sie sich den Po prellte. Zumindest war sie nicht über Bord gegangen. Sean war mit einem Satz bei ihr im Boot.

„Was ist passiert? Alles in Ordnung?"

„Da …", flüsterte sie entsetzt.

Sean schaute in die angezeigte Richtung. „Oh, eine sogenannte Uferspinne. Tut mir leid, ich hätte dich warnen sollen, dass die sich hier rumtreiben. Doch keine Angst, die bleiben an der Unterseite."

Kristine stockte der Atem. Das Vieh sah sie an, davon war sie fest überzeugt. Wieder wurde sie von einem heftigen Schaudern erfasst. „O Gott, Sean, ich glaube nicht, dass ich das kann. Ich komme mit Plumpsklos klar, auch damit, dass ich zu einem Schlauch greifen muss, wenn ich mich duschen will, und dass ich mir dabei den Hintern abfriere. Aber ich komme nicht mit Spinnen klar, die groß genug sind, um sie zu satteln und auf ihnen zu reiten wie auf einem Pony."

Sie merkte ihm an, dass er sich ein Lächeln verkneifen musste. „Ich dachte, über diese Angst bist du hinweg."

„Das war gelogen. Bist du jetzt zufrieden?" Sie suchte den Steg ab, um sich zu vergewissern, dass das Vieh nicht noch Gesellschaft mitgebracht hatte. „Ich habe Angst vor Spinnen, und diese Angst werde ich vermutlich bis ans Lebensende haben. Ganz ehrlich, ich fürchte, dass ich einfach nicht auf diesen Steg klettern kann. Mir stehen sämtliche Haare zu Berge."

Sie übertrieb nicht, und sie wollte auch nicht die Diva spielen. Ihre behelfsmäßige Kapuze war runtergerutscht, und etwas schnitt in ihren Rücken ein. Trotzdem konnte sie sich nicht dazu überwinden, einen Fuß auf den Holzsteg zu setzen. Allein der Gedanke daran lähmte sie.

„Das mit den Haaren will ich sehen", meinte er amüsiert und musste laut lachen, als er ihren entrüsteten Blick bemerkte. „Okay, okay, ich hör ja schon auf. Komm her."

Mit diesen Worten schob er die Arme unter sie und hob sie hoch. Das Boot schaukelte so stark, dass sie sich an Sean festklammerte, während er sie an sich drückte. „O Gott, wir werden ins Wasser fallen!" War er denn verrückt? Sie hatten keinen festen Boden unter den Füßen, und es genügte eine falsche Bewegung, um sie beide in zehn Grad kaltem Wasser landen zu lassen!

Allerdings war Sean ja bereits auf Booten mitgenommen worden, als er noch Windeln getragen hatte. Er wusste daher, wie man den Schaukelbewegungen entgegenwirken musste. Während sie das Gesicht in seiner weichen Jacke vergrub, hielt er sie mit einem Arm fest. Mit der freien Hand griff er nach dem Pfahl, um beim Überwechseln auf den Steg Halt zu haben. Das war alles. Keine große Sache. Sie hatten festen Boden unter den Füßen, die Spinne war mindestens einen Meter weit weg, und das alles ohne sichtliche Anstrengung auf Seans Seite. Kristine schlug vorsichtig die Augen auf und lockerte ihren Klammergriff.

„So besser?", fragte er leise.

„Ja, danke." Als er weiter nichts tat oder sagte, fügte sie hinzu: „Du kannst mich jetzt wieder runterlassen."

„Und wenn ich das gar nicht will?"

Ihr Herz und ihre Oberschenkel verkrampften sich. „Das ist

ein reizender Gedanke, aber auch wenn du noch so männlich bist, halte ich es für sehr unpraktisch, von dir steile und unregelmäßige Stufen raufgetragen zu werden."

„Seit wann kümmern dich praktische Erwägungen?"

„Seit ich feststellen musste, wie teuer das Leben ist. Und dazu gehören auch Krankenhausrechnungen für die Behandlung gebrochener Knochen." Da sie jedoch keine Spielverderberin sein wollte, schlug sie ihm vor: „Aber bevor du mich absetzt, könnte ich dir einen Kuss geben. Als Dankeschön dafür, dass du mich vor dem Tod durch eine Spinnenattacke bewahrt hast."

„Ja? Dagegen hätte ich nichts einzuwenden."

Sean hatte sich am Morgen nicht rasiert. Vermutlich war er im Gegensatz zu ihr nicht in aller Frühe aufgestanden, um sich zu stylen. Er sah rau und so männlich aus ... Kristine strich über die Bartstoppeln, danach über seine weichen Lippen. Er drückte einen Kuss auf ihre Fingerspitzen und knabberte leicht daran. Sofort sammelte sich heißes Verlangen in ihrem Schoß.

Dann beugte sie sich vor und küsste ihn.

## 10. KAPITEL

Sean bemerkte, dass er gebannt den Atem anhielt, während er Kristine sanft an sich drückte. Ihr knackiger Po lag in seiner Armbeuge, ihr Oberschenkel presste sich an seine pulsierende Erektion. Erst als sie ihn anlächelte, unmittelbar bevor sie sich vorbeugte und ihn küsste, konnte er endlich ausatmen.

Wäre er sentimental gewesen, dann hätte er gesagt, dass er jetzt zum ersten Mal wieder ausgeatmet hatte, nachdem er zehn Jahre lang die Luft angehalten hatte. Er war jedoch kein sentimentaler, sondern ein pragmatischer Mensch. Genau das wurde ihm regelmäßig von allen Seiten attestiert. Er war derjenige, der eine Aufgabe anging und durchzog.

Also verdrängte er das Gefühl, das sich in ihm festsetzen wollte, konzentrierte sich stattdessen auf den Kuss, den Kristine ihm gab, und auf die Reaktion seines Körpers darauf. Dabei hielt er sich vor Augen, welchem Zweck dieses Wochenende eigentlich dienen sollte. Er war hier, um sich von der Vorstellung zu befreien, dass Kristine die einzige Frau für ihn war, dass sein Herz sich noch immer in ihrem Gewahrsam befand. Letztlich war es doch dieser Gedanke, der ihm all die Jahre hindurch so zu schaffen gemacht hatte, oder nicht? Nein, es war nicht so, als hätte es mit keiner anderen Frau im Bett jemals gefunkt; aber bislang hatte diese ganz besondere Magie gefehlt, die zwischen ihm und Kristine wie selbstverständlich gewesen war.

Es ging hier um Sex, um weiter nichts. Für sie beide ging es nur darum und um nichts anderes.

Langsam setzte er sie ab, damit er ihren Mund besser erkunden und die Umarmung inniger werden lassen konnte, indem er seine Zungenspitze zwischen ihre Lippen drängte und sie weiter vordringen ließ. Kristine seufzte, als sie wieder festen Boden unter den Füßen hatte, doch dann nutzte sie den zurückgewonnenen sicheren Halt, um ihm die Mütze vom Kopf zu ziehen. Sie vergrub die Hände in seinem Haar und zerzauste es, während sie ihn stürmischer küsste und sich an ihn schmiegte.

Sean ließ die Hände über ihren Rücken wandern, bis sie auf ihrem Po lagen und ihm allmählich die Beherrschung entglitt. Sie war für Sex regelrecht gebaut: Ihre schmale Taille konnte er gut umfassen, wenn sie ihn hart ritt und dabei ihre Brüste auf und ab wippten. Was er an ihrem Körper liebte, war die Tatsache, dass er so ausgeprägt weiblich war und sich so faszinierend zart anfühlte.

Während seine Zunge mit ihrer spielte, stöhnte sie lustvoll und rieb ihre Brüste an seinem Oberkörper. Zu viel Stoff trennte sie noch voneinander, sodass er ihre Nippel nicht spüren konnte. Dennoch war er sich sicher, dass sie steil aufgerichtet und äußerst empfindlich waren. Schon früh in ihrer Beziehung hatte er gemerkt, wie nah sie dem Höhepunkt kam, wenn er seine Finger und seinen Mund einsetzte, um ihre Nippel zu verwöhnen.

Dieser Gedanke weckte in ihm den Wunsch, ihr Hemd so hastig zu öffnen, dass dabei die Knöpfe umherflogen. Aber dafür war es viel zu kalt. Ein Jahrzehnt drüben im Westen hatte Kristines Blut ganz bestimmt dünn werden lassen, und sie würde es nicht schätzen, den niedrigen Temperaturen ausgesetzt zu sein. Sie überraschte ihn, als sie nun den Kuss unterbrach und sich ein wenig nach hinten lehnte, um nach Luft zu schnappen. Ihre Pupillen waren geweitet, ihre Lippen glänzten.

Abrupt riss sie sich den Schal runter und stopfte einen Teil davon in ihre Hosentasche. „Der war im Weg."

Er zog seinerseits die Mütze von seiner Schulter und steckte sie ebenfalls weg.

„Wobei im Weg?", fragte er und streckte die Hand nach ihr aus, um mit dem Daumen zuerst über ihr Schlüsselbein zu streichen, ehe er ihn zwischen ihre Brüste wandern ließ. Ihr Dekolleté war jetzt nicht mehr von ihrem Schal verdeckt. Der oberste Knopf ihres Flanellhemds stand bereits offen, was es ihm umso leichter machte, den zweiten Knopf zu öffnen, um mehr von ihrer wunderbar cremigen Haut freizulegen.

„Dabei", hauchte sie und schloss kurz die Augen.

„Ist das alles?" Sogar er selbst fand, dass sich sein Tonfall schroff anhörte, doch er konnte nicht anders. Er hatte einfach zu lange darauf warten müssen, sie wieder berühren zu können. Bevor sie etwas erwidern konnte, öffnete er auch noch den nächsten Knopf. Nun konnte er ihren BH und den Ansatz ihrer vollen Brüste sehen. Ein BH aus roter Spitze! O verdammt! Sie wusste genau, wie sie seinen Schwanz verwöhnen konnte, ohne ihn dabei anfassen zu müssen.

Eine Gänsehaut überlief sie – zweifellos wegen der Kälte, vielleicht aber auch vor Verlangen, worauf er hoffte.

„Ich wollte nicht, dass du an meinem Schal erstickst", sagte sie leise, legte eine Hand an seinen Hinterkopf und zog ihn zu sich heran.

Sean lächelte zufrieden, seine Lust erwachte schlagartig. Kristine erinnerte sich. Sie wusste, was er für sie tun konnte. Also würde er ihr geben, was sie beide so offensichtlich wollten. Mit den Lippen fuhr er über ihre zarte Haut und strich dabei mit den Fingern über den Stoff ihres BHs, bis er unter der hauchdünnen Spitze ihre Nippel gefunden hatte. Er reizte sie, spürte, wie ihre Brustspitzen hart wurden. Kristine krallte die Nägel in seinen Bizeps, während sie lustvoll seufzte.

Als er eines der Körbchen herunterzog und mit der Zungenspitze ihren Nippel umkreiste, schnappte sie keuchend nach Luft.

Bevor er weitermachen konnte, bemerkte er jedoch zu seinem Bedauern, dass sich ein Motorengeräusch näherte. Er hob den Kopf, drückte Kristine an seine Brust und suchte den See ab. Ein Boot war irgendwo da draußen unterwegs – zwar nicht so nahe, dass die Insassen im Detail etwas hätten erkennen können, aber doch nahe genug, um sich denken zu können, womit sie beide da beschäftigt waren. Sean hatte nicht vor, die teilweise unbekleidete Kristine neugierigen Blicken auszusetzen. Deshalb küsste er sie sanft auf den Kopf, ehe er schnell ihr Flanellhemd zuzog.

„Sparen wir uns das für gleich auf, wenn wir im Haus sind“, sagte er zu ihr.

„Verdammt“, fluchte sie leise.

Lachend kehrte Sean auf das Boot zurück, um die Vorräte zu holen. „Glaub mir, niemand ist darüber mehr enttäuscht als ich.“

„Willst du wetten?“

Ihr Gesichtsausdruck brachte ihn fast um den Verstand. Kristine sah ihn an, als würde sie überlegen, die Uferspinne einfach zu vergessen, auf das schaukelnde Boot zurückzukehren, sich auf seinen Schoß zu setzen und sich das Vergnügen zu holen, das sie haben wollte. Eine scharfe Vorstellung. Er wuchtete den Koffer und die Tüten auf den Bootssteg, so schnell er konnte. „Ich dachte, du lässt dich nicht auf Glücksspiele ein."

„Wenn ich ganz sicher nicht verlieren kann, dann schon." Sie schaute ihn betreten an. „Allerdings sollte ich wohl besser zuerst an meiner Verführungstechnik arbeiten. Ich schätze, dass man als Frau nicht gleich in den ersten fünf Minuten zugeben sollte, dass man mit einem Typen sofort und lieber sogar noch früher ins Bett gehen will."

„Das hier sind außergewöhnliche Umstände", entgegnete er und kehrte auf den Steg zurück. Als er auf sie zuging, rührte sie sich nicht von der Stelle. „Es ist nun mal kein Geheimnis, dass wir hergekommen sind, um uns gegenseitig um den Verstand zu vögeln. Aber lass uns damit wenigstens warten, bis wir uns im Schutz der Bäume befinden."

„Spielverderber."

Das war natürlich als Scherz gemeint, das war ihm klar. Trotzdem fragte er sich, ob ihr eigenartiger Tonfall bedeutete, dass sie sich später am Abend zu einem kleinen Intermezzo am Lagerfeuer hinreißen lassen würde. Ihn unter freiem Himmel zu lieben war eine Sache, gegen die sie sich während ihrer Flitterwochen mit Händen und Füßen gesträubt hatte. Doch vielleicht war sie im Lauf der Jahre ja abenteuerlustiger geworden.

Diese Möglichkeit faszinierte ihn schon ein wenig, als er ihren Koffer hochhob und zu den Stufen ging, die zum Haus hinaufführten. „Kannst du die Tüten mit den Einkäufen nehmen?"

„Mache ich." Sie ergriff die Tüten und huschte damit an ihm vorbei zur Treppe, um vor ihm nach oben zu eilen. „Uferspinnen bleiben am Ufer, richtig? Daher bestimmt auch der Name, oder?"

„Ja." Sean grinste ihr hinterher. Es war schön zu wissen, dass er sie so ablenken konnte, dass sie darüber kurzzeitig ihre Angst vor Spinnen vergaß. „Ich habe alle Zutaten für ein Chili geholt. Ich hoffe, du bist damit einverstanden. Vielleicht können wir das Chili aufsetzen und vor sich hin schmoren lassen, während wir uns anderweitig die Zeit vertreiben."

„Womit denn?", fragte sie, als sie um die Feuergrube herumging und ihm über die Schulter einen lasziven Blick zuwarf.

„Mit meiner Rute."

„Wie bitte?" Sie starrte ihn irritiert an und wirkte fast ein wenig verärgert. Offenbar hatte sie sich von seiner mehrdeutigen Bemerkung so in die Irre führen lassen, wie er es beabsichtigt hatte.

„Du weißt schon: mit der Angelrute. Mit Schnur und Haken und Köder und so weiter."

„Oh."

Ihre Reaktion amüsierte ihn. „Was ist? Willst du nicht angeln? Auf dem Wasser ist es zwar kalt, aber jetzt ist Hochsaison für Barsch. Wenn es dir lieber ist, können wir auch mitten in der Nacht rausfahren, um den einen oder anderen Muskellunge zu erwischen."

„Das willst du mitten in der Nacht machen? Einen riesigen Hecht fangen?"

Nicht zu fassen! Sie konnte den Muskellunge tatsächlich der richtigen Spezies zuordnen? „Nachts wird nicht nur geschlafen."

Kristine schnaubte verächtlich. „Allerdings nicht", pflichtete sie ihm bei, ohne weiter darauf einzugehen. Immerhin war ihnen beiden klar, dass es noch eine dritte, viel angenehmere nächtliche Beschäftigung gab.

Gemeinsam erreichten sie die Veranda, und er suchte in seinen Taschen nach dem Hausschlüssel, von dem er wusste, dass er ihn eingesteckt hatte. Während er kramte, betrachtete er Kristine. Wie konnte es sein, dass er sie einerseits so gut kannte, andererseits aber gar nichts über sie wusste? Es war ein sehr seltsames Gefühl.

Das Gefühl bestätigte sich, als sie erklärte: „Ich kann das Chili aufsetzen, wenn du in der Zwischenzeit Brennholz sammelst. Ich würde heute Abend wirklich gern an einem Lagerfeuer sitzen."

„Na, sicher." Sie konnte ein Chili kochen? Seine Frau Kristy hatte davon keine Ahnung gehabt, seine Exfrau Kristine dagegen anscheinend sehr wohl. Beziehungsweise seine Beinahe-Exfrau.

Endlich fand Sean den Schlüssel und öffnete die Tür. Er gab Kristine ein Zeichen, damit sie vorging.

„Oh, Sean, das ist ja wunderschön!" Ihr ehrlicher Tonfall ließ seine Brust vor Stolz ein wenig anschwellen. „Das ist ja perfekt. Du hast alles so schlicht gehalten, dass es zur Insel passt, und trotzdem sieht es bequem und einladend aus."

„Danke." Genau das hatte er erreichen wollen. Es gab hier vier kleine Schlafzimmer und ein großzügig geschnittenes Loft, wo sich später die Kinder tummeln konnten, wenn sie erst etwas älter waren. Je ein Zimmer war für seine Brüder mitsamt Ehefrauen vorgesehen, ein weiteres für seine Eltern, jedes war mit einem gemütlichen großen Bett ausgestattet. Sein eigenes befand sich am entgegengesetzten Ende des Hauses, vorgeblich, weil er ausschlafen wollte, wenn er schon mal ein Wochenende hier verbrachte. In Wahrheit ging es ihm jedoch darum, nicht zusehen zu müssen, wie sich abends ein glückliches Paar nach dem anderen zurückzog und seine Zimmertür hinter sich schloss. Es hätte ihm nur unnötig deutlich vor Augen geführt, dass er allein war. Er hatte auch nie eine Freundin auf die Insel mitgenommen, weil es hier um Familie und um Tradition ging.

Ausgenommen Kristine.

Verdammt, er hätte das nicht tun sollen.

Als sie die Einkaufstaschen auf dem großen Holztisch zwischen Küche und Wohnzimmer abstellte, sah sie sich um und erklärte: „Ich wünschte, ich hätte andere Wolle mitgebracht. Diese herbstlichen Farben inspirieren mich zu einer Decke."

„Was?" Sean konnte ihr beim besten Willen nicht folgen. Er zog ihren Koffer in sein Schlafzimmer, damit der erst mal aus dem Weg war. Es wäre unsinnig gewesen, auch nur einen Moment lang so zu tun, als würde sie in einem anderen Raum schlafen. „Wolle?"

„Um eine Decke zu stricken. Ich habe einen Schal mitgebracht, an dem ich gerade arbeite. Aber dieses Haus schreit förmlich nach einer Decke, weißt du?" Sie packte die Einkäufe aus, während sie so drauflosredete, als wäre es das normalste Thema.

„Seit wann strickst du denn?", wollte er wissen. Seltsamerweise machte ihn die Vorstellung an, wie ihre Finger geschickt mit Garn arbeiteten, um etwas zu erschaffen.

„Keine Ahnung, vor drei oder vier Jahren habe ich damit angefangen, glaube ich. Ich musste was Kreatives tun. Alle drei

Monate meine Haare anders zu färben, hat mir irgendwann nicht mehr gereicht. Außerdem hat Stricken eine beruhigende Wirkung."

„Kann ich mir vorstellen. So geht es mir beim Angeln." Er half ihr, die Einkäufe wegzustellen. Eingekauft hatte er in erster Linie Grundnahrungsmittel, außerdem etwas Bier und – einem Impuls folgend – eine Flasche Champagner.

„Mein Gott, wir gehören durch und durch nach Minnesota, was? Angeln und Stricken." Sie lächelte ihn an, dann durchsuchte sie die Schränke, bis sie ein Schneidebrett gefunden hatte.

„Und wie", bestätigte er und bemühte sich, die letzten Überreste jenes Akzents ans Tageslicht zu holen, der sich sonst hinter der Art versteckt hielt, wie er als Geschäftsmann redete. Er war stolz darauf, wer er war und wo er herkam, und man musste eine robuste Seele sein, wenn man den Winter hier oben im Norden überleben wollte. Auch Kristine würde immer ein Mädchen aus Minnesota bleiben, selbst wenn sie jetzt wie ein Pin-up-Girl aussah und so viele Jahre in Vegas gelebt hatte.

Und dennoch schien sie darauf beharren zu wollen, dass sie beide gegensätzliche Typen waren.

Nun, er war auf jeden Fall entschlossen, ihr das Gegenteil zu beweisen.

Kristine begann eine Zwiebel zu schneiden, während das Gehackte im Kochtopf allmählich angebraten wurde. Dieses Haus war unglaublich; es wirkte wie eine Kombination aus Seans Vergangenheit und seiner Gegenwart, hier schien alles aufeinanderzuprallen. Die Frage war nur, wie sie selbst in das Ganze hineinpasste. Eigentlich sollte sie ausschließlich in seine Vergangenheit gehören, und trotzdem stand sie jetzt hier und bereitete für sie beide einen Topf mit Chili vor.

Es gab immer wieder Momente, in denen sie sich nicht sicher war, wie sie sich verhalten sollte. Das lag jedoch in erster Linie daran, dass sie nicht mehr in einer Beziehung zu ihm stand – nicht etwa, weil sie sich in seiner Nähe unbehaglich gefühlt hätte. Aber sie waren eben kein Paar mehr, und deshalb wusste Kristine nicht so recht, welches Verhalten angemessen war und welches nicht. Ihr war nicht entgangen, dass er ihren Koffer in ein Schlafzimmer gebracht hatte, doch … war das sein Schlafzimmer? Sie hatte keine Ahnung, und eigentlich wollte sie ihn auch nicht fragen.

In einer Tasche hatte sie eine Schale Erdbeeren entdeckt, von denen sie hin und wieder eine aß, während sie eine weitere Zwiebel zerkleinerte und zum Hackfleisch dazugab.

„Schmecken die Erdbeeren nicht nach Zwiebeln, wenn du das so machst?", wollte Sean wissen und klang ernsthaft erschrocken angesichts dieser Möglichkeit. Er stellte eben das Bier und eine Flasche Schampus in den Kühlschrank.

Oh, oh. Auf was wollte er denn anstoßen? „Ein bisschen schon. Aber ich habe Hunger."

„Das ist ja eklig." Er nahm eine Erdbeere aus der Schale. „Hier." Er hielt ihr die Beere an den Lippen.

Kristine schrak kurz zusammen, biss dann aber in die Frucht, sodass er nur noch den Stiel mit ein paar Blättern zwischen den Fingern hielt. Der süßliche Saft lief ihr in den Mund, tropfte allerdings auch von der Unterlippe auf ihr Kinn. Mit der Zunge nahm sie den Saft auf. Seans Augen verfinsterten sich.

Sie konnte nicht mal schlucken, da küsste er sie schon so

stürmisch, dass ihr die Luft wegblieb. Messer und Zwiebel landeten irgendwo auf dem Tresen. Es wurde Zeit, das hier endlich auf den Punkt zu bringen, den sie beide anstrebten. Das Essen konnte auch noch fünf Minuten warten, denn ihr Gefühl sagte ihr, dass diese erste Runde nicht lange dauern würde. Bei ihnen beiden hatte sich der Frust von zehn Jahren aufgestaut, und sie wollte ihn jetzt, hart und schnell.

Sean schien derselben Meinung zu sein. Mit einer raschen Bewegung stellte er den Herd ab, griff danach mit beiden Händen in ihren Ausschnitt und riss an ihrem Hemd. Mit einem Ruck flogen alle Knöpfe durch die Luft, während sich die abrupte Bewegung auf ihre Brüste übertrug und sie hin und her wippen ließ.

„O verdammt, ja", murmelte er heiser und beugte sich vor, um durch den Spitzenstoff hindurch an ihren Nippeln zu saugen.

Kristine stöhnte leise und konnte nur darüber staunen, wie schnell er ihre Lust weckte. Sie klammerte sich an seinem Hosenbund fest, als er sie sanft und aufreizend biss und nach ihrem Po griff. Der Schal steckte immer noch zum Teil in ihrer Hosentasche, aber plötzlich riss Sean ihn heraus und warf ihn so energisch auf den Küchentresen, als würde er sich aus irgendeinem Grund davon beleidigt fühlen. Dann knöpfte er ihre Jeans auf und schob einen Finger unter den Stoff.

Es war keine intensive Berührung, nur der Zeigefinger, der in ihre Hitze eintauchte. Doch eine lange Phase der Enthaltsamkeit und die letzten Tage, in deren Verlauf sie ständig versucht hatte, sich jegliches Interesse an Sex mit Sean auszureden, genügten ihr, um die Augen zuzukneifen und sich auf die Lippe zu beißen, damit sie vor gequälter Lust nicht allzu laut aufstöhnte. Während sie ihm ihre Hüften entgegendrängte, machte sie sich an dem Knopf seiner Jeans zu schaffen. Sie wollte ihn jetzt spüren.

Sean hob den Kopf lange genug, um sie zu küssen. Dabei zog er den Reißverschluss ihrer Jeans auf und wollte ihre Hose nach unten schieben, allerdings ohne großen Erfolg. „Warum hast du nicht eine Jogginghose angezogen?", fragte er atemlos. „Das ist ja wie eine zweite Haut."

„Mein Po sieht in diesen Jeans besser aus", antwortete sie, und endlich bekam sie den Knopf an seiner Hose auf.

„Das will ich sehen", murmelte er, drehte sie um und strich mit beiden Händen über ihren Po. „Okay, ich müsste lügen, wenn ich behaupten würde, dass dein Hintern nicht fantastisch aussieht. Trotzdem will ich dir diese Hose ausziehen."

Er dirigierte sie zum Küchentisch, der eigentlich nichts anderes war als ein einzelner riesiger Holzblock. In der Mitte stand ein einsamer Serviettenhalter. Sean kickte einen Stuhl zur Seite und setzte sie auf den Tisch.

„Was hast du vor?", fragte sie, obwohl sie sich die Antwort denken konnte.

Er bestätigte ihre Ahnung, als er sie auf den Rücken legte. „Ich mache es mir etwas einfacher." Dann zerrte er energisch an ihrer Hose.

Kristine hob die Beine an, um ihm zu helfen. In der nächsten Sekunde hatte er ihr nicht nur die Jeans, sondern auch den Slip ausgezogen. Während beides irgendwo auf dem Boden landete, nahm sie die kühle Luft wahr, die über ihre nackte, glühende Haut strich. Das hier geschah tatsächlich. Sie träumte nicht, sie saß hier mitten auf dem Tisch, und Sean zog sie nun an den Beinen bis zur Tischkante an sich heran.

Alles, was sie um sich herum wahrnahm, erschien ihr mit einem Mal noch realer, als er den Kopf zwischen ihre Schenkel drückte und seine Zunge wundervolle Dinge mit ihr anstellen ließ. In den letzten Jahren hatte er also offenbar dazugelernt. Sie wusste nicht mal ganz genau, was er da eigentlich tat, doch sie war sich sicher, dass das in mindestens einem Dutzend Bundesstaaten gegen geltende Gesetze verstieß. Wow. Es fühlte sich unglaublich gut an. Kristine starrte an die Decke und musste immer wieder schlucken, während ihre Finger versuchten, nach irgendetwas greifen. Schließlich vergrub sie die Hände in Seans kurzem Haar.

„O ja", hauchte sie, um ihn wissen zu lassen, dass ihr gefiel, was er da machte. „Sean … ja, ja." Es war im Grunde nichts weiter als das dringliche Flehen, sie zum Orgasmus zu bringen, der sich jede Sekunde einstellen musste, so wie seine Zunge mit ihr spielte.

Anscheinend entsprach das jedoch nicht seinem Plan. Anstatt zu Ende zu führen, was er begonnen hatte, richtete er sich nun auf und entledigte sich seiner Jeans und der Boxershorts. Sie bekam seine beachtliche Erektion zu sehen, als er ein Kondom überstreifte, aber gleich darauf entzog die sich Kristines Blick. Sie musste allerdings nicht lange überlegen, was er wohl als Nächstes tun würde.

Mit beiden Händen packte er sie an den Schenkeln und betrachtete sie mit entschlossener Miene. Einen Moment später spürte sie ihn in sich.

Kristine schnappte unwillkürlich nach Luft, da der Stoß

sie ein paar Zentimeter über den Tisch rutschen ließ, bis sein Schwanz sie ganz ausfüllte. Als er sekundenlang innehielt, sagte sie: „Weißt du noch, wie wir deinen Penis MacGyver genannt haben? Weil ich meinte, dass sich damit jedes Problem lösen lässt?"

Er musste lächeln. „Ja, ich erinnere mich." Dann zog er sich ein Stück weit zurück und drang gleich darauf wieder in sie ein.

„Tja, das stimmt noch immer", murmelte sie. „Denn genau jetzt löst du mein Problem und setzt einer ganzen Reihe von sexlosen Nächten ein Ende."

„Tatsächlich? Du hattest in letzter Zeit keinen Sex?"

„Nein." Gestern hatte sie das noch gestört, heute war ihr das völlig egal, denn das hier fühlte sich einfach viel zu gut an.

„Ich auch nicht."

Warum gefiel ihr das? Natürlich, weil sie insgeheim hoffte, Sean könnte sich nach wie vor zu ihr hingezogen fühlen.

Aber der Beweis dafür, dass er sich tatsächlich nach wie vor zu ihr hingezogen fühlte, bewegte sich in diesem Moment zu ihrer großen Freude mit gleichmäßig rhythmischen Bewegungen in ihr vor und zurück. O verdammt, sie würde jeden Moment zum Höhepunkt kommen, das ließ sich nicht länger verhindern. Sie krallte die Fingernägel in seinen Arm, drehte den Kopf zur Seite, biss sich auf die Lippe, und dann ließ sie sich von einer rasenden Welle der Ekstase mitreißen. „Sean", keuchte sie, während sie von einem Schwall an Gefühlsregungen umspült wurde.

Als sie Sean wieder ansah, stellte sie fest, dass er sie eindringlich anschaute. Er verfiel in einen immer schnelleren Rhythmus. Obwohl sie damit rechnete, dass er gleich die Augen zukneifen würde, hielt er diese stur auf Kristine gerichtet, bis er schließlich selbst auch die süße Erlösung fand. „Kristy", flüsterte er tonlos und auf eine Art, die sie fast zeitgleich mit ihm zu einem weiteren Orgasmus führte.

Für eine Minute ließ sie sich einfach fallen, ließ sich mit ihm treiben … ohne Ballast, ohne Bedauern, ohne Angst.

Dafür nur mit Liebe.

## 11. KAPITEL

Sean brachte keinen Ton heraus. Seine Kehle war wie zugeschnürt, weshalb er nichts anderes tun konnte, als Kristys Namen lautlos auszusprechen, anstatt ihn so zu flüstern, wie er es gewollt hatte. Aber sie verstand auch so. Er erkannte es an der Art, wie sie die Augen aufriss und ihre Lippen ein O formten, ehe sie ihn mit einem zweiten Orgasmus überraschte.

Es war perfekt. Sie war perfekt.

Und wie sie ihn ansah … Ein ganzes Jahrzehnt war plötzlich vergessen, und für einen Moment fühlte er sich wieder wie einundzwanzig, verrückt vor Liebe und voller Hoffnung und Optimismus, dass die Zukunft ihm noch viele wundervolle Wochenenden auf der Insel bringen würde.

Doch mit einem Mal war ihr Blick verschlossen, so als wüsste sie, dass sie ihm zu viel über sich verriet. Stattdessen lächelte sie ihn sinnlich an und lachte leise, wodurch sich die Atmosphäre völlig veränderte.

Er war enttäuscht, aber auch erleichtert. So tief in sie eingetaucht zu sein, war schon ein äußerst intensives Gefühl; da mussten nicht zusätzlich alte Emotionen ins Spiel kommen und alles nur noch verwirrender machen. Entschlossen konzentrierte er sich ganz auf die Lust ihrer vereinten Körper, alles andere blendete er resolut aus.

Als ihre Bewegungen schließlich zum Stillstand gekommen waren, Kristine ihn aber weiterhin umklammert hielt, konnte Sean endlich wieder durchatmen. Sie zu berühren war das, was ihn in den letzten vierundzwanzig Stunden wie einen Besessenen beschäftigt hatte, und jetzt war absolut jede seiner Erwartungen erfüllt worden.

Verdammt, war das gut gewesen! Er hatte ihren Geschmack noch immer auf der Zunge, als er sich nun aus ihr zurückzog und dabei das Kondom festhielt.

„Scheint so, als hätte ich auch Hunger gehabt“, meinte er grinsend. „Ich hoffe, es geht deinem Rücken gut.“

„Mein Rücken ist wahrscheinlich die einzige Stelle an meinem Körper, von der ich nichts merke“, antwortete sie und richtete sich so auf, dass sie sich auf den Ellbogen aufstützen konnte. „Ich spüre meinen Rücken gar nicht. Alles kribbelt wie verrückt.“

Nachdem er das Kondom in den Abfalleimer geworfen hatte, zog er seine Jeans hoch, damit sie auf seinen Hüften Halt fanden, ohne dass er den Reißverschluss hochziehen musste. Er hielt Kristine die Hand hin und half ihr, sich hinzusetzen, dann strich er über die zarte Haut auf ihrem Rücken. „Tut mir leid, dass das ein Quickie geworden ist. Nächstes Mal lasse ich mir mehr Zeit.“

Auf jeden Fall hatte er nicht vorgehabt, sie auf dem Küchentisch zu nehmen, doch dann hatte sie diese Erdbeere gegessen und … Es war einfach seit langer Zeit überfällig gewesen, das war alles.

„Ich glaube, das haben wir beide gebraucht“, entgegnete sie. „Allerdings ist es mir ein bisschen peinlich, dass ich nackt auf dem Esstisch deiner Familie gelegen habe.“

Was er an Kristine so mochte, war die Tatsache, dass sie jetzt nicht in aller Eile vom Tisch sprang und krampfhaft nach etwas suchte, um ihre Blöße zu bedecken. Sie strich gemächlich über seinen Bauch und ertastete seine Muskeln. Ein Hosenbein ihrer engen Jeans hing noch immer an ihrem Fuß fest.

„Dein Körper fühlt sich viel härter an“, sagte sie und sah ihm ins Gesicht. Ihre Haare waren zerzaust, ihr Mienenspiel wirkte wie das eines Kindes, das trotz Verbots genascht hatte.

„Als wir uns begegnet sind, war ich ein schmaler Teenager. Das alles war damals noch im Entstehen begriffen. Außerdem habe ich einen guten Stoffwechsel, was für mich bedeutet, dass ich wirklich hart trainieren muss, damit die Muskeln aufgebaut werden.“ Sean biss sich auf die Lippe, als Kristine ihre Finger weiter nach unten wandern ließ, um über seinen Schwanz zu streichen. Verdammt, er brauchte eine Verschnaufpause. Ihm wäre es ja lieber gewesen, wenn er darauf hätte verzichten können, aber das konnte er nun mal nicht. „Honey, lass MacGyver ein paar Minuten Zeit, damit er sich einen neuen Plan überlegen kann, okay?“

Sie musste lachen. Damals hatte es ihn amüsiert, dass sie seinem Penis einen Spitznamen gegeben hatte. Er selbst war zwar nie der Ansicht gewesen, dass so etwas nötig war, doch sie hatte darauf bestanden, weil sein Penis ihrer Meinung nach ebenso wie der Titelheld der Fernsehserie aus den Achtzigern jedes Problem lösen konnte. Eingefallen war ihm das erst wieder, als sie es gerade angesprochen hatte. Es war eine von diesen besonderen Erinnerungen, die er ganz gezielt verdrängt hatte, um nicht unter den damit verbundenen Gefühlen leiden zu müssen.

„Solange der neue Plan ohne Paketklebeband auskommt.“

Himmel! „Ganz bestimmt. Das Problem, wo dein nächster

Orgasmus herkommt, wird er sicher ohne Kaugummi und ohne Paketklebeband lösen können."

„Spaßbremse." Doch schließlich forderte sie ihn auf: „Küss mich, und danach werde ich mich um das einsame, verlassene Chili kümmern."

Den Wunsch konnte er ihr erfüllen. Er umfasste ihr Gesicht und gab ihr einen zärtlichen Kuss. „Wie kann ich dir dabei helfen?"

„Du kannst mir die Jeans ausziehen, damit ich nicht hinfalle, wenn ich vom Tisch klettere", sagte sie und lächelte ihn an. „Und dann darfst du die Augen zumachen, während ich mich wieder anziehe. Falls du gedacht hast, es sei schwierig, mir das Teil auszuziehen, dann hast du keine Vorstellung davon, was es heißt, sich da erst mal reinzuzwängen."

Sean befreite ihren rechten Fuß von dem Hosenbein. „Du bist verrückt, weißt du das? Ich habe wirklich jede Stelle an dir schon mal gesehen, und wen stört das schon, wenn sich was bewegt? Das ist ein weit verbreitetes Missverständnis, musst du wissen. Ich glaube, ich spreche für die meisten Männer, wenn ich sage, dass wir keine Frauen haben wollen, die so dünn sind, dass sich nichts mehr bewegen kann. Wenn du dich drehen würdest, und alles an dir bliebe starr und steif, würde ich das eher ein bisschen beunruhigend finden. Außerdem steckt in jedem erwachsenen Mann immer noch der Teenager, der nichts weiter will, als deine Brüste wippen zu sehen."

Sie zog die Brauen hoch. „Tut mir leid, dass ich das angesprochen habe."

„Was? Das ist bloß die Wahrheit!" Warum wollte sie nicht akzeptieren, dass sie für ihn die Definition von Weiblichkeit verkörperte? Er schüttelte die Jeans aus, damit sie sie wieder anziehen konnte, und reichte ihr den Slip, der sich in einem Hosenbein verfangen hatte.

Kristine antwortete nicht, sondern stieg in den Slip und hüpfte vom Tisch, um ihn ganz hochziehen zu können. Anschließend nahm sie ihm die Jeans aus der Hand und setzte sich auf einen Stuhl, damit sie sich in ihre Hose zwängen konnte. Da Sean keine Ahnung hatte, was ihr in diesem Moment durch den Kopf ging, beschloss er, die Herdplatte wieder anzustellen und das Gehackte umzurühren.

Also gut. Sie wollte nicht, dass er ihr zuschaute. Vermutlich hatte er kein Recht darauf und außerdem kein weiteres Argument zur Hand, um darauf zu bestehen. Er war bloß der Mann gewesen, den sie mit neunzehn spontan geheiratet hatte und den sie kurz darauf hatte sitzen lassen. Okay, es war vielleicht nicht fair, das Ganze darauf zu reduzieren. Immerhin hatte er ja auch sie geheiratet. Aber er hatte die bestehenden Probleme lösen und ihr helfen wollen, ihre Unsicherheiten zu überwinden.

Hatte sich seitdem irgendetwas geändert? Wenn überhaupt, dann war es jetzt noch schlimmer, weil die Trennung und die vielen Jahre hinter ihnen lagen, die sie jeder für sich verbracht hatten. Ihm wurde klar, dass er sich verletzt fühlte, obwohl er eigentlich gar keinen Grund dazu hatte. Also atmete er tief durch, um zur Ruhe zu kommen, und rührte erneut das Gehackte um. Kristine war ihm nichts schuldig. Er hatte sie manipuliert, damit sie ihn hierher begleitete. Zwar hatte sie letztlich eingewilligt, ohne von ihm dazu erpresst worden zu sein, doch er war sich nach wie vor nicht sicher, warum sie plötzlich einverstanden gewesen war.

Wahrscheinlich aus dem gleichen Grund, aus dem er das hier wollte: um nach vorne blicken zu können, um die Vergangenheit endgültig ruhen zu lassen.

Das würde er jedoch nicht schaffen, wenn er jedes ihrer Worte auf die Goldwaage legte. So konnte man sich die gute Stimmung nach dem Sex auch verderben.

Nachdem er sich die Hände gewaschen hatte, öffnete er die Dosen mit den roten Bohnen, um sie abtropfen zu lassen, während das Fleisch allmählich Farbe bekam.

„Sieht aus, als wären hier sämtliche Grundnahrungsmittel zu finden“, meinte Kristine, als sie den Inhalt des Kühlschranks und der Vorratskammer begutachtete. „Diese Küche ist wirklich gut sortiert.“

„So ist es einfacher, als wenn man jedes Mal nur das Nötigste mitbringt.“

„Was hältst du davon, wenn ich Plätzchen backe? Hast du immer noch eine Schwäche für Süßes?“

„Allerdings. Aber brauchst du dafür nicht ein Rezept? Mit meinem Smartphone habe ich Zugriff aufs Internet, wenn du da was Passendes suchen willst.“

„Ich brauche kein Rezept, ich backe ständig was. Ich liebe das.“

Er war beeindruckt. „Stricken und Backen? Hast du noch irgendwelche Begabungen im Haushalt entwickelt?“

„Ich nähe auch. Ich benutze gern so was wie alte Tischdecken, die ich zerschneide, um daraus Kissenbezüge oder Vorhänge zu machen. Wahrscheinlich bin ich im falschen Jahrhundert geboren. Ich hätte während der Weltwirtschaftskrise sicher eine gute Großmutter abgegeben.“

„Also, der Begriff Großmutter kommt mir nicht in den Sinn, wenn ich an dich denke, das kannst du mir glauben." Sean beobachtete, wie sie Eier, Mehl und Zucker zusammentrug. „Aber ich muss sagen, das klingt alles echt toll. Ich tauge im Haushalt nicht viel." Er würde allerdings nicht zugeben, dass er eine Innenausstatterin angeheuert hatte, damit die sein Apartment einrichtete, und auch nicht, dass einmal in der Woche eine Putzfrau bei ihm sauber machte. „Hört sich an, als hättest du wirklich herausgefunden, wer du bist."

Erschrocken starrte sie ihn an. „Ja, ich schätze, das habe ich", erwiderte sie, biss sich dann aber auf die Lippe, als würde der Gedanke sie beunruhigen.

„Was ist?"

„Ach, ich weiß nicht. Ich war wohl immer der Meinung, dass sich selbst zu finden irgendwie damit verbunden ist, eine Karriere hinzulegen, die alle anderen umhaut. Doch ich schätze, das muss nicht unbedingt der Fall sein, solange ich selbst mit dem glücklich und zufrieden bin, was ich tue."

„Dem kann ich nur zustimmen. Du weißt genau, wer du bist, und das bewundere ich." Manchmal wusste er selbst nicht mehr, wer er war. Als Geschäftsmann hatte er den großen Erfolg geschafft, aber innerlich war er zweigeteilt zwischen der Stadt und dem Land.

„Danke, Sean. Und ich wollte dir noch sagen, wie stolz ich auf dich bin. So wie es aussieht, hast du alles erreicht, was du dir vorgenommen hast, und dafür hast du schwer gearbeitet."

„Danke." So etwas von ihr zu hören bedeutete ihm viel mehr, als sie sich jemals vorstellen konnte.

Sie verfielen in einvernehmliches Schweigen. Kristine rührte innerhalb von Minuten einen Teig an, während er den Deckel auf den Topf legte, damit das Chili weiter köchelte.

„Ich gehe dann mal Holz holen“, verkündete er schließlich.

„Ganz so viel brauchst du nicht, eine Latte hast du ja schon“, sagte sie und grinste, während sie ihren Blick unter seine Gürtellinie schweifen ließ.

Er mochte es, dass sie so schnell und so selbstverständlich einen schmutzigen Witz aus dem Hut zaubern konnte. „Stimmt zwar, aber die wollte ich heute Abend lieber nicht ins Feuer werfen.“

„Gute Idee“, stimmte sie ihm lachend zu.

„Ich werde zum Schuppen gehen, da liegen genug Holzscheite auf Stapeln herum“, erklärte er. Es hätte zu viel des Guten sein können, dennoch beugte er sich vor, zog Kristine von der Rührschüssel weg und küsste sie.

Als sie genussvoll seufzte, wusste er, dass er genau das Richtige getan hatte.

Dann tauchte er den Finger in die Schüssel und nahm eine Portion Teig in den Mund. „Hmmm.“

„So kannst du dir Salmonellen einfangen“, warnte sie ihn. „Du solltest niemals rohe Eier essen.“

„Ich habe mein Leben lang rohen Teig gegessen, ich gehe das Risiko ein.“

Als er sich noch eine Portion stibitzen wollte, klopfte sie ihm mit dem Holzlöffel auf die Hand. „Autsch! Himmel, Kristy!“

„Wenn du so weitermachst, bleibt am Ende kein Teig mehr übrig, den ich backen kann.“

„Du bist gemein“, zog er sie auf.

„So sind wir nun mal, wir Weltwirtschaftskrisen-Großmütter."

Sean musste lachen. „Du kannst mir das hundertmal erzählen, ich werde es dir nicht abkaufen. So, und jetzt werde ich das Holz holen. Du willst ja heute Abend Marshmallows rösten, oder nicht?"

„Na klar."

Er setzte seine Mütze auf, zog die Stiefel an und holte ein paar Arbeitshandschuhe aus der Kommode an der Tür. Danach machte er sich auf den Weg, um genug Holz zu holen, damit das Lagerfeuer bis spät in die Nacht brannte.

Als er das Haus verließ, stutzte er. Am Steg lag gleich neben seinem das Boot seines Bruders. Verdammter Mist!

Kristine hatte den Teig auf dem Backblech verteilt und schob es in den Ofen. Sie war froh, dass Sean für ein paar Minuten rausgegangen war. Ihre Handtasche lag ein paar Meter von ihr entfernt auf einem Beistelltisch, und sie konnte ihr Handy hartnäckig summen hören. Jemand wollte was von ihr, und sie hatte den Verdacht, dass dieser Jemand ihre Mutter war.

Ein Blick aufs Display verriet ihr jedoch, dass es sich lediglich um einen Schwall von Facebook-Nachrichten handelte, die ihr mitteilen wollten, wer was wo gepostet hatte. Erleichtert wischte sie die Hände an ihrer Jeans ab und schaltete das Handy aus. Wenn sie wirklich Zeit mit Sean verbringen wollte, wollte sie bis auf Weiteres lieber nicht wissen, was in der Welt da draußen los war. Sie wollte voll und ganz hier bei ihm sein. Das Haus war gemütlich, hier und da zwar ein wenig karg eingerichtet, aber sauber und gepflegt. Der Duft der Kekse und des Chilis vermischten sich, was dem Zimmer etwas Warmes, Wohliges verlieh.

Nach dem Zwei-Gänge-Menü, das er ihr vorhin auf dem Küchentisch serviert hatte, war sie immer noch angenehm entspannt. Und sie beide kamen gut miteinander aus. Keiner warf dem anderen die Vergangenheit vor, und es machte Spaß, mit ihm in Erinnerungen an glückliche Zeiten zu schwelgen. Sie stellte die Uhr an der Mikrowelle ein und beschloss, nach draußen zu gehen und ihm zu helfen, Holz zu sammeln.

Außerdem war allmählich die Zeit gekommen, sich der Verbrennungstoilette zu stellen. Sie zog die Stiefel an, legte den Schal um und verließ das Haus.

Auf der Veranda blieb sie stehen und ließ den Blick schweifen, konnte Sean jedoch nirgends entdecken. Daraufhin ging sie zur alten Hütte. Als sie die Tür aufzog, musste sie feststellen, dass er sich dort auch nicht aufhielt. In der Hütte stapelten sich an einer Seite die Holzscheite, der Rest wurde von Kanus, einem Paddelboot und Kissen für die Terrassenstühle in Beschlag genommen. So konnte man kaum noch erkennen, dass dies hier über Jahre hinweg die eigentliche Hütte gewesen war, die weder über Strom noch fließendes Wasser verfügt hatte. Die Nächte hatten sie nackt und eng aneinandergeschmiegt in einem großen Schlafsack verbracht.

Beim Gedanken daran richteten sich prompt ihre Nippel auf.

Sie drehte sich um und drückte die Tür zu, als sie hörte, wie hinter ihr ein Zweig zertreten wurde. Sean stand keinen halben Meter von ihr entfernt. „O Gott! Du hast mir einen riesigen Schrecken eingejagt!“, rief sie.

„Keine Angst, ich bin kein Bär. Die machen üblicherweise mehr Lärm."

Ihr Herz raste noch immer wie verrückt. „Schleich dich gefälligst nicht so an!"

„Was machst du überhaupt hier? Suchst du nach Holz?"

Kristine verdrehte die Augen. „Ich habe nach dir gesucht. Ich wollte dir behilflich sein und mir bei der Gelegenheit diese neue Toilette erklären lassen. Wo ist sie? Und wie benutzt man sie?"

„Erkläre ich dir alles." Er rückte seine Mütze zurecht. „Mein Bruder war auf dem See unterwegs. Ich hab fast einen Herzinfarkt bekommen – ich dachte schon, er legt am Steg an. Und dann ging mir durch den Kopf, was gewesen wäre, wenn er zwanzig Minuten früher hier aufgekreuzt wäre."

Kristine wurde bleich. „Himmel! Wollte er denn am Wochenende herkommen? Ist er noch unten am Anleger?"

„Nein, er ist schon wieder weg. Er war unterwegs zum Fischen, hat mein Boot gesehen und wollte wissen, was ich hier mache." Verlegen schaute er sie an. „Ich habe ihm erzählt, dass ich in weiblicher Begleitung hier bin und er einen großen Bogen um die Insel machen soll."

„Ah. Gut." Vermutlich war es gut, und ihr war klar, dass er seinem Bruder nicht erzählt hätte, dass sie diese Begleitung war. Dennoch kam sie sich irgendwie seltsam vor. „Welcher Bruder?"

„Liam."

„Der jetzt die Töchter hat?"

„Ja, der."

Mehr als alles andere führte ihr das vor Augen, wie viel Zeit vergangen war, seit sie Sean verlassen hatte. Liam war damals siebzehn gewesen und in seinem letzten Jahr an der Highschool. „Das ist toll." Aber weil sie nicht wusste, was sie von dem Ganzen halten sollte, ließ sie einen Scherz folgen. „Also bin ich dein kleines schmutziges Geheimnis, wie?"

Ihr Versuch, an ihm vorbeizuhuschen, wurde von Sean vereitelt, der sich ihr zu ihrer Verwunderung in den Weg stellte und sie gegen das verwitterte Holz des Schuppens drückte.

„O nein", sagte er. „So läuft das nicht mehr. Du kannst mir nicht einfach so etwas an den Kopf werfen und dich dann aus dem Staub machen."

Ihre Wangen fingen an zu glühen, doch die Verlegenheit löste auch Verärgerung in ihr aus. Sie wusste, er hatte recht, doch das wollte sie nicht zugeben. „Was denn? Du hast ihm schließlich nicht gesagt, dass ich es bin, oder?"

„Nein, und zwar weil ich will, dass wir unsere Ruhe haben. Ich will nicht, dass er hier reinplatzt, nur weil er dir Hallo sagen will. Ich weiß, das war egoistisch von mir, aber es bedeutet ganz sicher nicht, dass es mir peinlich ist, mit dir hergekommen zu sein."

Sein energischer Tonfall ließ sie wie angewurzelt dastehen, sie wollte nicht länger unter seinem ausgestreckten Arm hindurchtauchen, um von hier wegzukommen.

„Okay", murmelte sie, da sie nicht wusste, was sie sonst hätte erwidern sollen.

„Warum gehst du eigentlich immer gleich vom Schlimmsten aus, wenn es um mich geht?", fragte er und verzog mürrisch den Mund. „Was habe ich dir getan, dass du mir mit solchem Misstrauen begegnest?"

O verdammt, jetzt war der Moment gekommen, an dem in

alten Wunden gestochert wurde. Oder besser gesagt: Sie selbst hatte diesen Moment heraufbeschworen. Diese Erkenntnis ließ ihre Wangen noch heißer glühen. „Es liegt nicht an dir, Sean, sondern an mir. Du hast mir keinen Grund geliefert, dir zu misstrauen. Aber ich konnte dir nicht glauben. Neunzehn Jahre lang hat meine Mutter mein Selbstwertgefühl mit Füßen getreten, und ich konnte es einfach nicht fassen, dass du ernsthaft dein Leben mit mir verbringen wolltest."

Sein Gesicht entspannte sich. „Kristy, ich habe dich geliebt."

„Das wusste ich, ganz ehrlich. Das hatte ich dir auch geglaubt." Wie sollte sie ihm etwas erklären, was sie selbst kaum verstand? „Gleichzeitig dachte ich jedoch immer, dass früher oder später eine Frau auftauchen musste, die dich mehr interessieren würde als ich und der du nicht widerstehen könntest. Ich dachte, du würdest irgendwann deine Meinung ändern. Allerdings ist mir völlig klar, dass das ganz allein mein Problem ist. Ich habe wirklich hart an mir gearbeitet, und ich lerne gerade, mich so zu akzeptieren und zu lieben, wie ich bin. Es ist halt ein Prozess, weißt du?"

Er nickte bedächtig, drückte den Rücken durch und nahm den Arm runter, mit dem er sie zurückgehalten hatte. „Ich schätze, der erste Schritt ist der schwierigste, wie? Sich seinen Ängsten zu stellen und sich gegen sie zu behaupten, ist eine große Sache. Ich bin froh, dass du das geschafft hast."

„Ja, ich auch." Sie stieß sich vom Schuppen ab und betrachtete Sean. „Und was ist mit dir? Ich hatte erwartet, du würdest irgendwann wieder heiraten wollen. Oder dich wenigstens von mir scheiden lassen. Ich hatte immer damit gerechnet, irgendwann von dir zu hören."

„Wenn man ein Unternehmen aufbaut, bleibt nicht viel Zeit für die Liebe“, erwiderte er. „Und damit erfährst du mein wahres schmutziges Geheimnis: Ich bin einsam.“

Bevor sie etwas entgegnen konnte, drehte er sich um und ging um den Schuppen herum. „Zur Toilette geht es hier entlang.“

Warum hatte sie das Gefühl, dass sie zumindest zum Teil für seine Einsamkeit verantwortlich war?

Und warum verspürte sie den Wunsch, zumindest an diesem Wochenende alles in ihrer Macht Stehende zu tun, um seinen Schmerz zu lindern?

Weil sie es ihm schuldig war.

Weil sie es sich selbst schuldig war.

An der Vergangenheit konnte sie nichts mehr ändern – an seiner und ihrer Zukunft dagegen sehr wohl.

## *12. KAPITEL*

Sean ärgerte sich gewaltig über sein Geständnis. Genauso gut hätte er Kristine sagen können, dass er sie zu diesem Wochenende eingeladen hatte, weil er ein so armseliger Mensch war.

Allein Liams überraschte Miene, als er ihm mitgeteilt hatte, er sei übers Wochenende mit einer Frau im Haus auf der Insel, war schon peinlich genug gewesen. Sogar sein kleiner Bruder wusste ganz genau, dass er keine Frau abbekam. Oder dass er mit jeder Frau bestenfalls zweimal ausging, bevor wieder Schluss war. Welche Frau hatte auch Lust, zwei oder drei Wochen zu warten, bis er endlich mal ein oder zwei Stunden Zeit für sie hatte?

Als Kristine sich gewundert hatte, dass er nicht zumindest auf die Idee gekommen war, sich von ihr scheiden zu lassen, war ihm die Wahrheit so abrupt bewusst geworden, als hätte ihm jemand eine schallende Ohrfeige verpasst. Die Antwort war schlichtweg die, dass er diese Verbindung nicht hatte kappen wollen. Sicher, zum Teil war es auch so gewesen, dass er um das Thema einen Bogen hatte machen wollen – weil er sich sogar jetzt, nach zehn Jahren, immer noch wünschte, mit ihnen beiden hätte es geklappt. Diese Erkenntnis hatte etwas so Frustrierendes an sich gehabt, dass ihm rausgerutscht war, wie einsam er sich fühlte.

O Gott, er hatte sich zum totalen Loser gemacht, der nur dann auf ein Date hoffen konnte, wenn es ihm gelang, eine Frau zu bequatschen, damit sie ihn auf eine abgelegene Insel begleitete.

Die Ironie an dem Ganzen war allerdings, dass Kristine sich

anscheinend ausgerechnet von seinem missverständlichen Eingeständnis, auf ganzer Linie versagt zu haben, angesprochen gefühlt haben musste. Anders ließ sich nicht erklären, dass sie mit einem Mal in seiner Gegenwart völlig im Reinen mit sich zu sein schien. Gut gelaunt ließ sie sich von ihm die Funktionsweise der neuen Toilette erläutern, bevor sie ganz gelassen mit ihm zusammen zum Haus zurückkehrte und die Kekse aus dem Backofen holte.

„Jetzt darfst du probieren", sagte sie, brach einen Keks in der Mitte durch und hielt eine Hälfte an seine Lippen.

Der Keks schmeckte köstlich. Er war heiß und süß, und die Schokoladenstückchen aus der Vorratskammer waren exakt so zähflüssig, wie sie sein sollten. „Großartig. Ich will mehr."

Als er so tat, als würde er ihr die Fingerkuppe abbeißen wollen, lachte sie sanft. „Das ist mein Finger, Dummkopf."

Nein, er bildete sich das nicht bloß ein, dass sie entspannter, sogar zärtlicher klang, wenn sie redete. Im nächsten Moment legte sie die Arme auf seine Schultern und verschränkte sie hinter seinem Kopf, ohne dass er sie in irgendeiner Weise zu dieser Geste aufgefordert hatte.

„Du bist noch gut aussehender als vor zehn Jahren", sagte sie in einem flirtenden Flüsterton.

„Gut aussehender? Sagt man das so?", gab er verwundert zurück, musste sich aber eingestehen, dass ihre Worte ihn berührten. Und ihn scharfmachten.

„Keine Ahnung, aber ich sage das ab sofort so." Sie gab ihm einen wundervoll süßen Kuss, dann drehte sie sich um und holte zwei kleine Schüsseln aus dem Schrank, in die sie das Chili aus dem Kochtopf gab. „Ich gehe gleich vor Hunger ein."

Ihm ging es nicht anders. Allerdings galt sein Hunger weniger ihrem Essen als vielmehr ihr selbst.

Trotzdem nahm er die Schüssel, die sie ihm hinhielt, und setzte sich an den Tisch. Sein Gefühl warnte ihn, dass sie ihm keinen weiteren Keks geben würde, wenn er sein Chili nicht aß. Dabei wollte er jeden einzelnen Keks haben, den sie ihm überlassen wollte. Sie aßen zunächst ein paar Minuten lang in einvernehmlichem Schweigen, bevor Kristine sich nach seinen Brüdern und deren Ehefrauen, nach seinen Eltern erkundigte. Sie fragte ihn über das neue Haus aus und schien ernsthaft an all diesen Dingen interessiert zu sein. Er wusste das sehr zu schätzen, und im Gegenzug ließ er sie von Vegas und von ihren erstaunlichen Fertigkeiten in der Küche erzählen, die sie sich über Jahre hinweg angeeignet hatte. Es tat einfach gut, dazusitzen und mit ihr reden und lachen zu können.

„Willst du nach dem Essen angeln gehen?“, wollte er schließlich wissen.

„Gern.“

„Wir haben hier dickere Jacken im Haus, falls du etwas brauchst“, informierte er sie. Das Flanellhemd stand ihr zwar hervorragend, aber es war in erster Linie modisch statt zweckmäßig. Sobald sie sich nach irgendetwas reckte, rutschte das Hemd ein Stück hinauf, sodass ein Streifen nackter Haut hervorblitzte. Hier drinnen hatte er nichts dagegen einzuwenden, doch er konnte sich nicht vorstellen, dass es ihr draußen auf dem kalten See gefallen würde, ständig irgendwo eisige Luft an ihrem Körper zu spüren.

„Ich habe eine Jacke dabei, aber die ist nicht gerade das Richtige für Minnesota.“

„Keine Angst, ich werde dich schon einpacken.“ Dann hatte er anschließend immerhin etwas zum Auspacken.

Nachdem er gegessen und sich etwas regeneriert hatte, fühlte er sich für die zweite Runde Sex bereit. Dabei würde er sich auf jeden Fall viel mehr Zeit lassen, um ganz in Ruhe mit jeder von Kristines Rundungen und Kurven Wiedersehen zu feiern. Da sie in einer sehr entspannten und umgänglichen Stimmung war, sollte das seinem Ansinnen entgegenkommen.

„Du hast schon immer gut für mich gesorgt“, erklärte sie nachdenklich.

Und damit war er nicht länger entspannt. Etwas an ihren Worten löste bei ihm ganz beträchtliches Unbehagen aus. Abrupt schob er den Stuhl nach hinten, nahm seine leere Schüssel und reinigte sie im Spülbecken mit dem Wasser aus dem See. Danach stellte er sie hochkant in das Abtropfgestell, damit sie trocknen konnte. „Was hältst du davon, wenn wir ein paar Kekse auf den See mit rausnehmen?“, fragte er.

„Klar“, antwortete sie ganz ruhig.

Sean traute sich nicht, sie anzusehen, konnte sich den Grund dafür jedoch nicht erklären. Fürchtete er sich vor irgendetwas, das er in ihrem Gesicht erkennen könnte? Oder wollte er nicht, dass ihr etwas bei ihm auffiel?

Anstatt sich also zum Tisch umzudrehen, ging er zur Garderobe und fand dort eine Jagdjacke, die vermutlich Liams Frau Mary gehörte. Der Stoff wies ein Tarnmuster auf, allerdings in leuchtenden Pinktönen. „Hier, probier die mal an“, forderte er Kristine auf und hielt ihr die Jacke hin.

Verblüfft hob sie die Brauen. „Wenn ich die trage, wird man mich sogar von Kanada aus sehen können.“

Dass sie damit recht hatte, war ihm selbst auch klar. „Als Tarnung taugt sie natürlich nicht viel, aber sie scheint warm zu sein. Tut mir leid, die gehört meiner Schwägerin."

„Der Farbton beißt sich zwar mit meinen roten Haaren, aber ich denke mal, auf Ely Island spielt Mode keine Rolle."

„Du siehst in allem wunderschön aus." Und das meinte er auch so. Kaum hatte er es ausgesprochen, kam er sich allerdings wieder wie ein kläglicher Idiot vor.

Kristine lächelte ihn weiterhin an. „Danke", sagte sie schließlich, stand auf und brachte ihre Schüssel zur Spüle. „Allein dafür lasse ich dich nicht nur Kekse mitnehmen, sondern gebe dir auch noch eine Thermoskanne mit einer Portion Milch mit."

Zwar wäre ihm Kaffee lieber gewesen, aber diese Geste war so verdammt süß, dass er sich nicht beschweren wollte. „Danke."

Fünf Minuten später gingen sie die Stufen zum Bootssteg runter.

„Das macht mich völlig irre, dass du aus dem Haus gehst und nicht die Tür hinter dir abschließt", meinte Kristine.

„Wer soll hier was klauen kommen? Ein Bär?", gab er grinsend zurück.

„Keine Ahnung. Die Nachbarn vielleicht. Wie viele Hütten gibt es noch auf der Insel? Drei? Vier? Oder jemand, der auf dem See unterwegs ist, könnte am Bootssteg anlegen und zum Haus gehen."

„Falls es wirklich einen solchen Trottel gibt, der freiwillig seinen Treibstoff vergeudet, auf dem See herumfährt, an sämtlichen Stegen anlegt und zu jedem möglicherweise unverschlossenen Haus läuft – und falls er dabei tatsächlich mal eine offene Tür entdeckt und auch noch etwas von Wert findet –, dann kann ich denjenigen nur für seinen Enthusiasmus loben. Das dürfte ihn nämlich so viel Benzin kosten, dass er das Geld mit seiner Beute niemals reinholen könnte. Das wäre kein sehr gut überlegtes Verbrechen." Genau deshalb machte er sich trotz ihrer Bedenken keine Sorgen darüber.

„Vermutlich hast du recht. Dann lass uns mal angeln gehen."

„Schleppangeln", korrigierte er sie.

„Was?", fragte sie.

„Na ja, eigentlich gehen wir schleppangeln", erklärte Sean, während sie den Bootssteg entlanggingen. Kristine trug eine Strickmütze, die er für sie aufgetrieben hatte und die sie verdammt süß aussehen ließ, außerdem hatte sie sich eine Fleecedecke umgelegt.

Sie verzog den Mund, während sie vorsichtig einen Fuß ins Boot setzte. „Schleppangeln hört sich nicht gut an. Das klingt so, als würden wir Schleppnetze auswerfen und alles fangen, was da unten rumschwirrt. Können wir das nicht anders nennen?"

„Dann fischen wir einfach. Was hältst du davon?"

„Ja, das ist gut. Aber du fischst, ich nicht. Ich werde stricken." Sie hielt ihren Beutel hoch.

„In Ordnung." Er musste zugeben, dass er neugierig war, sie stricken zu sehen. Diese häusliche Seite, die Kristine auf einmal besaß, war schon verdammt sexy.

Sean lenkte das Boot ein Stück von der Insel weg, dann ließ er es gleiten, warf die Angelschnur aus und sah zu, wie sie ins Wasser eintauchte. Kristine war bereits mit ihren Stricknadeln am Werk, die in hohem Tempo aneinanderschlugen, während sie irgendetwas Großes, Blaues produzierte. Wenn ihm vor einer Woche jemand gesagt hätte, er würde heute in einem Boot sitzen und angeln und dabei von seiner strickenden Exfrau begleitet werden – er hätte einen Lachkrampf bekommen.

Es war aber auch zu bizarr. Er und Kristine, die gemeinsam auf dem Lake Vermilion treibend einen friedlichen, angenehmen Nachmittag verbrachten.

Verdammt, das gefiel ihm wirklich. Sehr sogar. Mehr, als es der Fall hätte sein sollen.

Wie zum Teufel sollte er so einen Schlussstrich unter seine Vergangenheit mit ihr ziehen?

Stattdessen schossen ihm am laufenden Band habgierige kleine, völlig unrealistische Gedanken durch den Kopf. Gedanken, die die Frage aufwarfen, warum das hier nur heute möglich sein sollte, nicht auch morgen und übermorgen und an jedem weiteren Tag einer gemeinsamen Zukunft.

Nein, das war gefährlich. So durfte er nicht denken.

Zwei Stunden lang trieb das Boot über den See, und zwei Stunden lang stopfte er sich mit Keksen voll, damit er nicht irgendeine unüberlegte Äußerung von sich geben konnte, die Kristine dazu veranlassen würde, auf der Stelle ins kalte Wasser zu springen. Auf einmal bemerkte er ein Ziehen an der Schnur. „Da hat einer angebissen." Er begann die Schnur aufzurollen. „Das ist was Großes. Kannst du mir das Netz anreichen?"

„Bin schon dabei." Sie packte das Strickzeug in ihren Beutel und stand auf, geriet dabei jedoch gleich ins Schwanken.

„Vorsicht! Ich will nicht, dass du im See landest."

„O Gott, das wäre ja schrecklich." Sie schüttelte sich und

setzte sich schnell wieder auf die Bank. Dann beugte sie sich vor und streckte den Arm aus, um das Netz an sich heranzuziehen.

Er war bereits im Begriff, den Fisch aus dem Wasser zu ziehen. „Heb das Netz an", wies er Kristine an. „Ich werde den Fisch da reinfallen lassen. Halt das Netz gut fest, auch wenn er sich hin und her wirft und zappelt, okay?" Er wollte diesen Fisch nicht verlieren, doch ebenso wenig wollte er, dass Kristine über Bord ging.

„Ja, schon verstanden. Mein Gott, so wild kann das ja nun auch nicht sein."

Kristine war der Ansicht gewesen, dass Sean es mit seinen Anordnungen maßlos übertrieb und dass er sich mindestens die Hälfte davon hätte sparen können.

Dann aber kam der Fisch aus dem Wasser geschossen, und das blanke Chaos brach aus – in dessen Verlauf das Tier ihr irgendwie die Schwanzflosse ins Gesicht schlug. Sie schrie auf, während Sean ihr irgendwelche Anweisungen zurief. Von denen bekam sie jedoch nichts mit, weil sie weiter kreischte und in Panik war, dass sie jeden Moment über Bord gehen und im Wasser landen würde.

Aber nichts davon geschah.

Was allerdings nichts daran änderte, dass sie genauso klatschnass war, als hätte sie in voller Montur ein Bad genommen. Hinzu kam, dass sie nach der Attacke mit der Schwanzflosse nach Fisch roch. Oder besser gesagt, dass sie nach Fisch stank.

Doch auf einmal war alles vorbei. Der Fisch war gefangen, und Sean nahm ihr das Netz ab, während sie in halb kauernder Position dastand. „Was war das gerade?", fragte sie atemlos.

„Wir haben einen Barsch gefangen. Gut gemacht, Babe. Jetzt ist unsere nächste Mahlzeit gesichert." Behutsam hob er den Fisch aus dem Netz und zog den Haken heraus. „Hier, willst du ihn mal halten? Fass ihn einfach am Maul an."

War das etwa sein Ernst? „Ist das dein Ernst?"

„Absolut. Willst du nicht, dass ich von euch beiden ein Foto mache?"

„Nein, nein, das ist so alles okay." Als sie daraufhin seine enttäuschte Miene bemerkte, kam sie sich wie eine Spielverderberin vor. Was genau dem Anlass widersprach, aus dem sie eigentlich mitgekommen war. Sie wollten etwas Spaß haben und beabsichtigte, in irgendeiner Weise Wiedergutmachung dafür zu leisten, dass sie ihn vor zehn Jahren einfach hatte sitzen lassen.

Also widersetzte sie sich ihrem gesunden Menschenverstand und streckte ihm die Hand entgegen. „Na gut, ich werde ihn halten."

Ein Lächeln erschien auf Seans Gesicht, und er wirkte über alle Maßen von ihren Worten angetan. War wirklich nicht mehr nötig, um einen Mann glücklich zu machen? Man musste bloß seinen Fisch für ein Foto hochhalten? Das kam ja einer Offenbarung gleich.

„Halt einfach deinen Zeigefinger wie einen Haken", forderte Sean sie auf und gab ihr den Barsch. „Und hak den Finger im Maul ein."

Der Fisch war schuppig, kalt und ein bisschen schleimig. Sie fasste Fischlippen an. O Gott! Es kostete sie ihre letzten Kräfte, nicht vor Ekel das Gesicht zu verziehen. Mindestens ebenso anstrengend war es, den Fisch nicht fallen zu lassen, aber sie schaffte es irgendwie, die Stellung zu halten, während Sean sein Handy hervorholte.

Na, wunderbar. Jetzt würde jeder zu sehen bekommen, dass sie zu einer schwarzen Strickmütze eine Jacke mit pinkfarbenem Tarnmuster trug, die einer Frau gehörte, die deutlich weniger Oberweite hatte als sie. Und an ihrem manikürten Finger baumelte ein aus dem See gezogener Barsch. Sie musste Sean wirklich sehr lieben, wenn sie bereit war, das hier über sich ergehen zu lassen.

O verdammt.

Ja, sie liebte Sean. Das war für sie kein Schock. Doch ihr war klar, dass sie ihn gehen lassen musste, wenn sie erwachsen werden wollte. Sie durfte nicht zulassen, dass er in ihr Leben zurückkehrte und sich um alles kümmerte. So wie den Fisch musste sie auch ihn wieder ins Wasser werfen und ihn davonschwimmen lassen. Wenn sie ihn nämlich das tun ließ, was er tun wollte – also für sie alles schöner, besser und leichter zu machen –, welche Lektion hätte sie dann für ihr Leben gelernt? Jedenfalls nicht, wie man auf eigenen Beinen stand. So viel war sicher.

Was um alles in der Welt glaubte sie eigentlich, was sie hier trieb?

Der zuckende Fisch bewegte sich so heftig, dass Kristine ihn mit einem spitzen Schrei fallen ließ. Das arme Tier landete im Boot und zappelte wie wild. „Oh, sorry. Aber ich schwöre dir, er hat mich gebissen!“

„Er hat überhaupt keine Zähne“, erwiderte Sean kopfschüttelnd, schien jedoch nicht allzu verärgert zu sein.

Das wäre er allerdings bestimmt gewesen, wenn er gewusst

hätte, welche Gedanken ihr durch den Kopf gingen. O Gott, warum war sie denn immer noch in Sean verliebt?

Das war idiotisch und sinnlos und dumm und …

„Was meinst du?", fragte er. „Soll er unser Abendessen sein, oder soll er zurück ins Wasser? Du entscheidest."

„Zurück ins Wasser", antwortete sie sofort. Sie konnte den Fisch nicht ansehen, ohne Gewissensbisse zu bekommen. Und erst recht würde sie ihn nicht essen können, weil ihr das so vorkommen würde, dass sie ihn bestrafte, weil sie durch ihn zu der Einsicht gelangt war, verrückt zu sein. Und daran war nun wirklich nicht dieser arme Fisch schuld.

Das war ganz allein ihre eigene Schuld, weil sie so dumm gewesen war, auch nach zehn Jahren noch nicht über Sean hinweggekommen zu sein. Mal ehrlich: Welche Frau war nach einem Jahrzehnt nicht in der Lage, einen Schlussstrich unter eine Ehe zu setzen, die gerade mal sechs Monate gehalten hatte?

Offenbar eine Frau wie sie.

„Mach's gut, Bob", sagte sie in düsterem Tonfall zu dem Fisch.

„Bob?" Sean hob ihn vom Boden auf.

„Ja, ich habe beschlossen, ihm einen Namen zu geben. Bob, der Barsch – Kristine, der Arsch. Klingt irgendwie sehr passend."

„Dann gib Bob einen Abschiedskuss." Er hielt ihr den Fisch hin.

Bobs Kiemen öffneten und schlossen sich hektisch, das Tier wirkte panisch. Kristine kannte das Gefühl nur zu gut. Sie warf dem Fisch einen Luftkuss zu, stieß danach Sean an. „Jetzt wirf ihn schon zurück ins Wasser. Ich will nicht, dass er wegen Sauerstoffmangels einen Hirnschaden bekommt." Wie sonderbar sich das anhörte – Sauerstoffmangel, obwohl Bob ja von Luft umgeben war.

Egal. Sie hatte nicht Biologie studiert und hätte das sowieso nicht erklären können. Doch sie fühlte sich einfach mies, wenn sie das gestresste Tier betrachtete. „Ich sollte ihm eigentlich ein Abschiedsgeschenk mitgeben."

„Okay, zurück mit ihm." Im nächsten Moment landete der Barsch wieder im Wasser. „Und komm nicht auf die Idee, ihm einen Pullover zu stricken. Ich glaube nicht, dass ihm das gefallen würde."

„Haha, sehr witzig." Kristine schauderte. „Oh, ich bin ja klatschnass."

„Und dabei habe ich dich nicht mal angefasst", entgegnete Sean grinsend.

„Du bist ein richtiger Komiker, wie? Na, wenigstens hast du dich, damit immerhin einer über deine Witze lacht." Sie schaute ihn an und verdrehte die Augen, auch wenn sie seine Bemerkung amüsant fand. Er schien entschlossen zu sein, sie sein Geständnis vergessen zu lassen, dass er einsam war.

Tatsächlich lachte er auch, meinte dann aber besorgt: „Wir können kehrtmachen. Ich möchte nicht, dass du dich erkältest."

Es war ihr Ernst gewesen, als sie ihm gesagt hatte, dass er sich stets um sie gekümmert hatte, als sie noch ein Paar gewesen waren. Bei ihm kam es ihr vor, als würde ihm dieses Verhalten im Blut liegen; wahrscheinlich hatte er gesehen, dass sein Vater mit seiner Mutter genauso umging. Kristine war schon immer der Meinung gewesen, dass die Ehe seiner Eltern wunderbar war, weil sie so sehr auf Liebe und Respekt aufbaute. Es war die Art von Ehe, die sie sich selbst gewünscht hatte. Die Art von Ehe, die sie bei Sean sogar gefunden hatte, wie sie zugeben musste – bis sie diese Ehe vor die Wand gefahren hatte. Trotz der niedrigen Temperaturen fühlten sich ihre Wangen an, als würden sie glühen. „Okay, danke."

Sean legte die Angel weg und ließ den Motor an. „Weißt du, dass ich echt enttäuscht von dir bin? Du hast nicht einen einzigen Witz über meine Rute gemacht."

„O Gott, ich lasse wohl wirklich nach", erwiderte sie lachend und strich sich die Haare aus dem Gesicht. „Dabei war ich mit meinen sexuellen Anspielungen immer so fantastisch. Aber vermutlich bin ich aus der Übung gekommen. Erinnerst du dich, wie wir in unseren Flitterwochen auf dem Rückweg diese Führung durch den Stollen der alten Mine mitgemacht haben? Und wie ich auf dem Weg nach unten diese Bemerkung gemacht habe, dass ich gern wissen würde, wie tief der wohl reingeht? Ich dachte, die alte Dame neben uns würde vor Scham im Erdboden versinken."

„Ja, ich erinnere mich", bestätigte er mit breitem Grinsen.

Kristine sah ihn ein wenig wehmütig an. „Das war eigentlich ziemlich kindisch. Die alte Frau wollte bestimmt etwas über den Bergbau erfahren, und ich war berauscht von Sex und Liebe und wollte nur Witze reißen."

„Du hast mir das alles ins Ohr geflüstert. Es war nicht so, dass sie dich hätte hören können, wenn sie uns nicht sehr aufmerksam belauscht hätte."

„Stimmt auch wieder." Sie zog die Jacke hoch und roch daran, während Sean das Boot wendete und Kurs auf die Insel nahm. „Igitt, das stinkt jetzt alles."

„Anglerrisiko, ist aber nichts Wildes." Er beugte sich zu ihr rüber und tat so, als würde er tief einatmen. „Du hast schon schlimmer gerochen."

Daraufhin streckte sie ihm die Zunge raus.

„Schade, dass es nicht wärmer ist, sonst könnte ich dich in den See stoßen."

„Was soll das an dem Gestank ändern?", wollte sie wissen. „Ich rieche doch schon nach dem See."

„An dem Gestank würde das gar nichts ändern. Es würde bloß Spaß machen." Er zwinkerte ihr zu. „Dann könnte ich zusehen, wie dein Busen wippt, weil du so strampelst, damit du die kleinen Krabben abschütteln kannst, die an deinen Knöcheln knabbern. Ich habe das schon mal bei dir beobachten können, das sah gut aus."

Sie konnte es nicht fassen, dass er das noch wusste. Tatsächlich hatte sie einen wilden Tanz im Wasser aufgeführt, als sie von einem Bein aufs andere getreten war. Da er vergessen hatte, sie zu warnen, war sie völlig ahnungslos durchs Wasser gewatet, wo sie auf einmal von Schalentieren attackiert worden war – während Sean sich vor Lachen gebogen hatte.

„Schön, dass du meine missliche Lage ausnutzen musstest, um mich lüstern anzustarren, anstatt mir zu helfen." So sehr geärgert hatte sie sich allerdings auch wieder nicht, da er anschließend ihre Brüste auf das Köstlichste verwöhnt hatte. Von dem kalten Wasser waren ihre Nippel ohnehin schon steif gewesen, und er hatte mit seiner Zunge diesen Zustand noch weiter vorangetrieben.

Wenn sie jetzt darüber nachdachte, konnte sie auf ihrer Bank kaum stillsitzen. Was im Haus auf dem Küchentisch passiert war, hatte nur ihren Appetit geweckt. Zu lange war es her, dass sie sich ein ganzes Wochenende lang von ihrer Lust hatte leiten lassen.

„So bin ich eben", gab er zurück, streckte den Arm aus und griff mit seinen Fischfingern nach dem letzten Keks.

Sie fand das total eklig, aber er schob sich den Keks in den Mund und kaute zufrieden seufzend darauf herum. Bereits ein paar Minuten später erreichten sie den Bootssteg. Kristine war froh darüber, denn zum einen war ihr kalt, und zum anderen wurde ihr von dem Gestank der Jacke allmählich übel. In der Theorie ließ sich so was ohne Probleme aushalten. Es war jedoch eine ganz andere Sache, wenn einem der Mief in die Nase stieg und sich dort festzusetzen drohte.

„Richtig waschen kann ich mich hier gar nicht, oder?", fragte sie und zog den Reißverschluss auf, damit sie die Jacke ablegen konnte.

„Da ist nur die Außendusche, aber das wird ordentlich kalt werden." Besorgt musterte er sie, während er nach dem Tau griff, um das Boot festzumachen. „Stimmt was nicht?"

„Ich fühle mich irgendwie nicht so gut. Ich glaube, ich muss mich wirklich erst mal frisch machen oder zumindest was anderes anziehen. Sogar meine Haare riechen nach Fisch." Normalerweise war sie nicht so empfindlich, doch in der vergangenen Nacht hatte sie nach all dem Stress rund um die Galerie kaum geschlafen. Und gegessen hatte sie in den letzten vierundzwanzig Stunden nichts als ein paar Kekse und eine Portion Chili, also sicher nicht die beste Kombination für einen leeren Magen. Sie schauderte.

„Ich bringe dir was Frisches zum Anziehen und mache danach ein Feuer, damit du dich gleich aufwärmen kannst."

„Es wird zwar eiskalt werden, aber ich glaube, ich werde ein bisschen Duschgel nehmen und mich abbrausen.“ Nachdem Sean ihr auf den Bootssteg geholfen hatte, fühlte sie sich schon besser. Aber das lag womöglich auch nur daran, dass sie die zu enge Jacke ausgezogen hatte.

Trotzdem fand sie, dass sich frisches, kaltes Wasser auf ihrer Haut gut anfühlen würde.

„Setz dich einen Moment hin, bis ich das Feuer angezündet habe.“ Sean warf einige Handvoll Kiefernnadeln in die Mitte der Feuergrube und baute mit Zweigen und einigen dicken Scheiten eine Pyramide. Fünf Minuten später loderten bereits die Flammen und wärmten Kristine. Anschließend zeigte er ihr die Außendusche, die von einer flachen Mauer abgesehen keinerlei Privatsphäre zu bieten hatte. Dann ging er und holte ihr eine Flasche Duschgel.

„Manchmal ist die Sonne stark genug, um den Schlauch ein wenig zu wärmen“, erklärte er, „aber viel bringt das prinzipiell nicht. Außerdem haben wir Oktober, da kann die Sonne nicht mehr viel ausrichten.“

„Wenigstens gibt es so was wie eine Dusche. Letztes Mal war hier noch gar nichts.“ Damals waren sie nach ein paar Tagen gezwungen gewesen, einen Abstecher an Land zu machen, um bei seinen Eltern im Haus zu duschen.

Der Schlauch war mit einem Duschkopf verbunden, und als Kristine die Dusche aufdrehte, kam das Wasser mit nicht allzu viel Druck aus den Düsen und regnete auf den Boden, der mit Kies bedeckt war. Sie legte das Flanellhemd und den Schal ab, dann hielt sie vorsichtig eine Schulter unters Wasser. „Ah! Ist das kalt! Fühlt sich aber gut an.“

„Willst du deinen BH beim Duschen anbehalten?“, erkundigte sich Sean.

„Ich habe nicht vor, richtiggehend zu duschen, aber ganz egal, was ich machen werde: Du wirst dich währenddessen nicht in meiner Nähe aufhalten. Ich brauche nämlich keine Zuschauer.“ Das wäre ihr einfach zu seltsam vorgekommen.

„Du bist unlustig“, erwiderte er und stützte sich auf die hüfthohe Mauer. Es war offensichtlich, dass er nicht weggehen wollte.

„Und ob ich lustig bin. Ich bin die Lustigkeit in Person.“ Sie gab etwas Duschgel in die Hand und verteilte es auf den Armen und ihrem Hals. Welche Stellen genau den Fischgeruch verbreiteten, wusste sie nicht, doch das würde reichen müssen.

„Beweis es.“

Sie sah keine Veranlassung, ihm irgendetwas zu beweisen, aber ihr war klar, Sean würde nicht damit rechnen, dass sie darauf reagierte. Also beschloss sie, etwas im Sinne des Themas zu tun, unter dem dieses Wochenende stand, und ihm etwas fürs Auge zu bieten.

Blitzschnell zog sie den BH aus und warf ihn Sean an den Kopf.

Das erstickte Röcheln, das sich seiner Kehle entrang, ließ sie zufrieden lächeln. Und dann hielt sie den Kopf unter den kalten Wasserstrahl.

## *13. KAPITEL*

Sean hatte nicht erwartet, dass Kristine irgendetwas anderes machen würde, als ihn zum Haus zurückzuschicken.

Als sie dann aber ihren BH auszog und ihm zuwarf, war er völlig verblüfft und konnte nicht schnell genug reagieren, um ihn zu fangen. Stattdessen prallte der BH von seiner Brust ab und landete auf seinen Stiefeln, während ihm das Wasser im Mund zusammenlief, da ihn der Anblick ihrer nackten Brüste so sehr faszinierte. Dieses Bild hatte er seit zehn Jahren nicht mehr zu Gesicht bekommen, aber er musste sagen, dass sich das Warten gelohnt hatte.

Kristine war eine zu hundert Prozent natürliche, sexy Frau mit einer Oberweite, für die wohl jeder Mann Geld hinlegen würde, um bloß einen Blick darauf zu werfen.

Was für ein Glück, dass er mehr durfte, als nur zu gucken.

Als sie sich zurücklehnte, um sich die Haare zu waschen, lief ihr Wasser übers Gesicht und tropfte vom Kinn auf ihre beachtlichen Brüste. Die Kombination aus kalter Luft und noch kälterem Wasser bescherte ihr eine Gänsehaut und sorgte dafür, dass sich ihre himbeerfarbenen Nippel steil aufrichteten. O ja, er war jetzt ganz offiziell steinhart und unfähig, einen einzigen Ton rauszubringen, während er zusah, wie sie sich einseifte.

Es schien sie nicht zu stören, dass er sie mit Stielaugen anstarrte.

Nicht nur das: Da war sogar der Hauch eines spöttischen Lächelns auszumachen, das ihn spontan in Aktion treten ließ. Er zog seine Jacke aus und nahm die Mütze ab, dann stellte er sich vor sie hin. „Ist hier noch Platz für mich?“

Sie fuhr sich mit der Zungenspitze über ihre Lippen. „Der Wasserdruck ist nicht sehr hoch, also nimm lieber nicht zu viel Duschgel."

Das war ein Ja. Sean schlang die Arme um Kristine und genoss es, wie zart sich ihre Haut unter seinen schwieligen Fingern anfühlte. Heute arbeitete er zwar nur noch im Büro, aber seine Kindheit und Jugend hatte er an der Seite seines Vaters verbracht, und der war für alle Aktivitäten an der frischen Luft zu begeistern gewesen. Durch diese Arbeit in der Natur waren Seans Hände rau geworden, was es umso angenehmer machte, Kristine zu berühren.

„Du hast recht, der Wasserdruck ist nicht hoch", meinte er und knabberte an ihrem Ohr. „Meine Lippen sind noch immer trocken."

Sie seufzte. „Hmm. Du fühlst dich so schön warm an."

„Weil ich schlau genug bin, Kleidung zu tragen." Allerdings wünschte er, es wäre Sommer, denn dann hätten sie beide sich ausziehen und sich hier mitten in der Natur unter der laufenden Dusche lieben können. Es war ein verlockender, aber nicht umsetzbarer Gedanke. „Mach nicht zu lange", warnte er sie. „Du willst hier schließlich nicht erfrieren."

Sie hielt die Arme hoch, damit sie die Seife abspülen konnte. „Vielleicht willst du mir ja behilflich sein."

So gefiel ihm das. Es gab nichts Besseres als eine Aufforderung, sie anzufassen. Damit machte sie ihn zu einem sehr glücklichen Mann.

„Kann ich gern erledigen." Mit den Händen bildete er eine Schale und sammelte darin Wasser aus der Dusche, das er schließlich über ihre Brüste verteilte und damit noch verbliebene Seifenreste wegspülte. Danach legte er die Hände unter ihre Brüste und massierte ihre Nippel mit den Daumen.

„Und inwieweit soll mir das helfen?“, hauchte sie, als würde ihre Stimme versagen.

„Ich bin nur gründlich.“ Sean beugte sich vor und tauchte die Zungenspitze in ihr Ohr, während er den Geruch genoss, der ihm in die Nase stieg: eine Mischung aus kalter Luft, Wasser und Kristine. Sie duftete noch genauso, wie er es in Erinnerung hatte – nach einem leichten Parfüm, Erdbeeren und Sex.

Nicht dass sie tatsächlich nach Sex gerochen hätte, aber ihm genügte schon ein Hauch von ihrem Duft, um sein Verlangen zu wecken. Es war so, als wäre dieser Duft speziell mit der Absicht geschaffen worden, um ihn wild werden zu lassen – und das funktionierte immer wieder.

„Lass uns nach drinnen gehen“, schlug er vor und biss sanft in ihr Ohrläppchen, was sie überrascht nach Luft schnappen ließ. Als sie wieder ausatmete, strich ihr heißer Atem über seine Wange.

„Ich hätte erst mal ein Handtuch holen sollen.“

Sean beugte sich vor und stellte das Wasser ab. „Zieh mein Sweatshirt an, das wärmt dich wieder.“ Er zog es aus und entledigte sich damit der äußersten Schicht, darunter kam mit einem Thermoshirt die nächste zum Vorschein. Als er Kristine das Sweatshirt über den Kopf zog, schauderte sie und begann zu kichern.

Es war wirklich eine Schande, dass ihre nackte Haut damit wieder bedeckt war, aber wenn sie erst mal zurück im Haus waren, würde er es genießen können, sie erneut zu entkleiden. „Fühlst du dich etwas besser?“

„Ja. Ich habe keine Ahnung, was das vorhin war. Jetzt geht's mir wieder gut."

„Schön, dann lass uns ins Haus gehen." Und dort gleich weiter in sein Bett.

Sie kuschelte sich in sein Sweatshirt und zog die Finger bis in die Ärmel zurück. „Ah, das tut gut. Und es riecht nach Mann, nicht nach Fisch. Fantastisch."

Es machte ihn unglaublich scharf, sie dabei zu beobachten, wie ihr das Wohlgefühl seines Sweatshirts fast einen Orgasmus bereitete. Sollte sie es für den Augenblick ruhig genießen; er würde ihr das Teil ausziehen, sobald sie das Haus betrat.

Allerdings schwebte ihr offenbar etwas anderes vor als ihm. Sie blieb an der Feuergrube stehen und streckte die Arme aus, um ihre Hände zu wärmen. „Können wir jetzt S'Mores machen? Drinnen habe ich Schokoriegel und Marshmallows gesehen, wir müssen bloß noch die Graham-Kräcker finden."

„Die könnten inzwischen etwas schal schmecken, aber irgendwo haben wir welche." Er stellte sich hinter sie und legte die Arme um sie. Nachdem er von ihr einmal grünes Licht bekommen hatte, dass er sie anfassen durfte, wollte er damit auch nicht wieder aufhören.

Es fühlte sich so toll an, sie in den Armen zu halten. Den Nachmittag hatten sie völlig entspannt verbracht, sogar so entspannt, dass er nicht ein einziges Mal an seine Arbeit gedacht hatte. Er hatte nicht nach eingegangenen Mails und SMS geschaut, und auf eine Nachricht aus Michigan auf seinem Anrufbeantworter war er ebenfalls nicht eingegangen. Sicher, er war ein Workaholic, der ein erfolgreiches Unternehmen führte. Dennoch wusste er, wann er mal abschalten und untertauchen musste, um das Leben hier auf der Insel zu genießen. Normalerweise kam er ganz allein her, um völlige Ruhe zu haben, doch so war es tausendmal besser. Kristine schien ihren Spaß zu haben, was ihn ebenfalls zufrieden stimmte.

Wenn sie so wie jetzt wieder zusammen waren, dann war es mehr als offensichtlich, wieso sie sich damals ineinander verliebt hatten. Weit weg von der Realität mit all ihren belastenden Dingen kamen sie beide bestens miteinander aus. Sie brachten sich gegenseitig zum Lachen, und das Zusammenspiel zwischen ihnen war einfach grandios. Aber es war die Realität, die sich bis in ihre Zweisamkeit vorgekämpft und ihre Ehe ruiniert hatte, bevor die überhaupt eine Chance auf Fortbestand gehabt hatte.

„Ich schätze, an diesem Wochenende sollte ich mir keine Gedanken über meine Diät machen", stellte sie fest, klang jedoch in keiner Weise deswegen besorgt.

„Du musst überhaupt keine Diät machen. Ich schlage vor, wir essen S'Mores und trinken Champagner dazu. Das müsste doch die ideale Kombination sein, oder meinst du nicht?"

„Ich würde sogar sagen, besser geht's nicht", gab sie lachend zurück.

Die Dämmerung hatte eingesetzt. Vor ihnen tanzten die Flammen, Holzscheite knackten, Funken stiegen auf, erloschen und sanken als erkaltende Asche zurück auf den Boden der Feuergrube. Es war ein Bild, das einen in seinen Bann schlug, und Sean fühlte sich so zufrieden und ausgeglichen wie schon seit einer Ewigkeit nicht mehr. Der kommende Montag lag noch in weiter, in sehr weiter Ferne …

„Willst du deine S'Mores sofort haben oder lieber etwas später?", fragte er.

„Was sollten wir denn stattdessen machen?", erkundigte sie sich, während sie mit dem Rücken an ihn geschmiegt dastand. „Okay, ich könnte meine Haare föhnen. Richtig nass sind sie nicht geworden, aber doch feucht."

„Das hatte ich nicht gemeint."

„Nicht?"

Sean legte das Kinn auf ihren Kopf, seine Finger hatte er mit ihren verschränkt. Ihm war völlig entfallen, wie klein sie war, wenn sie nicht ihre allgegenwärtigen High Heels trug. „Nein. Ich dachte eher daran, dass ich dir mein Schlafzimmer zeige. Aber nicht, damit du deinen Koffer auspackst, sondern damit ich dich ausziehen und in aller Ruhe lieben kann."

Es folgte eine lange Pause, in der sie über seinen Vorschlag nachzudenken schien. Sein Gefühl sagte ihm, dass sie ihn nur auf die Folter spannen wollte. Vielleicht war es ihre Rache dafür, dass er sie auf diese Insel gebracht hatte. Welchen Grund sie aber auch haben mochte: Er würde sich nicht mit dicken Eiern abfinden. Und es würde ihm auch kein schlechtes Gewissen bereiten, wenn er ein wenig unfair spielte. Also beugte er sich vor und küsste ihren Hals, während er gleichzeitig mit den Fingern über ihre Nippel strich, ohne dabei ihre Hände loszulassen. „Was sagst du, Baby? Darf ich dir mein Schlafzimmer zeigen?"

„Ich hoffe, du wirst mir alles Mögliche zeigen."

O verdammt! Sean löste sich von ihr, um noch einen Holzscheit ins Feuer zu legen. So würde das Feuer weiterbrennen, während sie nach drinnen gingen. Sollte es dennoch erlöschen, konnte er immer noch ein neues Lagerfeuer anzünden. Es war lediglich einfacher, ein bereits loderndes Feuer gar nicht erst ausgehen zu lassen.

Kristine musterte ihn und lächelte entspannt. O ja, diesen Gesichtsausdruck kannte er. Er verhieß Gutes für ihn, sogar sehr Gutes.

„Ich glaube, das lässt sich einrichten." Er nahm ihre Hand und zog sie hinter sich her die Stufen zur Veranda hinauf, von dort weiter ins Haus.

Verspürte sie so wie er diese erwartungsvolle Unruhe, diese Nervosität? Das Gefühl, dass alles genau richtig war, weil er ihre Hand hielt?

Er wollte sie etwas fragen … irgendetwas. Doch er war sich nicht sicher, was es war, also hielt er den Mund. Mit dem Daumen zeichnete er ein Muster auf ihre Handfläche. Zum Glück war das Gebäude so klein, dass bloß ein paar Schritte nötig waren, um sein Schlafzimmer zu erreichen. Er trat mit ihr an sein Bett.

Als Sean sich vorbeugte, um sie zu küssen, wurde ihm auf einmal bewusst, wie begrenzt die Zeit war, die er mit ihr verbringen konnte. Wie oft würde er noch die Gelegenheit bekommen, seine Lippen auf ihre zu drücken? Zehn Jahre lang hatte er ohne ihre Berührungen gelebt und sich die meiste Zeit keine Gedanken darüber gemacht. Aber gefehlt hatten ihm ihre Berührungen sehr wohl. So wie sie selbst ihm gefehlt hatte. Der Gedanke an sie war stets vorhanden gewesen, und er war immer erwacht, wenn eine andere Frau versucht hatte, ihm näherzukommen. Er war dann jedes Mal zurückgewichen. Keine Frau war wie Kristy.

Und jetzt war Kristy wieder da, lag wieder in seinen Armen, was sich unwirklich, unglaublich und vergänglich anfühlte. Sean wollte diese Verbindung zu ihr genießen, sich darin vertiefen, damit er dieses Kapitel seines Lebens abschließen konnte.

Also küsste er sie, ihre Zunge spielte sanft mit seiner. Kristine strich über seine Brust, rieb ihren Oberschenkel an seinem. Schließlich ging sie ein Stück zurück. Ihr Haar stand in feuerroten, feuchten Strähnen in alle Richtungen ab, Lidschatten und Mascara waren blasser als am Morgen, als er sie zu Hause abgeholt hatte. Sie sah sexy, ein wenig zerzaust und mehr als nur ein bisschen gefährlich aus.

Den Beweis für Letzteres lieferte sie, als sie den Blick senkte und ihre zärtlichen Berührungen unterbrach. „Weißt du, worüber ich nachgedacht habe?"

Er ahnte etwas. Prompt spannte sich jeder Muskel in seinem Körper voller Erwartung an. „Was?"

„Dass ich gern das hier machen würde." Sie setzte sich vor ihm auf die Bettkante und knöpfte seine Jeans auf.

Ehe sein Verstand verarbeiten konnte, welches Glück ihm zuteilwerden sollte, hatte sie ihn auch schon in den Mund genommen.

O ja, sie war gefährlich. Und zwar auf die denkbar beste Weise.

Sean einen zu blasen, war nach Kristines Ansicht die Geste ihres guten Willens schlechthin, die sich durch nichts überbieten ließ. Er sollte wissen, dass sie bereute, was damals vorgefallen war. Dass sie ihre damalige Unreife bedauerte. Dass es ihr leidtat, der Grund für seine jahrelange Einsamkeit gewesen zu sein. Nichts drückte tiefstes Bedauern besser aus als ein Blumenstrauß oder ein Blowjob, und da sie keinen Blumenstrauß zur Hand hatte, bekam Sean eben Letzteres. Sie hielt es nicht nur für passend, sondern war ohnehin eine der Frauen, die an dieser Variante sexueller Gunst tatsächlich Gefallen fand.

Sie liebte jeden Aspekt daran: angefangen von den Lauten, die Sean von sich gab, über die Art, wie er schmeckte, bis hin zu der Macht, die sie über ihn hatte. Abgesehen davon steigerte es auch ihre eigene Erregung – vor allem, weil das hier Sean war und es sich mit ihm ganz besonders intim anfühlte.

Während sie ihn tiefer in den Mund nahm und zu saugen begann, hakte sie die Finger in seine Hosentaschen ein und machte die Augen zu, um das Geschehen richtig zu genießen. Nach wenigen Liebkosungen legte Sean die Hände an ihren Hinterkopf. Er vergrub die Finger in ihren Haaren, als er sie bat, ihn noch tiefer eindringen zu lassen. Sie kam seinem Wunsch nur zu gerne nach und wurde dafür mit einem gedehnten, lauten Stöhnen belohnt.

„O Gott, Kristy, du machst das so gut."

Sie hatte sich daran gewöhnt, dass er auf ihren alten Kosenamen verfallen war. Am Anfang hatte es fast wehgetan, ihn so reden zu hören, doch jetzt kam es ihr vertraut und liebevoll vor.

Oh, da war wieder dieses Wort. *Liebe.*

Kristine hatte keine andere Wahl, sie musste es zugeben, zumindest sich selbst gegenüber: Sie liebte ihn immer noch, so wie sie ihn von Anfang an geliebt hatte. Ihre Beziehung war eigentlich nie beendet gewesen, sie war nur unterbrochen worden, als sie eine Tür hinter sich zugeworfen und ein Flugticket nach Vegas gekauft hatte. Das heißt, die Beziehung war nicht in dem Sinne unterbrochen worden, dass sich irgendeine höhere

Macht eingemischt hatte, sondern Kristine selbst hatte für die Unterbrechung gesorgt.

Deshalb war das hier ihre Gelegenheit, ihm ohne Worte zu zeigen, dass sie ihn damals so geliebt hatte, wie sie ihn heute noch liebte. Und wie sie ihn vermutlich bis in alle Ewigkeit lieben würde.

Sie umfasste seine Eier, während sie wieder und wieder seinen Schwanz zwischen ihre Lippen nahm. Sein beständiges Keuchen war so erregend und befriedigend zugleich.

Nach ein paar Minuten zog Sean sich abrupt zurück und fuhr sich rastlos durch die Haare. „Verdammt, Kristy. Hör mal einen Moment lang auf. Was du da mit mir machst, ist zu gut und zu viel. Ich halte das nicht aus."

Bevor sie darauf etwas erwidern konnte, wurde sie nach hinten auf die Matratze gedrückt. „Oh!"

„Du bist definitiv overdressed", sagte er zu ihr und öffnete den Knopf ihrer Jeans.

„Erst bin ich underdressed, dann bin ich overdressed …", zog sie ihn auf. „Weißt du bald mal, was du willst?"

„Oh, ich weiß sehr genau, was ich will." Zum zweiten Mal an diesem Tag mühte er sich damit ab, ihr die Jeans auszuziehen. „Diese Hose ist eine einzige Tortur für mich. Ich schlage vor, du läufst einfach nackt durchs Haus, bis wir morgen Abend abreisen."

„Das macht mir nichts aus. Ich kann meine S'Mores auch nackt essen, damit habe ich kein Problem." Als sie Seans Blick bemerkte, wusste sie, dass sie sich keine Gedanken über die diversen Stellen an ihrem Körper machen musste, die ihr selbst nicht so ganz behagten. Solange er sie so ansah wie in diesem

Moment – so als wollte er sie Stück für Stück verspeisen wollen und jeden Happen genießen –, konnte sie sich ruhigen Gewissens schön fühlen. Und solange er sie berührte, hatte sie nichts dagegen, nackt zu sein.

Sie würde ihm sogar noch bei seinem Wunsch entgegenkommen, weshalb sie jetzt das Sweatshirt, das er ihr in der Dusche überlassen hatte, auszog und auf den Boden warf. „Meinen BH habe ich sowieso draußen vergessen."

„Ich hoffe, es fängt nicht an zu regnen."

„Und ich hoffe, es kommt kein Bär vorbei, der meinen BH einfach mitnimmt."

Sean grinste, während er sie endlich von ihrer Hose befreite und gleich darauf auch seine eigene ablegte. „Ich kann mir kaum vorstellen, dass sich ein Bär für deinen BH interessieren wird. Wäre es was zu fressen, dann natürlich, aber im Allgemeinen machen sich Bären nichts aus Unterwäsche."

„Das kannst du so nicht sagen. Wenn sich die Gelegenheit ergibt, finden sie vielleicht Gefallen daran."

Lächelnd schüttelte er den Kopf. „Schhht, Kristy. In der nächsten Zeit will ich aus deinem Mund nur noch Lustschreie hören."

Na, dann ... „Dann solltest du auch mal das Reden einstellen, damit es dazu kommen kann."

Sie rechnete damit, dass er sich nun entweder mit seiner Zunge oder mit seiner Erektion zwischen ihre Beine begeben wollte. Doch er überraschte sie, indem er sie von den Zehenspitzen aufwärts zu küssen begann, sich einen verlockenden und zugleich quälenden Zentimeter nach dem anderen hinaufbewegte. In Höhe ihrer Oberschenkel hielt er inne, was sie gebannt die Luft anhalten ließ. Erst nachdem er sein Thermoshirt ausgezogen hatte, setzte er den Weg nach oben fort. Ihr verschaffte die kurze Pause die Gelegenheit, seine Brust zu streicheln und all diese Muskelpartien zu erkunden, die früher nicht dort zu finden gewesen waren. Sein Körper war ihr so vertraut, kam ihr jedoch auch härter und breiter vor. Es faszinierte sie, die Veränderungen zu ertasten, die mit der Zeit, dem Alter und einer Jahreskarte im Fitnesscenter gekommen waren.

„Du hast wirklich einen beeindruckenden Körper, weißt du das?", sagte sie und krallte ihre Nägel in seine Schultern, als er ihren Nippel mit seinem Mund umschloss.

Er hob den Kopf. „Vielen Dank. Das Training ist für mich eine Art Ventil."

Ganz im Gegensatz zu Sex. Sie konnte den unausgesprochenen Zusatz förmlich hören, aber sie äußerte sich nicht dazu. Dies war nicht der richtige Moment dafür, und sie wollte ihn auf keinen Fall ablenken.

Anscheinend hatte er das jedoch selbst bereits gemacht. „Außerdem kann ich durch das Training so was", fügte er hinzu und machte über ihr einen Liegestütz, bei dem er sie federleicht berührte und die Lippen kurz auf ihre drückte, ehe er sich wieder hochstemmte.

Kristine musste lachen. „Du bist völlig verrückt!"

„Darum liebst du mich ja so." Es war etwas, das man beiläufig dahinsagte, etwas ohne größere Bedeutung. Aber mit Blick auf ihre Vergangenheit hing der Satz zwischen ihnen in der Luft, als wäre er etwas Greifbares. Seans Miene erstarrte, er ging auf Abstand zu ihr. „Tut mir leid, das war nicht so gemeint, wie es …"

„Schht“, unterbrach sie ihn und setzte sich halb auf, damit er bei ihr blieb und nicht die Magie dieses Augenblicks zerstört wurde. „Ich weiß es. Ich weiß, wie du es gemeint hast. Und ja, das ist auch ein Grund, warum ich dich geliebt habe.“ Dann atmete sie tief durch und beschloss, ihm reinen Wein einzuschenken. „Und warum ich niemals wirklich aufgehört habe, dich zu lieben.“

Jetzt schaute er drein, als hätte sie ihm einen Schlag verpasst. Er zuckte sogar zusammen. Vielleicht war es nicht fair von ihr, ihm ihre Gefühle zu gestehen. Womöglich wurde es dadurch umso schwieriger für ihn, endlich nur noch nach vorn zu blicken – was schließlich das war, was er so unbedingt tun wollte. Trotz dieser Möglichkeit war sie jedoch davon überzeugt, dass sie ihm in die Augen sehen und ihre Empfindungen offenbaren musste, anstatt vor Angst immer gleich wegzulaufen.

„Du meinst, du liebst mich immer noch auf eine nostalgische Art und Weise.“

Es kam nicht als Frage, sondern als Aussage über seine Lippen.

„Ich meine damit, dass ich nicht etwa weggegangen bin, weil ich dich nicht mehr geliebt hätte. Ich habe dich sogar so sehr geliebt, dass ich nicht wusste, wie ich damit umgehen sollte. Und dann habe ich diesen riesigen, kindischen Fehler begangen, dich so zu verlassen, wie ich es getan habe. Aber eine solche Liebe kann man nicht einfach ausschalten.“ Sie kam sich in doppelter Hinsicht völlig nackt vor: zum einen, weil sie tatsächlich ohne einen Fetzen Stoff am Leib unter ihm lag, zum anderen, weil sie die reine Wahrheit aussprach und sich ihm damit auslieferte. Sie trug nicht mal mehr Lippenstift, der normalerweise ihr Schutzschild gegen die ganze Welt war. Jede Frau fühlte sich mit roten Lippen stärker. Dennoch fuhr sie fort: „Ich kann zwar nicht behaupten, den einunddreißig Jahre alten Sean wirklich zu kennen, und ich weiß auch nichts darüber, was du in den letzten zehn Jahren gemacht und erlebt hast. Trotzdem kann ich mit absoluter Gewissheit sagen, dass ich dich liebe."

Das war es also. Die ganze Wahrheit. Kristine hielt gebannt den Atem an und wartete auf seine Reaktion.

Er nickte bedächtig. „Das bedeutet mir sehr viel, Kristy."

Das war's schon? O Gott, ihre Wangen fingen an zu glühen. Aber was hatte sie denn bitte schön erwartet? Dass er ihr immer noch nachtrauerte?

Andererseits ... wenn er wirklich hundertprozentig über sie hinweg wäre, wenn sie jemand wäre, der ausschließlich in seiner Vergangenheit eine Rolle gespielt hatte, dann ... dann wären sie beide jetzt nicht hier. Oder?

Während Nervosität, Verlangen und das Gefühlschaos in ihrem Innern ihr das Durchatmen schwer machten, hob Kristine nun eine Hand und strich mit dem Daumen über seine Unterlippe. Es fühlte sich so gut und so richtig an, mit ihm zusammen zu sein. Er machte kurz die Augen zu und küsste ihren Daumen.

„Ich konnte diese Liebe ebenso wenig ausschalten", erwiderte er. „Zehn Jahre lang habe ich die Tatsache ignoriert, dass ich nie über dich hinweggekommen bin. Ich liebe dich auch immer noch. Ganz ehrlich."

Sie fürchtete, in Tränen ausbrechen zu müssen und nicht mehr aufhören zu können. Diese Worte aus seinem Mund zu hören, das war so, als würde ihr alles verziehen. Was Montag sein würde, spielte keine Rolle mehr. Aber dass sie hier und heute bei ihm war, würde ihnen beiden dabei helfen, die alten Wunden verheilen zu lassen – und das bedeutete ihr mehr als alles andere auf der Welt. Sie wollte nur, dass er glücklich war. Und … ja, sie selbst wollte ebenfalls glücklich sein.

„Es tut mir leid", flüsterte sie. *Alles.* Vor allem, dass sie in den Sand gesetzt hatte, was eine wundervolle Ehe hätte werden können.

Sean lächelte. „Mir auch. Nicht nur du hast Fehler gemacht. Ich bin froh, dass wir beide jetzt zusammen hier sind. Wohin uns das auch führen mag."

Kristine nickte nur, da ihre Kehle wie zugeschnürt war.

Dann küsste Sean sie voller Leidenschaft. Ohne dass ihr bewusst war, was sie da tat, spreizte sie die Beine. Als er im nächsten Moment in sie eindrang, war sie wirklich bereit für ihn.

Sean konnte nicht darauf vertrauen, dass er auch nur ein vernünftiges Wort herausbrachte, also hielt er lieber den Mund, tauchte in Kristine ein und überließ seinem Körper das Reden. Als er sich tief in ihrer Hitze vergrub, als ihre Brüste über seinen Oberkörper strichen, während sie ihn voller Verlangen ansah, da staunte er darüber, dass sie beide hier waren und dass sie taten, was sie taten. Und dass sie gesagt hatte, dass sie ihn immer noch liebte.

Es war nicht dasselbe, wie zu sagen, dass sie in ihn verliebt war, das wusste er natürlich. Trotzdem bedeutete es ihm unglaublich viel. Jetzt wusste er, dass sie nicht weggelaufen und ins nächstbeste Flugzeug gestiegen war, um bloß nie wieder etwas mit ihm zu tun zu haben. Vielmehr bereute sie genauso wie er die Unreife auf beiden Seiten, aber nicht ihre Ehe an sich.

Kristine schlang die Beine um ihn und hob die Hüften an, damit er ganz in sie eindringen konnte. Bei jedem Stoß seufzte sie und biss sich auf die Unterlippe. Sie war so wunderschön, so atemberaubend schön.

Als sie mit einem leisen Schrei kam, fühlte Sean sich so befriedigt und so männlich wie noch nie in seinem Leben. Er stieß härter zu, er wollte ihr mehr geben, er wollte ihr alles geben. Nur Sekunden vergingen, dann presste er die Lippen zusammen und explodierte in ihr, während er sich mit einer Hand am Kopfende des Betts festklammerte, um nicht den Halt zu verlieren. O verdammt, es fühlte sich so wahnsinnig gut an, wieder in ihr zu sein.

„Lieber Himmel“, hauchte sie, als er auf ihr zusammensank.

„Wir sind nicht besonders gut darin, das Ganze in die Länge zu ziehen, nicht wahr? Ich habe ja höchstens drei Minuten gebraucht!"

„Wir haben immer noch einiges nachzuholen", erwiderte er, zog sich leise seufzend zurück und rollte sich zur Seite, damit er sie nicht mit seinem Gewicht erdrückte. Er küsste sie auf die Stirn und lachte kurz auf. „Wir haben nur sechsunddreißig Stunden Zeit, um die Orgasmen zu erledigen, die sich in zehn Jahren angesammelt haben."

„O mein Gott, wenn wir das versuchen, werde ich am Ende bestimmt im Koma liegen. Oder mir fällt meine Klitoris ab." Kristine schmiegte sich an ihn. „Danke, dass du mich gewärmt hast. Das war wirklich lieb von dir."

„Was soll ich sagen? Ich bin eben ein Gentleman." Er legte eine Hand an ihre Brust, einfach, weil die so verdammt sexy aussah.

„Ein Gentleman betatscht aber nicht die Brüste einer Frau."

„Ich betatsche gar nichts, ich ruhe nur meine Hand aus."

„Genau das mache ich auch", konterte sie, streckte den Arm aus und streichelte sanft seinen Schwanz. „Danke, MacGyver, das habe ich gebraucht."

O ja, er liebte sie. Wie sollte er sie auch nicht lieben? Sie war absolut fantastisch.

Was würde sie wohl sagen, wenn er ihr erklärte, dass er die Scheidungspapiere nicht unterschreiben würde? Wenn er ihr mitteilte, dass er fand, sie sollten noch einmal ganz von vorn anfangen und abwarten, wie sich ihre Beziehung entwickelte?

„Mit dem richtigen Gerät kann man alles schaffen", antwortete er lächelnd, während sich seine Gedanken überschlugen. Was sollte er bloß tun? Die Vorstellung, Kristine morgen Abend zu Hause abzusetzen und sie danach niemals wiederzusehen, war unerträglich.

Vor dem endgültigen Todesstoß wollte er ihrer Beziehung wenigstens noch eine Chance geben. Er musste Kristine nur dazu überreden. Wie er das anstellen sollte, wusste er zwar noch nicht. Aber es fing auf jeden Fall damit an, dass er sie sexuell so befriedigen musste, bis sie völlig berauscht war und sich ohne lange Diskussion überzeugen ließ.

„Du hast wirklich ein gutes Gerät", meinte sie und musste gähnen. „Wie kann das sein, dass ich wieder Hunger habe?"

„Weil es schon fast sechs ist, also Zeit fürs Abendessen. Ich habe Steaks mitgebracht, die wir auf den Grill werfen können. Dazu gibt es Salat."

„Ich esse sonst nie so viel Fleisch. Ich hatte fast vergessen, wie köstlich es sein kann."

Er zog eine Braue hoch. „Du hast ja heute auch den Mund sehr voll genommen."

Beide mussten sie lachen.

„Das hatte ich damit nicht gemeint!", entgegnete sie kichernd. „Ich wollte bloß sagen, dass ich für gewöhnlich einen Bogen um rotes Fleisch mache, um meine mädchenhafte Figur zu behalten. Oder besser gesagt: meine Wespentaille. Ich will nicht irgendwann ohne Taille dastehen."

„Du hast einen fantastischen Körper." Er stieß sie an. „Dreh dich mal kurz um."

„Was? Wieso?" Sie sah ihn an, als würde sie ihn für irgendeinen Freak halten.

„Tu es einfach."

„Wie du willst.“ Murrend rollte sie sich zur Seite, sodass sie ihm den Rücken zuwandte.

Sean beugte sich vor und biss in das Cupcake-Tattoo auf ihrer Pobacke.

Kristine stieß einen spitzen Schrei aus. „Hey, das hat wehgetan!“

„Tut mir leid, aber ich habe seit Jahren davon geträumt, von deinem Cupcake abzubeißen. Ich musste das einfach tun.“

„Du hättest mich wenigstens vorwarnen können.“ Über die Schulter warf sie ihm einen mürrischen Blick zu.

*Nur zu gern.* Er strich über die Rundungen ihres Pos und drückte den Daumen in ihre Poritze. „Kristy?“

„Ja?“

„Ich werde jetzt in deinen Cupcake beißen.“

„Sean, nicht …“

Aber sie verstummte und stöhnte, als er mit der Zunge die Konturen ihrer Pobacken nachzeichnete und dann nach oben wanderte, bis er den in den Farben Pink und Gelb gehaltenen Cupcake erreicht hatte, und hineinbiss. Dieses Tattoo verlangte förmlich nach dieser Behandlung. Warum sonst ließ sich jemand so etwas an dieser Stelle seines Körpers tätowieren?

Den Cupcake hatte sie sich gleich nach ihrem achtzehnten Geburtstag stechen lassen, um nie zu vergessen, dass sie von zu vielen Süßigkeiten einen fetten Hintern bekommen würde. Er war jedoch der Meinung, dass sie mit dem Tattoo auf heimliche und verdorbene Weise hatte klarmachen wollen, wie süß und zum Anknabbern sie doch war.

Während er an ihrer zarten Haut saugte, ließ er seine Finger zwischen ihre Schenkel wandern. Er fühlte sich bereit für eine dritte Runde, also streckte er sich, um ein neues Kondom vom Nachttisch zu nehmen. Ihr knackiger Arsch ragte ein klein wenig über den Bettrand hinaus und bot einen köstlichen Anblick. „Ich gönne mir jetzt einen Nachtisch."

„Einen Nachtisch vor dem Hauptgang?", fragte sie. „Wie skandalös."

„MacGyver hat seinen eigenen Willen." Mit diesen Worten schob er sich zwischen ihre Beine und drang in sie ein. O ja! „Außerdem essen wir heute ständig irgendwas, und trotzdem habe ich immer noch sooo schrecklichen Hunger."

Kristine schien das genauso zu sehen. Sie keuchte leise und verkrallte sich in der Tagesdecke, unter die sie es bis jetzt noch nicht geschafft hatten. Der marineblaue Stoff betonte den zarten Elfenbeinton ihrer Haut und ließ sie noch vollkommener wirken. Ihr ganzer Körper hatte einen rosigen Hauch, der von ihrer Erregung herrührte. Das wallende rote Haar rahmte ihr Gesicht ein und bedeckte ihre Schultern. Sie hatte den Kopf so gedreht, dass er ihr rechtes Profil anschauen konnte. Ihr Mund war leicht geöffnet, die Lippen glänzten von seinen Küssen.

Er hielt sie an den Hüften fest, während er sich langsam vor und zurück bewegte und einen gleichmäßigen Rhythmus wahrte. Es war sinnlich, es hatte etwas Berauschendes, aber da war noch etwas anderes, und er wusste, was es war. Kristine merkte es vermutlich auch, weil sie die rechte Hand hob und ihm entgegenstreckte, damit er seine Finger mit ihren verschränkte.

„Ich habe dich noch nie so vollständig in *mir* gefühlt", murmelte sie.

Ihre Worte verlangten nach einer Erwiderung, doch er hatte keine Ahnung, was er sagen sollte. Lass uns die Scheidung vergessen, schoss es ihm durch den Kopf. Allerdings wollte er ihnen nicht den Augenblick verderben – und ihr nicht den Orgasmus, den sie in diesem Moment erreichte. Verdammt, das war so wunderschön. Es gab für ihn keinen Grund, sich länger zurückzuhalten, also gab er nach und ließ sich von seiner Lust mitreißen.

Diesmal hatte er nicht das Gefühl, kraftlos aufs Bett sinken zu müssen; vielmehr war er wie von neuer Energie erfüllt. Er gab Kristine einen Kuss auf den Hinterkopf, stand auf und zog seine Jeans an. „Ich gehe nur schnell zum Plumpsklo." Sie hatte die Augen geschlossen. „Schläfst du?"

„Mhmm", murmelte sie nur.

Amüsiert hob Sean sein Sweatshirt vom Boden auf und streifte es über. Er durchquerte den Raum. An der Tür blieb er stehen und sah noch einmal zum Bett. Kristine lag da und gab ein schönes Bild ab.

So als würde sie genau dort hingehören.

Kristine wollte dösen, aber sie konnte nicht einschlafen. Gleichzeitig war sie so völlig entspannt, dass sie keinen Finger rühren konnte. Zu lange Zeit war sie ständig angespannt gewesen, als hätte sie unter Strom gestanden. Umso wunderbarer war jetzt dieses Gefühl von Ausgeglichenheit. Es war so, als hätte Sean durch alles, was er mit ihr gemacht hatte, eine zentnerschwere Last von ihren Schultern genommen. Weder der Stapel Rechnungen, der zu Hause auf sie lauerte, noch die mögliche Arbeitslosigkeit konnten ihr im Moment etwas anhaben.

Nicht einmal das gewaltige Studiendarlehen, das auf Rückzahlung wartete, konnte sie aus ihrer Ruhe und Gelassenheit holen.

Es würde jedoch nicht von Dauer sein. Deshalb wollte sie dieses angenehme Gefühl auskosten, solange es anhielt.

Sie wusste, sie sollte eigentlich aufstehen und sich anziehen, aber wozu sich die Mühe machen? Sean würde sich ja doch nur in ein oder zwei Stunden darüber aufregen, sie bereits zum dritten Mal aus ihren hautengen Jeans pellen zu müssen. Also streckte sie sich, gähnte ausgiebig und blieb mit dem Rücken zur Tür auf der Seite liegen. Das Schlafzimmer war ebenso schön wie der Rest des Hauses. Solide gebaut, Architektur und Einrichtung im klassischen Stil – Sean hatte hier wirklich etwas geschaffen, auf das er stolz sein konnte. Ihr war zwar auch so klar gewesen, dass er dazu fähig war, doch dies war der greifbare Beweis dafür. Wäre es nach ihr gegangen, hätte sie den Raum etwas mehr dekoriert, damit er nicht so karg wirkte.

Aber nach ihr ging es ja nicht.

Ihre Gedanken wurden jäh unterbrochen, als sie das typische Geräusch wahrnahm, das immer zu hören war, wenn jemand mit seinem Handy ein Foto machte. Sie wirbelte so schnell herum, dass ihr fast schwindlig wurde. Dann sah sie Sean, der in der Tür stand und sein Telefon auf sie gerichtet hielt. „Was zum Teufel machst du da?“, fragte sie und hielt hastig ein Kissen vor sich.

„Nur etwas für die Nachwelt festhalten“, sagte er und drückte erneut auf den Auslöser.

„Bist du verrückt? Und weißt du eigentlich nicht, dass man Leute erst mal um Erlaubnis fragt, bevor man sie fotografiert?

Vor allem, wenn diese Leute auch noch nackt sind." O Gott, ihre Haare waren eine einzige Katastrophe, und von ihrem Make-up war schon lange nichts mehr übrig. „Ich muss verheerend aussehen."

Aber als er das Handy runternahm, ließ seine strahlende Miene ihr den Atem stocken. „Nein. Du siehst aus wie eine wunderschöne Frau, die den Nachmittag im Bett verbracht hat. Du siehst befriedigt aus, vielleicht sogar glücklich. Du siehst aus wie die Frau, in die ich mich verliebt habe."

„Oh", lautete ihre geniale Antwort darauf, aber dann fügte sie hinzu: „Ich bin befriedigt. Und ich bin glücklich, ja."

Er kam zu ihr ans Bett und zeigte ihr das Foto, das er von ihr gemacht hatte. Sie wirkte darauf ... sexy. Der Filter, den er benutzt hatte, musste ein Weichzeichner gewesen sein. Sie lag auf der Seite, die Haare in den Nacken geschoben, die Beine leicht gespreizt, als wäre sie exakt so liegen geblieben, nachdem sie geliebt worden war. Und so war es ja gewesen. Sie konnte sich jetzt aus Seans Perspektive betrachten und stellte fest, dass sie doch sehr weiblich war. Zwar hatte sie das vorher bereits gewusst, dennoch war sie wegen ihrer Figur ständig in Sorge gewesen – was sich nun als völlige Zeitvergeudung entpuppte. Sie musste sich keinen Stress machen, nur weil sie hier und da ein Pfund mehr auf den Rippen hatte.

Es gab nur einen echten Grund zur Besorgnis. „Was ist, wenn dir dein Telefon gestohlen wird?"

„Es ist mit einem Passwort geschützt. Aber wenn du willst, lösche ich das Bild."

Wollte sie das? Ja. Und nein. Die Vorstellung, das Foto könnte in die falschen Hände geraten, beunruhigte sie. Andererseits war ihr Gesicht nicht zu erkennen, und Sean arbeitete in der Sicherheitsbranche. Wenn es jemand verstand, seine Daten vor Fremden zu schützen, dann er. Denn im Grunde gefiel ihr die Vorstellung, dass Sean ihr Bild mit sich herumtrug und es sich jederzeit anschauen konnte, wenn ihm danach war, sie in seinem Bett liegen zu sehen. Ein Erinnerungsstück an dieses Wochenende.

Das war sicher mehr als ein bisschen egoistisch, aber sie liebte ihn nun mal. Sie liebte ihn wirklich, und wenn ihnen nur noch dieses Wochenende blieb, dann wollte sie, dass etwas davon überdauerte.

„Das musst du nicht."

Er beugte sich vor und küsste sie. „Gut, ich möchte es nämlich tatsächlich gern behalten."

„Ich schätze, ich sollte mich mal anziehen." Sie hatte es zwar nicht besonders eilig, doch ihr wurde allmählich etwas kühl.

„Wenn du deine S'Mores haben willst, dann ja. Ansonsten spricht eigentlich nichts dafür." Dennoch trat er an seine Kommode und sah die Schubladen durch. „Sag mal, wieso macht es dir nichts aus, dass Ian Bainbridge Hunderte von nackten Menschen öffentlich fotografiert, während es dir auf der anderen Seite unangenehm ist, wenn ich für mich allein ein Foto von dir mache?"

„Auf den Fotos von Bainbridge bin ich schließlich nicht drauf, oder?", gab sie zurück. „Das ist nicht mein Ding."

„Ich denke bloß, dass es unangenehmer sein dürfte, mit Dutzenden von Leuten wie Vieh vor eine Kamera getrieben zu werden."

„Das meine ich ja, Babe." Sie stützte den Kopf auf die Hand

und beobachtete, wie er eine Jogginghose aus der Kommode nahm. „Ist die für mich?"

„Ja. Ich werde nämlich nicht noch mal versuchen, dir deine hautengen Jeans auszuziehen. Das ist so, als würde man mit einem Aal ringen."

Sie lachte. „Das ist lächerlich. Aber ich habe eine Yogahose im Koffer."

„Zieh einfach die hier an."

„Okay. Die dürfte sowieso bequemer sein. Und was Ians Fotos angeht: Er will damit ja etwas aussagen. Die sollen nichts Intimes oder Sexuelles darstellen."

„Kann schon sein. Aber ich arbeite mit Zahlen, nicht mit Kunst, und deswegen habe ich meine Schwierigkeiten damit, den Sinn dieser Aktionen zu begreifen." Er gab ihr die Jogginghose.

Kristine zog sie an und genoss das Gefühl von Fleece auf nackter Haut. Auf den Slip verzichtete sie für den Augenblick. „Danke. Dann nehme ich an, dass dein Umgang mit Zahlen für dich von Nutzen gewesen sein dürfte, wenn ich bedenke, wie erfolgreich du geworden bist."

„Ja, es läuft ganz gut. Genau genommen ist das mein drittes Unternehmen. Vor ein paar Jahren habe ich eine App entwickelt, mit der man sein Haus vor Einbrechern schützen kann. Die habe ich verkauft, was mir eine stattliche Summe eingebracht hat." Während er sich mit ihr unterhielt, wirkte er ein wenig gedankenverloren. Dann legte er sich zu ihr ins Bett und strich ihr die Haare aus dem Gesicht. Er schaute sie dabei ernst und liebevoll zugleich an. „Warum genau haben wir uns überhaupt getrennt?"

Ein Ziehen ging durch ihre Brust, als sie seine Frage hörte. „Im Prinzip haben wir uns nie getrennt."

Sean lachte leise. „Nein, eigentlich nicht. Unsere Ehe ist bloß in die Warteschleife geraten." Er strich über ihre Seite, seine schwieligen Fingerkuppen fühlten sich auf ihrer Haut rau an, doch seine Berührungen waren zart und fast schon ehrfürchtig. „Und was machen wir jetzt?"

Wenn sie das wüsste! Sie hatte noch nie auf irgendetwas Antworten parat gehabt. Darauf, wie sie ihre Rechnungen bezahlen sollte. Was sie mit ihrem Leben anfangen sollte. Warum Schokolade viel besser schmeckte als Kohl. Sie war keine von den Frauen, von denen man praktische Tipps und Ratschläge erwarten konnte. Vielmehr war sie eine Frau, von der man eine Umarmung bekam, wenn man traurig war. Eine Frau, die zum Geburtstag selbst gebastelte Glückwunschkarten verschickte.

Kristine lebte im Hier und Jetzt, ohne an die Zukunft zu denken. Das konnte eine üble Sache sein, wie ihr Bankkonto es jederzeit bestätigen würde, aber es konnte auch von Nutzen sein.

So wie jetzt.

„Gib mir erst mal einen Kuss. Dann rösten wir Marshmallows."

## *15. KAPITEL*

Kristine hielt ihr Marshmallow über die Flammen und fühlte sich warm und behaglich. „Wie nennt man diese Marshmallow-Röster?“

Sean hatte aus der Küche zwei metallene Spieße mit Holzgriffen und dreigeteilter Spitze mitgenommen, auf die er die Marshmallows drückte.

„Ich schätze, so ein Ding nennt man Marshmallow-Röster“, gab er achselzuckend zurück. „Oder vielleicht auch Dreizack.“ Er fuchtelte vor ihrer Nase damit herum, als hätte er ein Schwert in der Hand.

„Pass lieber auf“, warnte sie ihn. „Nicht, dass du mir ein Auge ausstichst.“

„Das hätte auch heute Nachmittag beim Blowjob passieren können.“

Kristine verdrehte die Augen. „Männer und ihr Ego. Tut mir leid, wenn ich dir einen solchen Tiefschlag verpassen muss, aber ich habe noch nie einen Penis zu Gesicht bekommen, der so überwältigend war, dass ich davon für den Rest meines Lebens geblendet worden wäre.“

Sean lachte. „Na, er könnte ja auch so entsetzlich ausgesehen haben, dass du dir am liebsten die Augen herausgerissen hättest, um dieses Bild zu vergessen. Es sagt schon was Gutes über dich und dein Sexleben aus, dass du so was nie erleben musstest.“

Sie wollte ganz bestimmt nicht mit Sean über ihr Sexleben reden, doch seine Äußerung amüsierte sie durchaus. „Ich kann da wohl von Glück reden. Wenn ich überlege, was ich in verschiedenen Magazinen gelesen habe, was manchen Frauen widerfahren ist, kann ich echt froh sein. Ich bin zwar keinem Mann begegnet, bei dem ich behaupten könnte, dass er meine Welt auf den Kopf gestellt hat, aber immerhin wurde ich auch nie mit irgendwas Gruseligem konfrontiert."

„Ich weiß nicht, ob das nun Optimismus ist oder ob du dich einfach nur mit dem zufriedengibst, was du bekommst. Willst du nicht, dass ein Mann deine Welt auf den Kopf stellt?" Er saß dicht neben ihr und hielt seine aufgespießten Marshmallows so dicht über die Flammen, dass sie Feuer fingen. Schnell zog er sie zurück und löschte den kleinen Brand, bevor er die Marshmallows wieder über das Lagerfeuer hielt.

Himmel, wie heiß wollte er sie denn bloß haben?

Und was sollte seine Frage bedeuten? Es war dunkel, der See lag ruhig da. Aus den Lautsprechern auf der Veranda ertönte Musik. Kristine betrachtete Seans Profil, das markant und erwachsen wirkte und ihr deutlich machte, wie viel Zeit vergangen war. Hätte sie in den letzten zehn Jahren jeden Tag an seiner Seite verbracht, wären ihr die Details nicht aufgefallen, die sich nach und nach verändert hatten. Doch so hatte sie sein Bild von damals immer noch so klar vor Augen, dass es fast schon etwas erschreckend war, wenn sie das mit seinem heutigen Aussehen verglich.

„Natürlich will ich das", sagte sie. „Wer würde das nicht wollen? Aber nicht jede Beziehung ist zwangsläufig so stürmisch."

„Eine solche Beziehung würde ich eher als Zeitverschwendung bezeichnen. Dann wäre ich wohl lieber allein, als mich mit Mittelmaß zufriedenzugeben."

Aus irgendeinem Grund klang das wie eine Beleidigung. Ja, sie war mit anderen Männern zusammen gewesen, und zwei von denen zählten heute immerhin zu ihren guten Freunden. Und sie bereute keine dieser Beziehungen. Schließlich hatte sie in beiden Fällen etwas über sich selbst und darüber gelernt, wie sie einen Mittelweg zwischen Leidenschaft und Wirklichkeit finden konnte.

„Hattest du nicht gesagt, dass du einsam bist?"

Das klang jetzt unhöflicher als gewollt. Hastig trank sie einen Schluck von dem Champagner, den er mitgebracht hatte.

Aber er wurde nicht wütend. Er sah sie nur an, während der Lichtschein der Flammen über sein Gesicht tanzte. „Das habe ich gesagt. Jeder wählt eben seinen eigenen Weg." Geschickt zog er mit seinem Graham-Kräcker die Marshmallows vom Spieß. „Ich bin froh, dass sich unsere Wege wieder gekreuzt haben, Kristy."

„Ich auch." Das war sie tatsächlich, sogar über alle Maßen. „Nochmals danke, dass du mir geholfen hast ... in der Galerie und mit meiner Mom und damit, aus diesem Wandschrank zu entkommen."

„War mir ein Vergnügen. Auch wenn ich versucht habe, dich zu erpressen."

Sie lachte, während er von seinem S'More abbiss. „Wenigstens hast du es gleich wieder aufgegeben. Nicht, dass du mich wirklich hättest erpressen müssen. Dein Angebot hat mich vom ersten Moment an fasziniert."

„Das lag an meinem Charme, nicht wahr? Oder vielleicht hat dir ja gefallen, was du zu sehen bekommen hast, als ich meine Hose ausgezogen habe."

Rückblickend konnte sie fast darüber lachen, wie sie in seiner Hose aus dem Fenster gestiegen war. Aber nur fast. „Woher wusstest du das?" Ihr Marshmallow hatte inzwischen genau den richtigen goldenen Schimmer, für den sie den Spieß ständig über den Flammen gedreht hatte, um ein Anbrennen zu verhindern. Sie zog den Marshmallow nicht ganz so geschickt vom Spieß wie Sean und legte noch ein Stück Schokolade drauf. Warum auch nicht?

Es war eine klebrige Angelegenheit, aber ihre Geschmacksknospen dankten ihr für die Explosion an Aromen, die sich auf ihrer Zunge verteilten. „O mein Gott, ist das gut." Minutenlang herrschte einvernehmliches Schweigen, während sie aßen.

„Willst du noch einen?", fragte Sean, der seinen Spieß für die nächste Runde vorbereitete.

„Nein, ich muss mich erst mal von dem hier erholen. Das war wie Sex."

„Ehrlich? Da werde ich eifersüchtig." Er schien sich davon jedoch rasch zu erholen, als aus den Lautsprechern eine flotte Melodie erklang. „Hey, tanzt du eigentlich noch?"

„Ja, immer, wenn sich die Gelegenheit ergibt. Ich liebe es, zu tanzen."

„Ich habe nicht mehr getanzt, seit wir damals Unterricht genommen haben."

Er schaute so wehmütig drein, dass Kristine den Champagner austrank und aufstand. „Also komm, lass uns tanzen."

„Jetzt? Hier?" Sean sah sie erstaunt an. „Das ist nicht gerade ein glatter Untergrund."

„Dann nehmen wir eben die Veranda." Sie hielt ihm eine Hand hin. „Komm schon, Feigling."

„Hey, pass auf, was du redest."

„Bitte", ergänzte sie lachend.

Damit bekam sie ihn schließlich rum. „Okay. Aber mach dich darauf gefasst, dass ich dir auf die Füße trete. Ich habe kein Rhythmusgefühl."

„Du hast jede Menge Rhythmusgefühl. Denk bloß mal daran, wie gut du im Bett bist."

Sean grinste und kam besonders schwungvoll auf sie zu. „Danke, Baby, ich gebe mir Mühe." Er griff nach ihrer Hand. „Ein Glück, dass du Stiefel trägst."

Das tat sie. Allerdings trug sie außerdem Seans Jogginghose, nicht jedoch ihren Slip, dazu drei Oberteile und eine Jacke übereinander, aber ohne BH. Die Strickmütze hatte sie wieder aufgesetzt. Nichts davon passte eigentlich zu einem Swingtanz, doch als sie auf der Veranda standen und sie Sean die Grundlagen ins Gedächtnis zurückgerufen hatte, war ihr völlig egal, was sie anhatte.

Schon seltsam: Sosehr sie es über die Jahre hinweg genossen hatte, mit vielen verschiedenen Partnern in passenderer Umgebung und sehr viel passenderer Kleidung zu tanzen, war ihr dieser wilde und etwas tollpatschige Tanz mit Sean hier auf der Veranda unter einem Himmel voller Sterne trotzdem viel lieber. Sean hatte völlig recht, denn natürliches Rhythmusgefühl war etwas, das er nicht im Übermaß besaß. Seine Füße bewegten sich schwerfällig, und wenn er zu führen versuchte, war es mehr so, als würde er sie herumschubsen. Dennoch tat er es, und er gab sich Mühe. Gemeinsam zogen sie lachend ihre Kreise auf der Veranda.

„Links", sagte sie, immer noch ein wenig außer Atem, nachdem er sich mit ihr so schnell gedreht hatte.

Er drehte sie nach rechts, prompt stießen sie zusammen.

„Dein anderes Links!“

Er verzog das Gesicht und lachte. „Ich schwöre dir, ich bin aufs College gegangen. Ich kann links und rechts voneinander unterscheiden.“

„Was du nicht sagst“, erwiderte sie, als er wieder einen falschen Schritt machte. „Ist aber auch egal. Orientier dich einfach an dem, was ich mache.“

So gut hatte sie sich schon ewig nicht mehr amüsiert. Es war seit langer Zeit der erste Tag, an dem sie völlig entspannt war und mal von Herzen gelacht hatte. Die letzten sechs Monate waren brutale Realität in Reinform gewesen, da sie hatte einsehen müssen, dass sie es in Vegas finanziell nie zu etwas bringen würde und dass sie nach Minnesota zurückkehren und einen Job und eine Wohnung finden musste. Nachdem ihr das tatsächlich gelungen war, hatte sie ihr Hab und Gut in einen Umzugswagen gepackt und war fünfzehnhundert Kilometer quer durchs Land gefahren. Seitdem war sie bemüht, bei June einen guten Eindruck zu machen und zu lernen, wieder nahe bei ihrer Mutter zu leben.

Es war nur darum gegangen, zu überleben, um nichts weiter. Ihr war klar, dass es in ihrem Leben keine echten Tragödien gab – also keine Krebserkrankungen, keine Todesfälle, keine schweren Unfälle –, und dafür war sie dankbar. Aber sie wusste auch, dass es nichts in ihrem Leben gab, was ein Anlass zur Freude hätte sein können. Und das war ein echtes Verbrechen. Keine gesunde, intelligente Neunundzwanzigjährige sollte gezwungen werden, ein so langweiliges Leben zu führen, das noch dazu von Geldsorgen geprägt wurde.

Doch hier auf Ely Island, umgeben von Bäumen und unter

einem Sternenhimmel, den man in keiner Großstadt erleben konnte, hier war sie frei. Frei, um zu tanzen, zu lachen und zu lieben.

„Das versuche ich ja!“, gab er aufgeregt zurück. „O Gott, das kann kein gutes Ende nehmen.“

In dem Moment endete jedoch das temporeiche Stück, und es ging langsam und sinnlich weiter. Ein pulsierendes Saxofon und die rauchige Stimme der Sängerin ließen das Bild von zerwühlten Betten und verschwitzten Leibern vor Kristines innerem Auge entstehen. Sean hielt inne, sein Lächeln verschwand.

Er zog Kristine in seine Arme und drückte sie an seine Brust.

„Schmuseblues“, murmelte er. „Das kann ich besser. Da muss man nur leicht hin und her schwingen.“

„Soll ich den Kopf an deine Brust legen?“, fragte sie, während er die Arme um ihre Taille legte. Es hätte ihr vollauf genügt, ihn einfach nur anzusehen, doch dieser Augenblick schien nach einer Portion Teenagerromantik zu verlangen.

Nicht, dass sie sich wie ein Teenager gefühlt hätte. Sie fühlte sich wie eine erwachsene Frau, die gerade dem einzigen Mann ins Gesicht schaute, den sie je geliebt hatte.

Zehn Jahre einen Menschen zu lieben war eine lange Zeit, aber das galt umso mehr, wenn man von diesen zehn Jahren bloß ein paar Tage mit diesem Menschen verbracht hatte. Das musste etwas bedeuten. Etwas Gewaltiges, etwas Mächtiges.

„Leg nicht den Kopf an meine Brust, sonst kann ich nämlich dein Gesicht nicht sehen. Und ich kann das hier nicht machen.“ Er beugte sich vor und gab ihr einen Kuss. „O Gott, du fühlst dich so gut an.“

„Danke, gleichfalls", flüsterte sie.

„Kristy", setzte er nach einer kurzen Pause an, „was hältst du davon, wenn wir wieder tanzen gehen, sobald wir zurück in Minneapolis sind? Vielleicht werde ich ja noch besser."

Ihr Herz schlug mit einem Mal unnatürlich schnell. Was sollte das heißen? Meinte er, dass sie als gute Freunde tanzen gehen würden … oder dass sie mehr als nur gute Freunde waren?

„Gerne. Das fände ich schön."

Zuerst wollte sie es bei dieser Antwort belassen, doch während sie sich im gemächlichen Takt der Musik bewegten, beschloss Kristine, nicht abzuwarten, bis sie irgendwann herausfinden würde, was er denn nun von ihr wollte. Was Sean anging, gab es kein Geschirr mehr zu zerschlagen, denn das hatte sie zehn Jahre zuvor bereits erledigt. Sie würde ihm und sich selbst gegenüber völlig ehrlich sein. Sie wollte mehr Zeit mit ihm verbringen, aber nicht bloß als gute Freunde.

„Wie muss ich mir das eigentlich vorstellen?", fragte sie. „Werden wir dann auch … na ja, ich weiß nicht … weiter miteinander schlafen?" Sie war sich nicht ganz sicher, ob sie ihn tatsächlich so direkt darauf ansprechen sollte.

„Davon gehe ich aus."

Gott sei Dank!

„Hältst du das für eine gute Idee?", hakte sie dennoch nach, da sie beide sich damit auf dünnes Eis begeben könnten.

Sean lachte nur. „Wie oft hast du mir diese Frage in den letzten Tagen wohl schon gestellt? Wenn wir beide es wollen, warum sollte es dann eine schlechte Idee sein?"

„Gutes Argument."

„Ich mag es ja nicht, derjenige zu sein, der darauf hinweist, aber wir hatten heute bereits Sex. Und sogar mehr als einmal. Da kommt mir deine Frage irgendwie überflüssig vor."

Kristine ärgerte sich über sich selbst. Immerhin hatte sie ja vorschlagen, dass sie im Jetzt leben sollten. „Ich versuche nur, erwachsen zu sein", erklärte sie.

Er lächelte sie an. „Erwachsen zu sein bedeutet nicht, dass man jede Sache bis zum Erbrechen wieder und wieder überdenken und absolut alles gegeneinander abwägen muss."

„Ach, gibt es da einen Unterschied?", gab sie scherzhaft zurück.

„Ja, denn damit erzeugst du Unsicherheit und Angst, die dich am Ende lähmt. An einem bestimmten Punkt musst du ‚Augen zu und durch' sagen."

„Das mache ich dauernd", gestand sie ihm, während sie sich weiter zur Musik bewegten. „Auch als ich dich geheiratet habe. Ich hatte keine Angst, ich wollte das einfach durchziehen."

Er schnitt eine Grimasse. „Du weißt ja selbst, wie gut das ausgegangen ist."

„Ich habe es nie bereut. Nicht für einen Tag. Trotz allem, was passiert ist." Sie stellte sich auf die Zehenspitzen und küsste ihn. Das vertraute Gefühl seiner Lippen war so, als würde man nach langer Abwesenheit nach Hause zurückkehren. „Warum sollte ich bedauern, dass ich mich in dich verliebt habe?"

Er küsste Kristine sanft auf den Mund, während er über ihre Worte nachdachte. Sie bereute es also nicht, ihn geheiratet zu haben.

„Was ich dagegen bedauere, ist die Art und Weise, wie ich

dich verlassen habe", flüsterte sie ihm ins Ohr. „Hast du dich jemals gefragt, wie unser Leben wohl verlaufen wäre, wenn ich nicht weggegangen wäre? Wenn wir uns nicht gestritten hätten?"

Der Gedanke versetzte ihm einen Stich. „Allerdings. Vor allem in den letzten Jahren. Viel häufiger sogar als in der ersten Zeit. Vielleicht hätten wir heute schon Kinder."

Es war schmerzhaft, mit ihr über diese Dinge zu sprechen. Aber welchen Unterschied machte es schon? Schließlich hatte er über all das mehr als einmal in diesen vergangenen zehn Jahren nachgegrübelt. Dabei hatte es etwas merkwürdig Beruhigendes, dass es Kristy ganz genauso ergangen war.

Sie atmete scharf ein. „Ja, vermutlich hätten wir Kinder. Die Ironie an dem Ganzen ist, dass ich immer dachte, ich würde eine schreckliche Unternehmer-Ehefrau, dafür aber eine Göttin im Haushalt sein. Das sind die Dinge, die mich wirklich zufrieden und glücklich machen. Kochen, nähen. Gärtnern auch, wenn ich den Platz dafür hätte. Das Leben ist schon seltsam."

Wirklich seltsam war, dass sie beide nun hier standen und sich darüber unterhielten. Er hatte nie geglaubt, jemals die Gelegenheit dazu zu bekommen. Und jetzt, da er die Chance dazu hatte, wollte er gar nicht mehr darüber reden, was gewesen war oder was hätte sein können. Viel lieber wollte er darüber reden, was war und was sein konnte.

„Das Leben ist sogar sehr seltsam. Aber mal abgesehen von deiner Begeisterung für den heimischen Haushalt wärst du eine großartige Mutter. Du hast so viel Liebe in dir." Er glaubte das von ganzem Herzen, denn wenn Kristine eines nicht war, dann egoistisch.

„Und du würdest einen tollen Vater abgeben, weil du diesen ausgeprägten Beschützerinstinkt hast."

„Dir ist doch klar, dass es dafür noch nicht zu spät ist. Ich weiß, du hast gesagt, wir sollten im Jetzt leben. Aber wenn das Jetzt gut ist, warum sollten wir dann nicht auch das Später in Erwägung ziehen?"

„Ich weiß nicht", flüsterte sie.

Hier in der Dunkelheit und in der Stille der Insel ergab das alles einen Sinn, fand er. „Wir haben nichts zu verlieren."

„Nur unsere Herzen", sagte sie und lachte leise.

Sean schüttelte den Kopf. „Ich habe mein Herz schon vor langer Zeit an dich verloren, Honey."

Sie fuhr sich mit der Zunge über die Lippen und starrte ihn mit riesigen, leuchtenden Augen an. In ihrem Blick lag auch Liebe zu ihm, davon war er überzeugt, doch sie sprach es nicht aus.

Um sie nicht unter Druck zu setzen und sie nicht zu erschrecken, lächelte er sie an und wechselte das Thema. „Komm, lass uns nach drinnen gehen. Dann schmeiße ich die Steaks auf den Grill und mache den Salat. Du sollst schließlich nicht glauben, dass ich mich den ganzen Tag lang nur von Keksen ernähre."

„Ein bisschen Hunger hätte ich jetzt schon", gab sie zu.

Als er sie losließ und sich umdrehen wollte, um zur Tür zu gehen, griff Kristine nach seiner Hand. Sie hielt sich an ihm fest, als wollte sie keinen allzu großen Abstand zu ihm haben. Dieses Gefühl mochte er. Und ihm gefiel die Art, wie sie in der Küche kurz darauf Hand in Hand arbeiteten, als wären sie ein seit Langem eingespieltes Team. Während sie sich um den Salat kümmerte, würzte er die Steaks.

„Weißt du noch, wie wir das erste Mal Spaghetti gekocht haben?", meinte er. „Wie wir einfach ein Glas Tomatensoße auf die Nudeln gekippt haben? Das war so labbrig!"

„Oder das eine Mal, als du völlig entsetzt warst, weil ich den Frühstücksspeck in der Mikrowelle zubereitet hatte?"

Er musste lachen. „Ja, ich erinnere mich. Meine Mutter hatte den Speck immer in der Pfanne gebraten. Darum kam mir das wie ein Skandal vor."

„Während ich mein Leben lang noch nie etwas Selbstgekochtes gegessen hatte. Erst recht nichts mit tierischem Fett. Ebbe hatte mich auf Rohkost gesetzt." Sie schnitt die Tomaten klein und gab sie in die Schüssel zum Blattsalat. „Ich glaube, in der Schule war ich die Einzige, die das Essen aus der Cafeteria mochte."

„Was es für mich umso erstaunlicher macht, dass du heute so gut kochen kannst." Er legte die Steaks auf einen Teller, um sie zum Grill zu bringen. „Kristy, wenn du überlegst, wie wenig dir deine Mutter durch ihre Art von Erziehung mit auf den Weg gegeben hat, und wenn du siehst, wie weit du es aus eigener Kraft gebracht hast, dann kannst du echt stolz auf dich sein."

Sie hielt inne und sah ihn unter ihren dichten Wimpern hindurch an. „Danke, Sean. Das bedeutet mir wirklich viel."

Er nickte und ging wortlos nach draußen, da seine Kehle wie zugeschnürt war.

Als die Steaks auf dem Grill brutzelten, kniete er sich ans Lagerfeuer, um noch zwei Scheite nachzulegen. Sein Glas war auf dem Boden umgekippt, also trank er einen Schluck Champagner direkt aus der Flasche.

„Hey, willst du nicht mit mir teilen?“, rief Kristine ihm zu, als sie die Stufen herunterkam.

Hoppla. Ertappt. Aber sie wirkte nicht verärgert.

„Hier hast du einen Schluck“, sagte er und hielt die Flasche so, als wollte er ihr den Champagner über den Kopf gießen.

„Halt!“, kreischte sie belustigt und sprang gleich zur Seite. „Wie lange brauchen die Steaks?“

„Fünfzehn Minuten. Zwischendurch muss ich sie mal wenden. Wieso fragst du? Wenn du Hunger hast: Die Erdbeeren stehen im Kühlschrank.“

„Oh, ich wollte bloß wissen, ob noch Zeit genug bleibt, um mit dir am Lagerfeuer rumzuknutschen.“

Dafür würde er den Grill sogar noch mal ausmachen. „Baby, zum Rumknutschen ist immer Zeit.“

„Ist das dein Lebensmotto?“

„Den Text habe ich als Bildschirmschoner auf meinem Laptop.“

„Lügner“, gab sie lachend zurück. „Dein Bildschirmschoner zeigt bestimmt das Universum oder den Urknall oder so was.“

Wow, sie wusste tatsächlich bestens über ihn Bescheid. „Zu deiner Information: Er zeigt die Nordlichter. Und deiner? Ein Kätzchen? Oder ganz viele sexy High Heels?“

„Ich habe keinen Computer.“

O Gott, war so was überhaupt möglich? „Wie kannst du dann existieren?“, fragte er entsetzt. „Wieso nicht?“

„Weil ich mir keinen leisten kann. Außerdem kann mein Smartphone alles, was ich brauche.“

„Ja, aber im Miniaturformat. Du machst dir damit vermutlich die Augen kaputt.“ Er beschloss, ihr nach der Rückkehr mindestens ein Tablet zu kaufen. Das war schließlich nicht mehr das finstere Mittelalter. „Dann verrate mir, welches Hintergrundbild du auf deinem Smartphone hast."

„Ein Kätzchen, das in einem High Heel liegt."

Beide mussten sie lachen.

Das allein war ein Grund mehr, wieso sie beide zusammen sein sollten. Sie kannten sich gegenseitig besser als jeder andere.

„Komm her", meinte er und stellte die Champagnerflasche weg.

„Setz dich hin", forderte Kristine ihn auf. „Ich will mich auf deinen Schoß setzen." Ihr Blick hatte etwas Unschlüssiges, aber auch etwas sehr Verführerisches. „Mir ist kalt."

„Ist das wahr?" Er nahm Platz. „Komm zu mir, Baby, damit ich dich wärmen kann."

„Wirst du noch einen Scheit ins Feuer werfen?"

„Im übertragenen Sinn auf jeden Fall."

Was er dann auch tat – und noch eine ganze Menge mehr.

## 16. KAPITEL

Kristine erwachte und stellte fest, dass sie quer über Seans Brust lag. Es war angenehm warm in seinem Bett, und sein gleichmäßiges Atmen hatte eine entspannende Wirkung auf sie. Im Zimmer war es zwar noch dunkel, doch daraus konnte man nicht auf die Uhrzeit schließen, weil die Bäume zu dicht vor dem Fenster standen und das Licht abhielten. Sie gähnte, zuckte aber erschrocken zusammen, als jemand laut gegen die Haustür klopfte. Vielleicht war sie von einem vorangegangenen Klopfen aufgewacht, denn nun klang es ungeduldig, so als hätte derjenige schon ein paarmal versucht, auf sich aufmerksam zu machen.

Wer mochte das bloß sein? Und warum klopfte er ausgerechnet an, wenn sie gerade nackt war? Himmel!

„Sean!" Sie setzte sich auf und schüttelte ihn.

„Hm?" Er riss die Augen auf und sah verdutzt drein, bevor er den Blick auf sie konzentrierte und sie anlächelte. „Hey, Guten Morgen."

Er wollte sie an sich ziehen, ganz eindeutig, um sie zu küssen, aber es gab jetzt Wichtigeres. „Sean, da ist jemand an der Tür."

„Was?"

Wie auf ein Stichwort hin wurde abermals angeklopft.

„Wer zum Teufel ist das bloß?", meinte er verwundert. „Können eigentlich nur die Nachbarn sein." Seufzend schlug er die Decke zur Seite.

Kristine kam sich plötzlich wie bloßgestellt vor, weshalb sie mit einem Satz das Bett verließ und ihren Koffer nach Slip, Yogahose und T-Shirt durchwühlte. Sean zog einfach die Jeans über und ging ins Wohnzimmer. Seine Haare waren zerzaust, er schaute immer noch schläfrig drein.

„Was zum Teufel suchst du hier?“, sagte Sean, nachdem er die Tür geöffnet hatte, was einen kalten Luftzug bis ins Schlafzimmer wehen ließ.

Es war ein kühler Morgen. Kristine fuhr sich durchs Haar und griff nach ihrer Handtasche, um mit dem Kamm ihre Frisur in Ordnung zu bringen. Sean hörte sich nicht so an, als würde er sich über den Besuch freuen, also blieb zu hoffen, dass er ihn spätestens in zwei Minuten abgewimmelt haben würde.

„Was denn? Noch kein Kaffee fertig?“, fragte der Besucher. Die Geräuschkulisse klang danach, dass derjenige das Haus betreten hatte.

O verdammt. Sie trug doch nicht mal einen BH! Eine kurze Vorwarnung wäre wirklich nett gewesen. Als sie sich umdrehte, hätte sie fast ihre Handtasche fallen lassen. Es war Seans Bruder Liam, etwas größer und sehr viel breitschultriger als bei ihrer letzten Begegnung.

Als er sie sah, erstarrte er mitten in der Bewegung und vergaß sein Lächeln. Es schien, als würden ihm jeden Moment die Augen aus dem Kopf fallen. „Kristy?“

Na, großartig. „Hi, Liam. Wie geht's?“, fragte sie und lächelte ihn zögerlich an.

„Ich … ähm … Mir geht's gut.“ Sichtlich verwirrt wandte er sich seinem Bruder zu, doch Sean sah aus, als hätte er Magenschmerzen.

„Und … äh … wie geht's dir?“, erwiderte Liam in einem Tonfall, als wäre ihm eben erst in den Sinn gekommen, zumindest anstandshalber auch sie zu fragen.

„Bestens, danke.“ Sie griff in ihre Handtasche, ohne den Blick von Seans Bruder abzuwenden. „Ich habe gehört, du hast geheiratet und bist inzwischen Vater geworden. Glückwunsch.“

„Danke, ja, ich … ähm … Es ist toll. Und was ist mit dir? Verheiratet? Kinder?“

Das genügte für Kristine, damit die Spannung von ihr abfiel. Sie musste schallend lachen. „Liam! Es ist doch ziemlich klar, dass ich die letzte Nacht hier bei Sean verbracht habe. Also bin ich nicht verheiratet, und ich habe auch keine Kinder. Ich kann mir nicht vorstellen, dass dein Bruder jemand ist, der sich übers Wochenende mit einer verheirateten Frau hierher zurückzieht.“

Liam bekam einen roten Kopf. „Ich wollte nicht … ich … Ähm, tut mir leid, das war dumm von mir. Aber ich wollte dir nicht unterstellen, dass du …“

„Ich würde sagen, das ist wohl sehr offensichtlich“, gab sie zurück. „Meine Haare sehen aus, als hätte ich in eine Steckdose gefasst.“

Er grinste sie breit an. „Na ja, auf dem See weht der Wind manchmal sehr kräftig, und ich wollte nicht einfach irgendwas annehmen.“

„Ganz egal, was wirklich passiert ist: Ich denke mal, dass jeder Ehemann etwas dagegen haben dürfte, wenn seine Frau mit einem Mann, mit dem sie mal verheiratet war, eine Nacht auf einer abgelegenen Insel verbringt.“

„Tja, wenn du es so formulierst …“ Liam schüttelte den Kopf. „Ich wäre wohl sicher nicht begeistert, wenn Mary so was machen würde. Ich glaube, ich würde sogar hingehen und den Kerl erwürgen.“

Sean ging in die Küche und holte eine Filtertüte aus dem Schrank. „Liam, du bist ein Idiot. Und wenn man es genau nimmt, ist Kristy sehr wohl verheiratet. Nämlich mit mir."

„Was?"

„O ja, genau. Da war doch was." Ohne Gnade zog Kristine die Bürste durch ihre Haare, um sie zu entwirren. „Hat Sean dir das nie erzählt? Wir haben vergessen, uns scheiden zu lassen."

„Wie kann man vergessen, sich scheiden zu lassen? Soll das etwa heißen, dass ihr zwei immer noch ganz regulär verheiratet seid?" Er schaute verdutzt und vielleicht auch ein bisschen entsetzt drein, dann ließ er sich auf einen Küchenstuhl plumpsen. „Ich meine, anfangs war mir das bekannt. Aber später habe ich geglaubt, ihr hättet das endlich mal geregelt."

So weit war der Gedanke nicht hergeholt. Irgendwann hatte Seans Familie wohl aufgehört, ihn danach zu fragen. Es war kein erbitterter Scheidungskrieg damit verbunden gewesen, also hatte es keinen Anlass gegeben, das erfolgreiche Ende der Ehe zu feiern. Sein Bruder war wirklich davon ausgegangen, dass Sean die Sache erledigt hatte. Nur hatte er das nicht gemacht. Und Kristine ebenso wenig.

„Ja, wir sind noch immer verheiratet", bestätigte Sean. „Kristine hat mir letzte Woche die Scheidungspapiere zukommen lassen, dadurch sind wir uns über den Weg gelaufen."

„Und deshalb habt ihr beschlossen, zur Insel zu fahren und …"

„Weshalb bist du noch gleich hergekommen?", unterbrach Sean ihn und kippte eine großzügige Portion Kaffeepulver in den Filter. „Ich kann mich ziemlich genau daran erinnern, dass ich dir gestern gesagt habe, mich an diesem Wochenende in Ruhe zu lassen."

„Ich bin hier, weil du nicht ans Telefon gehst. Deine Sekretärin hat schon Mom und Dad angerufen und ihnen erzählt, dass du als vermisst giltst, weil sie dich nicht erreichen kann. Und sie meinte, dass du dein Handy für gewöhnlich niemals ausschaltest. Mom war fast in Panik, dass dir was zugestoßen sein könnte. Zum Glück hatte ich dich gestern gesehen und konnte allen erklären, dass du noch unter den Lebenden weilst und wohl nur blaumachst. Und jetzt bin ich wieder hergekommen, um dich darüber zu informieren, dass deine Sekretärin dich für tot hält. Eine freundliche Geste von mir, für die du mir eigentlich dankbar sein solltest."

„Ach, du lieber Himmel!", murmelte Sean. „Kann ich nicht mal eineinhalb Tage freinehmen, ohne dass die Erde zum Stillstand kommt? Bin ich ein solcher Workaholic, dass man gleich einen Mord vermuten muss, bloß weil ich für ein paar Stunden mein Telefon ignoriere?"

„Sieht ganz so aus."

So viel also zum Thema ruhiger Sonntag. Kristine ließ die Bürste wieder in die Tasche fallen, dann ging sie ins Schlafzimmer, um ihren BH und ein Sweatshirt zu holen. Sie musste mal raus und einen Boxenstopp einlegen.

„Wohin willst du?", fragte Sean argwöhnisch, als hätte er Angst, dass sie die Insel fluchtartig verlassen wollte, nachdem sie nun entdeckt worden waren.

„Ich muss für kleine Mädchen", antwortete sie.

„Oh." Nach einer winzigen Pause fügte er hinzu: „Komm her."

„Warum?" Sie hatte sich eben im Spiegel betrachtet. Zwar war es etwas erschreckend gewesen, sich ohne Make-up zu sehen und festzustellen, dass sie unter dem Glänzende-Nase-Syndrom litt. Aber es gab nichts, was Sean hätte wegwischen, herauszupfen oder nach hinten streichen müssen – keine Wimper, kein Zweig, keine Haarsträhne.

„Weil ich dich küssen will."

Aha. Da wollte jemand wohl seinem Bruder etwas beweisen. Zugegeben, sie hatte Liam gegenüber nicht den geringsten Zweifel daran gelassen, dass sie mit Sean geschlafen hatte, aber das hier war etwas völlig anderes. Eine Nacht voller Sex hinter verschlossenen Türen war eine Sache. Sich vor einem Familienmitglied zu küssen und herumzuschmusen, das war jedoch ein Schuss, der nach hinten losgehen konnte.

Sie müsste um den Tisch herum und drei Meter zu Sean gehen, nur um ihn zu küssen, während Liam das Ganze beobachtete. Nein danke.

„Kümmere du dich um den Kaffee. Ich bin in zwei Minuten wieder da."

Er verzog das Gesicht.

Auf dem Weg an der Couch vorbei nahm sie ihre Handtasche an sich, damit sie unterwegs ihr Handy einschalten und überprüfen konnte, ob irgendwelche Anrufe oder Nachrichten eingegangen waren. Außerdem würde sie die Gelegenheit nutzen und ein wenig Make-up auflegen.

Sie verließ eben die Veranda, da wäre sie fast gestolpert, als sie entdeckte, wie viele Anrufe sie verpasst hatte und wie viele Nachrichten auf der Mailbox hinterlassen worden waren. „Das kann doch nicht wahr sein."

Die erste Nachricht stammte von ihrer Mutter. „Kristine? Ganz ehrlich, diese Ausstellung war ein Debakel. Es tut mir leid, dass ich hingegangen bin."

Tja, das tat ihr ebenfalls leid. Kristine schüttelte flüchtig den Kopf und öffnete die Tür zur Verbrennungstoilette. Die machte ihr immer noch ein wenig Angst, obwohl Sean ihr versichert hatte, dass die sich nicht unter ihr spontan von selbst entzünden würde.

Die zweite Nachricht kam von ihrer Chefin. An einem Samstag. O nein!

„Kristine, ich muss Sie umgehend sprechen. Es gibt etwas sehr Wichtiges zu bereden."

Das hörte sich gar nicht gut an. Das Unbehagen, das sich seit ihrer Ankunft auf der Insel etwas gelegt hatte, kam mit voller Wucht zurück an die Oberfläche.

Die nächste Nachricht war dabei alles andere als eine Hilfe. „Kristine, wo bist du? Du musst in die Stadt kommen und mir fünftausend Dollar Kaution mitbringen."

Diese Äußerung ihrer Mutter ließ sie vor Entsetzen von der Toilette aufspringen. Das Telefon rutschte zwischen ihrem Ohr und der Schulter weg und wäre beinahe in die wasserlose Toilettenschüssel gefallen. „Verdammt noch mal!"

Ihr Handy landete auf dem Fußboden, der nicht gerade sauber wirkte, und prallte noch zweimal ab, bevor es endgültig liegen blieb. „Ach, igitt!" Als sie es aufhob, war das Display dunkel. „Nein, nein, nein!"

Doch, doch, doch. Nach mehreren Versuchen, das Gerät wieder einzuschalten, stand fest, dass es hinüber war. Verdammt, sie war doch schon pleite und konnte sich kein neues

Telefon leisten. Ganz zu schweigen von fünftausend Dollar für irgendeine Kaution. War ihre Mutter eigentlich völlig verrückt?

Kristine eilte zum Haus, das nutzlos gewordene Handy ließ sie einfach zurück. Sie hatte keine Ahnung, was sie tun sollte. Sie hatte noch nie jemanden gegen Kaution aus dem Gefängnis holen müssen. Konnte man eine Kaution runterhandeln? Besaß ihre Mutter irgendetwas, das sie verkaufen oder verpfänden konnte, um die Summe zusammenzubringen?

Auf halber Strecke fiel ihr ein, dass sie ihre Handtasche in der Toilette vergessen hatte. Was letztlich auch egal war. In der Tasche befanden sich eine Puderdose, fünf Lippenstifte, eine Bürste, Kaugummi und drei Dollar in kleinen Münzen. Dazu eine Kreditkarte, die bis ans Limit ausgereizt war, und ein in Nevada ausgestellter Führerschein mit einem Foto, auf dem sie wie ein Killerclown aussah. Der orangefarbene Lippenstift war keine gute Idee gewesen.

Sean zog sein T-Shirt an, während er sich wünschte, er hätte gut drei Stunden mehr Schlaf bekommen. Nicht, dass er irgendetwas von dem bereuen würde, was ihn die halbe Nacht hindurch wach gehalten hatte. Vielmehr wäre es ihm lieber gewesen, wenn Liam wenigstens bis Mittag gewartet hätte, um herzukommen und ihm den Tag zu verderben.

„Ich kann es nicht fassen, dass meine Sekretärin Mom angerufen hat", sagte er zu seinem Bruder. Natürlich bezahlte er Helen dafür, dass sie alles Wichtige für ihn im Auge behielt, aber er konnte sich nicht daran erinnern, eine Babysitterin eingestellt zu haben. Es war ihm nicht gestattet, mal ein Wochenende lang einfach abzutauchen?

Allerdings war ihm auch klar, dass er so etwas nie zuvor getan hatte. In den sechs Jahren, die Helen mittlerweile für ihn arbeitete, war er an jedem einzelnen Wochenende rund um die Uhr erreichbar gewesen. Es war also von ihr gar keine so überzogene Aktion, wie er das im ersten Moment empfunden hatte. Immerhin war es beruhigend zu wissen, dass Helen um ihn als Menschen besorgt war, nicht bloß als Arbeitgeber, der ihr ein Gehalt bezahlte.

„Ich kann es nicht fassen, dass du mit Kristy hier bist", zischte Liam ihm zu, während er über seine Schulter blickte, als könnte sie wie aus dem Nichts hinter ihm auftauchen. „Bist du denn völlig verrückt? Du warst am Boden zerstört, als sie dich verlassen hat. Willst du das alles noch mal durchmachen?"

Was er ganz sicher nicht wollte, war, aus dem Mund seines Bruders das zu hören, was ihm die meiste Angst bereitete. „Damals waren wir fast noch Kinder. Heute haben wir eine viel klarere Vorstellung davon, auf was wir uns einlassen. Außerdem nehmen wir immer nur einen Tag nach dem anderen in Angriff." Oder irgendwas in dieser Art. „Okay, danke, dass du mir wegen Helen Bescheid gegeben hast. Aber würdest du jetzt bitte wieder gehen? Mary dürfte ziemlich sauer sein, dass du sie an einem Sonntagmorgen mit zwei Babys allein zu Hause sitzen lässt."

Liam schüttelte mürrisch den Kopf. „Ob Mary sauer ist oder nicht, kümmert dich doch gar nicht. Dich interessiert nur dein Gehänge." Dennoch stand er auf. „Dabei kann ich dir das nicht mal verübeln. Kristy war schon früher eine heiße Braut, und sie sieht heute immer noch so scharf aus wie vor zehn Jahren."

„Pass auf, was du sagst. Du redest immerhin über meine Ehefrau." Es war als Scherz gemeint, aber Sean musste einsehen, dass er es völlig ernst meinte. „Außerdem hast du überhaupt kein Recht, außer Mary irgendeine andere Frau als heiße Braut zu bezeichnen."

„Ja, ja, beruhige dich. Ich wollte dich bloß ein bisschen ärgern." Liam zuckte mit den Schultern. „Aber ganz ehrlich, Sean: Überleg dir genau, was du da machst."

„Und ich dachte, ich bin der große Bruder."

Liams Erwiderung ging in dem Lärm unter, den Kristine veranstaltete, als sie die Haustür mit solcher Wucht öffnete, dass die abprallte und ihr gegen den Arm schlug.

„Ebbe ist im Gefängnis."

O Gott. Irgendjemand wollte ihnen den Sonntag wohl unbedingt verderben. „Im Gefängnis? Was hat sie angestellt?" Sean suchte nach seinem Kaffeebecher und wünschte, er könnte einen Schuss Whisky dazugeben, auch wenn das in keiner Weise von Nutzen gewesen wäre.

„Ich habe keine Ahnung. Sie hat mir nur auf die Mailbox gesprochen, dass ich mit der Kaution zu ihr kommen soll. Ich war so außer mir, dass mir in der Toilette das Handy runtergefallen und kaputtgegangen ist."

„In der Toilette? Welche? Das alte Plumpsklo oder die Verbrennungstoilette?"

„Die Verbrennungstoilette. Ist es wichtig, wo das passiert ist?" Sie fuhr sich durchs Haar. „O mein Gott, was soll ich bloß tun? Wir sind fünf Autostunden von zu Hause weg. Wir müssen sofort packen und losfahren."

Sean seufzte.

So hatte er sich diesen Tag nicht vorgestellt. Er hatte den

Morgen mit Küssen und Sex, dann mit Kuscheln, mit mehr Küssen, mit Frühstück und mit mehr Sex verbringen wollen.

„Ich kann euch mit meinem Boot an Land bringen, das ist schneller als eures“, bot Liam sich an. „Ich warte draußen, bis ihr fertig seid.“

„Himmel! Ich kann mir kein neues Handy leisten“, sagte sie. „Und fünftausend Dollar Kaution kann ich mir erst recht nicht leisten.“

Als Liam das Haus verließ, wollte Sean sie in die Arme nehmen, aber Kristine war vor Entsetzen wie erstarrt. „Hat sie dir nicht gesagt, was passiert ist?“, wollte er wissen.

„Nein, aber meine Chefin hat ebenfalls versucht, mich zu erreichen, weil es etwas Dringendes zu bereden gibt.“ Sie stöhnte auf. „Ich bin mir sicher, dass Ebbe noch mal zur Galerie gegangen ist und ich jetzt gefeuert werde. Ich möchte sie am liebsten erwürgen.“

Sean konnte ihre Sorge gut verstehen und fürchtete, dass sie mit ihrer Vermutung richtiglag. Er wusste, sie würde am Boden zerstört und finanziell am Ende sein, wenn sie diesen Job verlor. Am liebsten hätte er höchstpersönlich Ebbe erwürgt. „Vielleicht solltest du sie im Gefängnis schmoren lassen, bis in ein paar Tagen die Anhörung stattfindet.“

„Das werde ich sogar müssen, denn ich habe keine fünftausend Dollar. Ich habe ja nicht mal fünf Dollar. Und ich habe ernsthafte Zweifel daran, dass sie so viel Geld hat.“

Es war riskant, das anzusprechen, weil es sein konnte, dass Kristine beleidigt reagieren würde, aber er musste es tun. Er hatte das Geld, und fünf Riesen würden ihm nicht wehtun. „Ich kann dir das Geld geben, wenn du sie rausholen willst.“

Prompt zog sie sich von ihm zurück. „O nein! Nein, das kann ich nicht annehmen!"

„Das ist in Ordnung. Ich kann das erübrigen. Und falls es dir lieber ist, machen wir ein Darlehen daraus, das du mir dann zurückzahlst." Allerdings würde er sie niemals an das Geld erinnern und es auch nicht annehmen, wenn sie es ihm zurückgeben wollte. Er wollte ihr einfach helfen, aber sie brach daraufhin in Tränen aus. „Was ist denn?", fragte er. „Es ist alles okay. Das wird schon wieder."

„Nein, das wird es nicht. Ich bin es *so leid*, Sean. Ich versuche, mich irgendwie über Wasser zu halten, aber es klappt nicht. Ich habe noch drei Dollar, die bis nächsten Freitag reichen müssen, weil ich dann erst mein Gehalt bekomme. Ich habe dieses Studiendarlehen am Hals, und ich habe wirklich das Gefühl, ich müsste ertrinken. Und dank meiner Mutter werde ich jetzt auch noch obdachlos werden!"

Er wusste nicht, wie er sie beruhigen konnte. Natürlich konnte er ihr Lösungsvorschläge machen, doch sie war gerade wohl kaum in der Verfassung, um sich auf so etwas zu konzentrieren. Abgesehen davon hatten ihre Worte ihn aufgewühlt. Dass sie ständig einem solchen Stress ausgesetzt war, ließ ihm keine Ruhe.

„Vielleicht war es ja bloß ein Zufall, dass deine Chefin ebenfalls angerufen hat. Nun komm, lass uns packen, damit wir nach Hause fahren und herausfinden können, was tatsächlich los ist." Sean wischte ihr die Tränen weg und glaubte, sein Herz würde brechen.

„Tut mir leid", flüsterte sie und ging zur Tür. „O Gott, das ist mir so peinlich. Ich bin seit kaum fünf Tagen zurück in deinem Leben, und schon versinkt alles im Chaos."

Er wollte protestieren, doch in dem Moment kam Liam zurück ins Haus. Kristine mochte der Meinung sein, dass sie seine Welt durcheinandergewirbelt hatte, aber Sean sah es eher so, dass sie Leben in seinen relativ monotonen Alltag gebracht hatte. Es wäre dennoch sinnlos, ihr das klarmachen zu wollen. Im Augenblick war für sie die Rückkehr nach Minneapolis das Wichtigste. „Also gut, dann wollen wir mal. Liam, ich lasse sämtliche Lebensmittel hier. Du kommst doch diese Woche mit Mary her, richtig?"

„Ja, wir wollen von morgen bis Mittwoch auf der Insel bleiben."

„Perfekt." Er lief ins Schlafzimmer, zog Socken und Sweatshirt an und schloss seine Reisetasche. Danach sammelte er Kristines Sachen zusammen und legte sie ordentlich gefaltet in ihren Koffer.

„Kann ich mir noch die Zähne putzen, bevor wir aufbrechen?", wollte sie wissen, als sie schniefend zu ihm kam. Die Tränen waren inzwischen versiegt. Sie kramte kurz in ihrem Koffer und holte einen Plastikbeutel mit Toilettenartikeln heraus.

„Ja, natürlich."

Als er das Gepäck aus dem Haus trug, stand sie auf der Veranda und putzte sich auf fast aggressive Art die Zähne, nahm einen Schluck aus einer Wasserflasche und spuckte energisch ins Gras aus. Es war nicht zu übersehen, wie frustriert sie war.

Nachdem Sean den aufgebrühten Kaffee in zwei Thermobecher gegossen hatte, gingen sie zusammen zum Bootssteg.

„Es tut mir so leid", entschuldigte sie sich mindestens zum fünften Mal, noch bevor sie das Ufer erreicht hatten. Anstatt sie beide mitzunehmen, hatte Liam beschlossen, die Boote zu tauschen und ihnen in Seans Boot von der Insel zu folgen. Liams Boot war zwar nicht so viel schneller, aber sie würden für die Überfahrt gut zehn Minuten weniger brauchen. Je eher sie zurück am Wagen waren, umso besser war das für Kristine, weil es ihre Aufregung zumindest ein bisschen lindern würde.

„Mach dir keine Gedanken. Es ist meine Schuld, dass mein Bruder aufgetaucht ist. Ich muss wirklich ein solcher Workaholic sein, dass ich nicht mal vierundzwanzig Stunden komplett von der Bildfläche verschwinden kann, ohne gleich für Panik zu sorgen. Ich meine, ich habe meiner Sekretärin gesagt, dass ich zum See fahre und nicht erreichbar bin. Es muss sie wohl schockiert haben, mich dann auch tatsächlich nicht erreichen zu können." Er schüttelte den Kopf, weil ihn das echt störte. „Ich habe ernsthaft geglaubt, dass ich in meinem Leben eine gewisse Ausgewogenheit erreicht hätte, aber wenn ich mir das jetzt so ansehe, muss ich mich wohl gründlich geirrt haben."

„Und ich dachte, ich habe mein Leben unter Kontrolle", erwiderte sie und lächelte schwach. „Das war wohl mein großer Irrtum."

Den Rest der Strecke über den See legten sie schweigend zurück, da Sean nicht wusste, was er sagen sollte. Was würde bloß werden, wenn sie wieder in Minneapolis waren? Doch es wäre unglaublich egoistisch von ihm, in diesem Moment von Kristine irgendwelche Antworten zu erwarten, was ihre Beziehung anging. Sie hatte genug andere Dinge, um die sie sich kümmern musste. Da brauchte sie gerade niemanden, der so unsensibel war, sie mit Zweitrangigem zu behelligen.

Auf der Fahrt nach Hause rief er Helen an. „Mir geht's gut. Tut mir leid, wenn Sie sich meinetwegen Sorgen gemacht haben. Aber wieso arbeiten Sie überhaupt am Wochenende?"

„Weil Ian Bainbridge nach Ihnen sucht. Es muss wohl gestern einen Zwischenfall in der Galerie gegeben haben. Wenn ich das richtig verstanden habe, hat sich eine Frau in der Galerie ausgezogen und ihm Frauenfeindlichkeit vorgeworfen."

Tja, das wäre eine Erklärung für Ebbes Anruf. „O Gott. Wurde die Polizei gerufen, oder haben unsere Jungs sich um sie gekümmert?"

„Sie haben die Cops gerufen, weil die Frau nach Jason geschlagen hat, als er ihr seinen Mantel umhängen wollte. Aber ich hatte nicht den Eindruck, dass Mr. Bainbridge an unserer Arbeit etwas auszusetzen hatte. Immerhin haben sie ihr einen Flammenwerfer abnehmen können. Trotzdem will er mit Ihnen reden."

„Himmel! Okay, danke erst mal, Helen. Ich werde Ian gleich anrufen und mir anhören, was er zu sagen hat."

Nachdem er aufgelegt hatte, hielt er Kristine das Handy hin. „Deine Mom hat gestern Abend einen von meinen Leuten angegriffen, als er ihre Blöße bedecken wollte. Und wie es scheint, hatte sie einen ... na ja ... einen Flammenwerfer mitgebracht."

„O Gott, nein! Diesmal hat sie offenbar völlig den Verstand verloren."

Kristine rief von seinem Handy aus das Gefängnis an, um sich nach Ebbe zu erkundigen. Nachdem sie gehört hatte, dass bis Montagmorgen überhaupt nichts passieren würde, rief sie ihre Chefin an.

Obwohl Sean sich auf die Straße konzentrieren musste und daher nur flüchtig zu ihr schauen konnte, verrieten ihm ihre Miene, die leisen zustimmenden Laute und ein wiederholtes „Tut mir leid", dass das kein guter Anruf war.

Nach dem Ende des Gesprächs legte Kristine das Handy in ein Fach neben der Gangschaltung und gab keinen Ton von sich. Fast fünf Minuten lang wartete er ab, während die Neugier ihn fast umbrachte. Er wollte sie dennoch auf keinen Fall drängen.

Schließlich erklärte sie: „June hat mich gefeuert, so wie ich es mir schon gedacht hatte. Es war tatsächlich Ebbe, die gestern Abend in die Galerie kam und ihren Auftritt wiederholt hat. Allerdings hat sie diesmal mit deinem Wachmann zusammengearbeitet, der eben ein Geständnis abgelegt hat. Ich schätze, er ist der Grund dafür, dass Bainbridge mit dir reden will."

„Was?" Sean fluchte drauflos. „Machst du Witze?"

„Ebbes Überredungskünste sind schon bemerkenswert. Deine Firma ist auch raus, und June sagt, dass sie davon ausgeht, sämtliche Kosten von dir erstattet zu bekommen."

Na toll. Einfach großartig. Das Geld war ihm egal. Na ja, nicht völlig egal. Aber er war vor allem um seinen Ruf besorgt. Wenn jemand von seinen Leuten einen solchen Zwischenfall überhaupt erst möglich gemacht hatte und sich so etwas herumsprach, dann stand seine ganze Existenz auf dem Spiel. „Verdammt noch mal."

„Das kannst du laut sagen." Sie räusperte sich. „Ebbe hat ihnen erzählt, dass ich ihre Tochter bin. June ist sich nicht sicher, ob sie mir überhaupt vertrauen kann. Immerhin war ich ja auch da, als die Bilder beschädigt wurden. Da ich erst seit ein paar Wochen für sie arbeite, muss sie sich von mir trennen."

Das Ganze war noch viel schlimmer, als er sich hätte vorstellen wollen. Kristine war ihren Job los, womit sich ihre größte Angst erfüllt hatte. Er musste Schadensbegrenzung betreiben, um seine Firma zu retten. Und Ebbe saß im Gefängnis.

„O Mann, Kristy, das tut mir alles so leid. Das mit meinem Wachmann ist mir sehr peinlich. Ich hatte keine Ahnung, dass er auf eine solche Idee kommen würde."

„Dich trifft keine Schuld. Ich bin mir nicht mal sicher, dass es einzig und allein die Schuld meiner Mutter ist. Es sind alle möglichen Dinge zusammengekommen, und jetzt stehe ich da." Sie lachte humorlos auf. „Jetzt kann ich wohl wieder bei null anfangen. Warum rufst du nicht schon mal Ian an? Du kommst doch sowieso nicht darum herum. Ich werde in der Zwischenzeit ein paarmal meinen Kopf gegen die Scheibe schlagen, vielleicht ein bisschen weinen, und danach überlege ich mir, wie ich meine Miete bezahlen werde."

Die Wirklichkeit hatte ihnen genauso unerwartet eine Ohrfeige verpasst, wie es am Tag zuvor dem Barsch gelungen war, den er aus dem See gefischt hatte.

Sean drückte ihr Knie. „Du schaffst das schon, davon bin ich fest überzeugt."

Wortlos hielt sie ihm das Handy ihn.

Mithilfe der Sprachsteuerung rief er Ian an. „Hallo, Mr. Bainbridge, hier ist Sean Maddock von Maddock Security. Wie geht es Ihnen?"

„Ach, hören Sie auf mit ‚Mr. Bainbridge', sagen Sie Ian. Tja, das war auf jeden Fall eine interessante Woche. Danke für Ihren Rückruf."

„Ich muss mich entschuldigen, dass Sie mich nicht erreichen

konnten. Ich war übers Wochenende an den See rausgefahren und hatte mein Telefon abgeschaltet, weil dort der Empfang viel zu schlecht ist." Er gab sich Mühe, selbstsicher zu klingen, während er sich innerlich darauf gefasst machte, Ian eine Entschuldigung und eine Entschädigung anzubieten. „Aber so wie es aussieht, hätte ich mir kein schlechteres Wochenende als genau dieses aussuchen können. Ich habe gehört, dass es gestern Abend einen Zwischenfall in der Galerie gab. Ich kann Ihnen versichern, dass ich den Vorfall nicht auf die leichte Schulter nehme."

„Mit so etwas hat niemand rechnen können. Der andere Wachmann hat hervorragend gehandelt. Ich weiß zu schätzen, wie schnell er reagiert hat. Trotzdem wollte ich mit Ihnen reden. Ich bin mir nämlich verdammt sicher, dass ich gestern in der Galerie die Frau gesehen habe, die Ihnen auf den Fotos aufgefallen ist."

Das war interessant. „Was? Sie war da? Hat sie versucht, mit Ihnen Kontakt aufzunehmen?"

„Nein, sie gehörte zu den Bedienungen des Caterers."

„Tatsächlich?" Sean fand das Ganze sehr sonderbar und faszinierend. „Haben Sie die Polizei informiert?"

„Ja, ich habe angerufen, aber die sind nicht interessiert. Nur weil ein Mitarbeiter des Caterers ein Fan ist, der auf meine Fotos will, werden sie das Unternehmen nicht auf den Kopf stellen, Sie verstehen? Aber ich glaube, dass da irgendwas im Busch ist."

„Das sehe ich auch so. Soll ich eine Freundin auf die Sache ansetzen? Sie ist Privatdetektivin." Sean hätte es liebend gern selbst übernommen, doch das war nicht sein Fachgebiet.

„Das wäre hervorragend."

„Ich bin zurzeit noch unterwegs, aber sobald ich morgen früh im Büro bin, gebe ich Ihnen ihre Daten."

„Danke, Mann."

Sean verabschiedete sich und legte auf. Als er Kristine ansah, regte sich sein schlechtes Gewissen gleich von Neuem. Er hatte zwar noch nicht mit June gesprochen, aber zumindest Ian wollte ihm nicht den Kopf abreißen. Nach dem Debakel würde er also nicht unter solch gravierenden Folgen leiden müssen wie sie. „Willst du darüber reden?", fragte er.

„Nein. Ich will einfach nur den Kopf in den Sand stecken und so tun, als wäre das alles gar nicht passiert."

Es war der falsche Zeitpunkt für so eine Bemerkung. Dennoch konnte er sich nicht mehr davon abhalten, sie zu fragen: „Wirklich alles?"

Der Blick, den sie ihm zuwarf, ließ keinen Zweifel zu, dass er genau den falschen Moment gewählt hatte.

Minuten später hielt er vor ihrem Apartmenthaus, und damit war das Ende ihres gemeinsamen Wochenendes gekommen.

## *17. KAPITEL*

Kristine stand so unter dem Eindruck der Ereignisse der letzten Stunden, dass sie nicht wusste, welchem Problem sie sich als Erstes widmen sollte. „Ich weiß nicht, was ich sagen soll", erklärte sie, als Sean seinen Wagen vor dem Haus zum Stehen brachte, in dem sie ihr Apartment hatte. Sie konnte sich jetzt beim besten Willen nicht mit der Frage beschäftigen, was nach dem heutigen Tag aus ihr und Sean werden sollte. Es war einfach zu viel geschehen. Ebbe im Gefängnis, sie ohne Job … Ihre Gedanken drehten sich ständig im Kreis, und sie kam zu keinem Entschluss.

„Du musst gar nichts sagen", erwiderte er. „Es tut mir leid."

„Wieso tut es dir leid? Du hast nichts gemacht. Das ist das Werk von Ebbe und deinem Wachmann, und trotzdem sind wir diejenigen, die es ausbaden dürfen."

„Ja, du hast recht. Du bist nicht für Ebbe verantwortlich. Mein Geschäft wird das überleben. Es ist nicht das erste Mal, dass ein Kunde unzufrieden ist. Manchmal wollen die Dinge eben nicht nach Plan laufen."

Das war noch milde ausgedrückt. „Ja." Sie hatte wirklich keine Ahnung, was sie noch sagen sollte.

„Kann ich noch mit raufkommen?", fragte er.

Bei dem Gedanken daran, dass er ihr schäbiges Apartment mit den wenigen Möbelstücken aus dem Secondhandshop zu sehen bekam, konnte sie nichts anderes tun, als den Kopf zu schütteln. „Ich glaube nicht. Ich will erst mal ausgiebig heiß duschen, und dann will ich mich eine Weile schlafen legen. Morgen muss ich ganz früh bei Gericht sein."

Die Fahrt hatte sie viele Stunden gekostet, und Kristine

wurde inzwischen von Kopfschmerzen geplagt. Sie wollte nur allein sein und weinen und darüber nachdenken, wovon sie sich etwas zu essen kaufen sollte.

„Ja, natürlich. Wie wäre es denn, wenn ich dich morgen früh abhole und mitkomme?"

„Ach, das musst du nicht."

„Ich will es aber."

Sie sollte sich lieber nicht so auf ihn verlassen. Das sollte sie tatsächlich nicht machen, aber sie konnte es sich nicht verkneifen. „Okay, danke."

Auf keinen Fall konnte sie mit Sean eine neue Beziehung beginnen. Nicht in dieser Situation, solange sie nicht auf eigenen Beinen stand. Es wäre so einfach, in ihr damaliges Verhalten zu verfallen und sich auf ihn zu verlassen und ihm zu erlauben, ihre Probleme für sie aus der Welt zu schaffen. Die Rückkehr nach Minnesota war als Beginn einer Reise gedacht gewesen, an deren Ende sie finanziell und in jeder anderen Hinsicht von anderen unabhängig war. Diesen Plan musste sie in die Tat umsetzen.

Kristine öffnete die Beifahrertür und stieg aus, während er den Kofferraum aufmachte und ihren Koffer herausholte.

„Hey", sagte er leise und legte einen Finger unter ihr Kinn, um ihren Kopf ein wenig anzuheben.

Es schmerzte sie, ihm ins Gesicht zu sehen. „Ja?"

„Ich liebe dich."

Sie kniff die Augen zu. Das musste sie tun, denn sie konnte ihn nicht anschauen. Wenn sie das tat, wäre die Versuchung viel zu groß, die Hilfe anzunehmen, die er ihr anbot. „Ich liebe dich auch", murmelte sie.

Weil sie sich so gedemütigt fühlte und so unschlüssig war,

was sie aus ihrem Leben machen sollte, schüttelte sie im nächsten Moment den Kopf. „Weißt du was? Komm morgen früh nicht her. Ich muss da alleine durch."

Als sie die Augen wieder öffnete, bemerkte sie, dass er sie musterte. „Also gut", gab er zurück. „Aber lass uns morgen wenigstens zu Abend essen."

„Nein, das geht nicht. Ich kann das nicht, Sean. Es wäre verkehrt, wenn ich deine Großzügigkeit ausnutzen würde." Sogar ihr selbst fiel auf, wie sich die einsetzende Panik in ihre Stimme schlich.

„Was ist, wenn ich sage, dass ich mit dir zusammen sein möchte? Wenn man jemanden liebt, werden die Probleme des anderen zu den eigenen."

Es war wundervoll und so verführerisch. „Dann würde ich sagen, wenn du auf dem Boot bleibst und mit einem Eimer das eindringende Wasser ausschöpfen willst, wirst du mit diesem Boot auf dem Meeresgrund enden."

„Oder du schaffst es bis ans rettende Ufer, weil zwei Leute mit zwei Eimern schöpfen können."

Kristine merkte, dass ihr Vorsatz ins Wanken geriet. Sean war so entschlossen, und sie war sich nicht sicher, ob sie ihm wirklich würde widerstehen können. „Ich muss das allein machen, Sean. Ich muss mein Leben selbst in den Griff bekommen. Versteh das bitte. Es ist nicht so, als würde ich dich nicht lieben. Aber ich würde keinen Respekt vor mir selbst haben, wenn ich zulasse, dass du mich rettest."

Er hatte den Unterkiefer vorgeschoben und rieb sich das Kinn. „Wahrscheinlich kann ich sagen, was ich will – ich werde dich nicht umstimmen können, oder?"

„Richtig." Sie stellte sich auf die Zehenspitzen und küsste seine Handrücken. „Danke. Und pass du gut auf dich auf."

Keine Antwort. Stattdessen sah er sie nur forschend an. Dass er sich für das hier ein anderes Ende wünschte, war offensichtlich.

Kristine umklammerte den Griff ihres Koffers und lief in Richtung Haustür, während ihr die Tränen übers Gesicht strömten. Sie wagte es nicht, sich umzudrehen, denn sonst würde sie zu ihm zurückrennen und sich ihm an den Hals werfen. Ihre Liebe zu ihm, ihre Leidenschaft und die Tatsache, dass sie pleite war, würden sie dazu verleiten, auf jeden persönlichen Erfolg und auf jede Unabhängigkeit zu verzichten. Sean würde ihr nie einen Vorwurf daraus machen, doch sie würde es für immer und ewig bereuen, dass sie sich nicht zugetraut hatte, die Frau zu werden, von der sie wusste, dass sie sie sein konnte.

Keine Ausreden, keine Ausflüchte.

Ganz egal, wie schmerzhaft das auch war.

Am nächsten Morgen lag vor Kristines Tür ein per Express zugestellter Brief, auf dem Seans Firmenlogo prangte. In dem dicken Umschlag befanden sich ein Scheck über fünftausend Dollar für Ebbes Kaution und ein zweiter Scheck über fünftausend Dollar, der auf sie ausgestellt war. Darauf klebte eine Haftnotiz mit dem Vermerk: *Was immer du damit bezahlen willst. Kuss, Sean.*

Und dann waren da noch die Scheidungspapiere, die sie ihm hatte zustellen lassen.

Sie trugen seine kraftvoll auf die gepunktete Linie gesetzte Unterschrift.

Die Erkenntnis, dass sie etwas getan hatte, das sich nicht rückgängig machen ließ, traf sie wie ein Schlag in die Magengrube. Jetzt war sie absolut allein und auf sich gestellt.

Ihr Herz sehnte sich nach dem Ehemann, dem sie nie eine gute Ehefrau gewesen war. Sie schwor sich, bei dieser Runde nicht noch einmal ihr Leben zu vergeuden. Wenn sie Sean opfern musste, dann würde sie verdammt noch mal eine Frau werden, auf die sie stolz sein konnte.

Sean schürte das Feuer und ging in die Küche, um seine Kaffeetasse aufzufüllen. Seine Familie würde erst morgen hier auf Ely Island eintreffen, und bis dahin konnte er die Einsamkeit ebenso genießen wie die friedliche Stille, die von dem zugefrorenen See und von den kahlen Bäumen rings um das Haus ausging. Seine Brüder hatten ihn für verrückt gehalten, als er verkündet hatte, den gesamten Winter hier zu verbringen. Sollte es nur für ein paar Tage etwas wärmer werden, konnte er nicht mit dem Schneemobil über das Eis fahren, weil es das Gefährt nicht mehr würde tragen können. Dann würde er bis zum Frühjahr festsitzen. Trotzdem war die Aussicht auf diese Zeit hier auf der Insel zu verlockend gewesen.

In seiner Firma musste man eine Weile ohne ihn auskommen, die tagtäglich anfallenden Aufgaben würden von seinem Office Manager und seinem Sicherheitsexperten erledigt werden. Er war jederzeit erreichbar und konnte per Webcam Konferenzschaltungen durchführen. Mit Handy und E-Mail war es für ihn ein Leichtes, stets auf dem Laufenden zu bleiben, wobei er sich jedoch vorgenommen hatte, nicht länger als vier Stunden am Tag zu arbeiten. Die übrige Zeit wollte er darauf verwenden, durch den Wald zu wandern, Holz zu hacken, auf dem Eis fischen zu gehen und mit dem Labrador Bobby zu spielen, den er aus einem Tierheim geholt hatte.

Im Frühjahr würde er nach Minneapolis zurückkehren, vielleicht aber auch nicht. Er würde einfach abwarten und entscheiden, wenn der Moment gekommen war.

Als Kristine ihm zum zweiten Mal die Tür vor der Nase zugeschlagen hatte, war genau das passiert, was Liam vorhergesagt hatte. Es war ein solcher Schlag ins Gesicht gewesen, dass er noch jetzt Sterne vor den Augen sah. Aber in gewisser Weise war es auch gut gewesen, dass es so gekommen war. Es hatte ihn dazu veranlasst, sich auf die Insel zurückzuziehen, um sein Leben neu zu ordnen. Das war die beste Entscheidung seit Jahren, da er seitdem entspannt und gesund und frei von Stress war.

Dass er einsam war … Nun, das Gefühl hatte er zuvor schon viel zu gut gekannt.

Er hatte auf seinem Grundstück eine Kiefer geschlagen und sie im Wohnzimmer aufgestellt, wo durch das Loft die Decke doppelt so hoch war, damit seine Nichten etwas Weihnachtliches hatten, wenn sie herkamen. Seine Mutter hatte er gebeten, Christbaumschmuck mitzubringen, da der Baum noch etwas karg wirkte, aber einen wundervollen Duft verbreitete.

Plötzlich hob Bobby den Kopf und lauschte.

„Was hörst du denn, Kumpel?“ Er war froh, dass er die Hündin bei sich hatte. Sie leistete ihm Gesellschaft und war nicht davon abzubringen, am Fußende auf dem Bett zu schlafen, auch wenn er wiederholt versucht hatte, ihr das zu verbieten. Das war die Art von Beharrlichkeit, die er zu schätzen wusste.

Vermutlich hatte sie ein Tier im Unterholz bemerkt.

Doch dann hörte Sean es auch. Ein Schneemobil, das den See überquerte. Da war wohl jemand einen Tag zu früh dran.

In aller Ruhe zog er Stiefel, Mantel und Mütze an, überquerte die verschneite Veranda und ging die Stufen hinunter, die er routinemäßig jeden Tag vom Schnee befreite. Was er sah, als er am Seeufer angekommen war, ließ ihn verwundert die Augen zusammenkneifen. Das da war eindeutig sein Vater. Die Frau, die hinter ihm saß, war allerdings eindeutig nicht seine Mutter. Das konnte er an ihrer Statur ebenso erkennen wie an der Kleidung. Mehr war aber nicht möglich, da sie eine Skimaske trug und ihm dadurch verborgen blieb, wer sie sein mochte. Für Mary war sie etwas zu groß, aber vielleicht war es Declans Frau.

Er hob die Hand, um die beiden zu grüßen – und ließ sie gleich wieder sinken, als die Frau die Maske abnahm und sich als Kristine entpuppte. Was sollte denn das?

Es blieb jedoch keine Zeit, erst mal ein Wort mit seinem Vater über das Ganze zu reden, denn der stieg weder ab, noch stellte er den Motor aus. Kristine hüpfte geschickt vom Schneemobil und ging vorsichtig bis zum Bootssteg, hielt sich an einem der Pfähle fest und kletterte vom Eis auf den Steg. Sie atmete erleichtert auf, ehe sie dicht vor ihm stehen blieb und ihn strahlend anlächelte. „Hi."

„Hallo." Was hätte er auch sonst sagen sollen? Was hatte sie hier zu suchen? Warum war sie so darauf aus, ihm das Leben zur Hölle zu machen? Hatte sie womöglich ihre Zahnbürste vergessen?

Sein Vater fuhr wieder ab und wirbelte eine gewaltige Schneewolke auf, die sich zwischen Sean und Kristy schob und ihrem Gesicht einen leuchtenden, magischen Schein verlieh.

„Ich hoffe, es stört dich nicht, dass ich hergekommen bin", sagte sie. „Aber ich habe da ein paar Dinge, die ich dir geben will."

„Okay", erwiderte er zögerlich. „Komm erst mal mit rein, hier draußen ist es etwas zu kalt."

„Ja, stimmt." Sie lachte nervös. „Das war ja eine interessante Fahrt quer über den See. Wow."

Er war immer noch völlig verdutzt über ihr Auftauchen und wusste nicht, worüber er mit ihr reden sollte. Wortlos hielt er ihr die Hand hin, um ihr auf den schneebedeckten Stufen Halt zu geben, die vom Bootssteg hinauf zum Haus führten. In den letzten zwei Monaten hatten sie sich nur einmal gesprochen, und das war eine eher peinliche Angelegenheit gewesen. Es war Kristine gewesen, die ihn angerufen hatte, doch die Unterhaltung hatte eigentlich bloß aus ihren Beteuerungen bestanden, ihm das Geld zurückzuzahlen, mit dem er ihr ausgeholfen hatte. Daher nahm er an, dass sie deswegen hergekommen war.

Als sie das Haus betraten und Stiefel und Mäntel ablegten, kam Bobby zu ihnen gelaufen und begrüßte sie, dann wurde der Neuankömmling ausgiebig beschnuppert.

„Wer ist denn das?", fragte Kristine und bückte sich, um Bobby hinter den Ohren zu kraulen, während die Hündin ihr über das Gesicht leckte. „Hi, Süße. Oh, was fühlst du dich weich und kuschelig an."

„Das ist Bobby."

Sie warf ihm einen vielsagenden Blick zu. Ja, er hatte die Hündin nach dem Barsch benannt, den Kristine auf den Namen Bob getauft hatte. Sie sagte jedoch nichts dazu, sondern nahm den Rucksack, den sie an der Tür abgestellt hatte, und trug ihn zum Küchentisch. „Schön, dich zu sehen."

Ihm ging ein Stich durchs Herz. Kristine sah fantastisch aus, entspannt, glücklich. Er selbst war glücklich, dass sie einen so guten Eindruck machte und sich offenbar sehr wohl in ihrer Haut fühlte. Gleichzeitig kam er sich dadurch aber auch überflüssig vor – so wie jemand, der früher einmal eine Rolle in ihrem Leben gespielt hatte, doch jetzt nicht mehr gebraucht wurde.

„Freut mich auch, dich zu sehen", gab er trotz seiner zwiespältigen Gefühle zurück.

„Ich habe dir ein paar Sachen mitgebracht." Sie lächelte ihn an und holte eine Blechdose aus dem Rucksack. „Kekse. Teile sie dir mit deiner Familie."

Ein flüchtiges Lächeln konnte er sich nicht verkneifen. „Klar. Danke, das ist lieb von dir."

Als Nächstes zog sie etwas Riesiges heraus. „Eine Decke. Von mir persönlich gestrickt."

Jetzt war er wirklich gerührt. „Wow, Kristy, ich bin beeindruckt. Danke."

„Ich habe einen Onlineshop auf einer großen Seite für Handarbeiten eröffnet, die täglich von unglaublich vielen Leuten besucht wird. Strickwaren, Decken, Kissen, Antiquitäten, Schmuck. Ich stehe noch am Anfang, aber bislang läuft es schon ganz gut. Und vor allem macht mich diese Arbeit glücklich."

„Das ist großartig. Ich bin sehr stolz auf dich." Das meinte er ganz ehrlich. Sie verdiente alles Glück und allen Erfolg.

Dann gab sie ihm einen Umschlag. „Ebbes erste Rate für die Kaution, die du für sie bezahlt hast. Sie hat wegen des tätlichen Angriffs eine Bewährungsstrafe und Sozialstunden aufgebrummt bekommen. Ich glaube, diesmal dürfte sie ihre Lektion gelernt haben. Allerdings würde ich lieber nicht darauf wetten."

„Es war ein Geschenk, um euch zu helfen. Sie muss das nicht zurückzahlen."

Kristine betrachtete ihn eindringlich. „O doch, das muss sie. Jeden einzelnen Penny, plus sechs Prozent Zinsen."

Es klang so, als würde sie ihrer Mutter das Fell über die Ohren ziehen, wenn die das Geld nicht zurückzahlen wollte. Unwillkürlich musste Sean grinsen. „Also gut, aber das Geld, das ich dir gegeben habe, war ein Geschenk. Komm nicht auf die Idee, mir dafür auch noch einen Scheck in die Hand zu drücken. Dann wäre ich beleidigt." Und zutiefst verletzt.

Dann grinste sie ebenfalls. „Ja, das weiß ich. Das wollte ich dir auch nicht zurückzahlen. Genauso wenig, wie ich vorhabe, dich ganz allein hier auf der Insel hausen zu lassen."

Er zog die Brauen hoch. „Was soll das heißen?"

„Das soll heißen, dass ich mir mein Apartment nicht mehr leisten konnte, nachdem ich meinen Job in der Galerie verloren hatte. Die letzten zwei Monate habe ich bei meiner Mutter im Haus gewohnt, was mich fast umgebracht hat. Von deinen Eltern habe ich gehört, dass du allein in diesem riesigen Haus lebst, und da dachte ich mir, ich quartiere mich einfach bei dir ein."

Wollte sie ihn um den Verstand bringen? Glaubte sie ernsthaft, er könnte sie als seine Mitbewohnerin um sich haben? Er überlegte, ob er ihr den Gedanken, sie seien gute Freunde, mit einem leidenschaftlichen Kuss austreiben sollte. Bevor er dazu kam, fügte sie hinzu: „Ich meine ja nur, weil Ehepaare normalerweise zusammen in einem Haus leben."

Jetzt reichte es ihm. Er brauchte Antworten von ihr. Mit einem Schritt stand er vor ihr und betrachtete ihr Lächeln.

„Kristy, was zum Teufel ist los? Warum bist du wirklich hier? Wenn du mir wieder Hoffnungen machen willst, um sie gleich darauf zu zerschmettern … Das halte ich nicht aus."

Ihre Miene wirkte plötzlich ernst. Kristine atmete tief durch. „Was ich dir damit sagen will, ist … Na ja, ich habe die Scheidungspapiere nie ans Gericht weitergeleitet. Was passiert ist, war mir so unendlich peinlich, und ich kam mir wie die größte Verliererin der Welt vor. Aber dann ging ich nach Hause und riss mich zusammen. Und weißt du was? Das war leichter als gedacht. Ich musste bloß an mich glauben, und ich musste mich wieder von dir trennen, um mir selbst zu beweisen, dass ich aus eigener Kraft etwas schaffen kann. Ich war ganz unten, doch ich habe mich aufgerappelt. Und dabei wurde mir klar, wenn du mich in dem Moment lieben kannst, in dem ich am Boden liege, dann sollte ich darauf vertrauen können, dass du mich auch jetzt lieben kannst. Wenn es nicht zu spät ist. Wenn ich dich nicht endgültig aus meinem Leben vergrault habe."

Das genügte ihm, um seine Angst dahinschmelzen zu lassen. Er zog sie in seine Arme. „Es wurde langsam Zeit, dass du endlich mal Vernunft annimmst. Ich hatte mich in *dich* verliebt, und Erfolg bemisst sich immer daran, wie glücklich du bist. Darum bin ich hier. Weil ich ein einfacheres und besseres Leben führen will." Er küsste sie, und es fühlte sich genau richtig und absolut perfekt an. „Ich hatte mich schon darauf eingestellt, hier allein zu leben, aber ich sage dir ganz ehrlich, Baby, ich werde tausendmal glücklicher sein, wenn ich mit dir hier leben kann."

„Ehrlich?" Ihre Augen strahlten. „Und ich dachte, du würdest mein Gesicht nie wiedersehen wollen."

„Wie sollte ich darauf verzichten können, dein Gesicht zu sehen?“, konterte er und lachte ausgelassen. Erneut küsste er sie, während er seine Hände über ihren Rücken streichen ließ. „Übrigens, mir gefällt, dass du keinen Lippenstift trägst. So schmeckst du viel besser.“

„Morgen werde ich allerdings Lippenstift auftragen, wenn ich für deine Familie koche. Tut mir leid, ich mag meinen Lippenstift nun mal.“

„Du kochst für meine Familie?“

Sie nickte. „Deine Eltern bringen dann auch meinen Koffer mit. Den habe ich erst mal bei ihnen gelassen, weil ich nicht wusste, ob du mich überhaupt noch haben willst.“

Dafür liebte er sie so sehr. Es war diese perfekte Kombination aus Bescheidenheit und Selbstbewusstsein. „Heißt das, dass du nicht wieder weglaufen wirst? Du bleibst wirklich bei mir? Du bist bereit, das Plumpsklo zu benutzen und jede Nacht mit mir zu schlafen?“

„Das eine ist ein Opfer, das andere ein Vergnügen. Ich laufe nicht weg. Nie mehr. Ich bleibe, und zwar so lange, wie du mich haben willst.“

Er liebte sie, so einfach war das. „Dann mach dich darauf gefasst, Eisfischen zu lernen. Ich werde dich nämlich für immer bei mir behalten.“

Sie schmiegte sich an ihn, wich dann aber erschrocken zurück. „Oh, ich habe noch eine Sache für dich.“

Es war ein Bilderrahmen, und als Sean ihn umdrehte, verschlug es ihm die Sprache. Das Foto zeigte Kristine in einer Pin-up-Pose und in sexy Dessous gekleidet. „Wow. Das ist … Wow!“

„Da dir das Foto von mir in deinem Bett so gut gefallen hat, das du aufgenommen hast, dachte ich mir, dass das vielleicht was für dich wäre."

Er nahm ihre Hand und führte sie zu seiner Erektion. „Die Antwort ist Ja. Du siehst fantastisch aus. Atemberaubend. Eine totale Sexbombe, Kristy." Fast fühlte er sich versucht, über das Foto zu lecken.

„Ian Bainbridge hat das Foto gemacht."

„Wie bitte?" Mit einem Mal war er nicht mehr ganz so restlos begeistert. „Gibt es einen Grund für mich, eifersüchtig zu sein?"

„Nein, natürlich nicht! Ich habe ihm bloß vertraut, dass er das gut macht. Ich wollte mich nicht verlegen fühlen, und er ist nun mal ein echter Profi. Es waren noch zwei von seinen Assistentinnen mit dabei. Glaub mir, das hat mich viel Überwindung gekostet. Ich mag es nicht, wenn Leute mich in Unterwäsche sehen."

„Ich bin stolz auf dich." Er wusste, sie haderte mit ihrem Selbstwertgefühl, deshalb machte es ihn umso glücklicher, dass sie diesen Schritt, diesen gewaltigen Schritt gewagt hatte. „Was dagegen, wenn ich dich jetzt gleich in Unterwäsche zu sehen bekomme?"

Kristine lächelte ihn verführerisch an. „Keineswegs. Jetzt wird es nämlich Zeit für ein paar Nahaufnahmen. Ich hoffe, dir gefällt, was du zu sehen bekommst."

Daran hatte Sean nicht den geringsten Zweifel.

– ENDE –

**Lesen Sie auch:**

*Monica Murphy*

# Crave – Ich will dich!

Im Buchhandel erhältlich

Band-Nr. 30572
9,99 € (D)
ISBN: 978-3-95649-285-3

# 1. KAPITEL

## *Archer*

Es gibt wenige Dinge im Leben, denen ich widerstehen kann. Wahrscheinlich ein Grund dafür, warum ich mir in jüngeren Jahren so viel Ärger eingehandelt habe. Kontrolle ist alles – und das ist das Einzige, was ich von meinem Vater, diesem Bastard, gelernt habe. Du gewinnst nichts, wenn du dich gehen lässt, deine Emotionen zeigst, verletzlich wirst.

Wenn du nicht in der Lage bist, den Dingen, die dich in Versuchung führen, zu widerstehen, ist das Chaos vorprogrammiert. Davon hatte ich während meiner Kindheit weiß Gott genug. Verdammt, in meinem Berufsleben auch, obwohl ich während der vergangenen Jahre endlich in der Lage gewesen bin, das Blatt zu wenden.

Aber es gibt eine Sache, der ich wirklich nicht widerstehen kann, und das ist eine Herausforderung, eine Wette.

„Er ist so scharf darauf, verheiratet zu sein", meint Gage, und sein angewiderter Tonfall reißt mich aus meinen Gedanken. Gage Emerson ist einer meiner besten Freunde. Genau wie Matt DeLuca. Ich kenne die beiden schon seit der Highschool. Wir stehen gerade auf dem Hochzeitsempfang unseres Collegefreundes Jeff Lewiston, versteckt in einer dunklen Ecke des überfüllten Ballsaales, wo wir uns über den sogenannten *heiligen Stand der Ehe* auslassen.

Den Bund fürs Leben zu schließen ist für mich vergleichbar damit, sich einen Strick um den Hals legen zu lassen, der sich mit jedem deprimierenden Tag weiter zuzieht. Meine Eltern stellen ein wahrhaft glorreiches Beispiel für die schlimmste Ehe aller Zeiten dar. Sie hassen sich. Sie betrügen sich. Sie streiten sich. Und trotzdem sind sie noch zusammen.

Das ergibt doch überhaupt keinen Sinn.

„Er scheint glücklich zu sein“, entgegnet Matt, der Optimistischste von uns dreien, ehe Gage und ich ihn mit einem Blick zum Schweigen bringen.

„Seine Frau ist durchaus attraktiv, das muss man ihr ja lassen“, räumt Gage ein und nippt anschließend an seinem Champagner. „Aber sobald sie aus Tahiti von ihren Flitterwochen zurück sind, verwandelt sie sich in die schlimmste Zicke auf Erden – das garantiere ich euch.“

„Du kennst sie doch gar nicht“, murmelt Matt und schüttelt den Kopf.

„Ist auch nicht nötig. Die sind alle gleich. Wenn du ihnen das erste Mal begegnest, sind sie sexy und hübsch, lieb und nett, und du weißt gar nicht, wie dir geschieht. Der Sex ist unglaublich – und natürlich habt ihr ständig welchen. Sie fallen vor dir auf die Knie, wann immer du sie darum bittest, und beglücken dich mit einem perfekten Blowjob. Und ehe du dichs versiehst, kaufst du einen Ring.“ Gage macht eine kleine Pause und trinkt noch einen Schluck Champagner.

Wir haben bereits öfter über dieses Thema geredet. Im Laufe des letzten Jahres haben wir nämlich zusehen müssen, wie zahlreiche unserer Freunde der Ehe zum Opfer gefallen sind. Einer nach dem anderen, wie Soldaten, die im Krieg sterben.

„Du steckst ihnen einen Ring an den Finger, lässt den ganzen Scheiß mit der Hochzeitszeremonie über dich ergehen, und was bleibt dir hinterher? Eine nörgelnde Frau und ein schlaffer Schwanz. Sie hackt dann ständig auf dir rum, weil du nie zu Hause bist und viel zu viel arbeitest.“ *Verdammt.* Ich verziehe das Gesicht, weil das nach meinem schlimmsten Albtraum klingt.

„Allerdings beschweren sie sich nie, wenn sie all dein Geld ausgeben.“ Gage hebt sein leeres Glas und deutet in den Saal.

„Hört, hört“, pflichte ich ihm bei und erhebe ebenfalls mein Glas, bevor ich es austrinke.

„Ihr zwei seid echte Zyniker. Es wirkt ja fast so, als hättet ihr das tatsächlich schon mal erlebt.“ Matt verschränkt die Arme vor der Brust. „Wann hatte einer von euch überhaupt das letzte Mal eine Freundin.“ Es klingt nicht nach einer Frage, denn er kennt die Antwort nur zu genau.

„Nie“, erwidere ich höhnisch. Eine ernsthafte Beziehung stand für mich nie zur Debatte. Keine Frau hat mich je so sehr interessiert, dass ich sie länger hätte um mich haben wollen.

Es gibt bloß eine einzige Ausnahme, doch von dieser Frau muss ich auf jeden Fall die Finger lassen. Sie ist zu jung, zu nett, zu gut, zu … alles, was ich nicht bin. Sie ist so verdammt verführerisch und so absolut tabu, dass ich echt ein völliger Schwachkopf wäre, etwas mit ihr anzufangen.

*Aber ich würde gerne. Verdammt gerne …*

„Dieses ganze Gerede, dass eine Frau nichts weiter als ein Klotz am Bein ist, dass sie einem Ketten anlegen will, dass eine Beziehung einer lebenslangen Gefängnisstrafe ähnelt … Ich kann es kaum erwarten, euch beide einknicken zu sehen. Und ich bin überzeugt, ihr werdet so richtig verdammt hart fallen.“ Matt lacht.

Gage und ich funkeln ihn böse an. „Ich habe nicht die Absicht, mich in absehbarer Zeit zu verlieben“, murmelt Gage.

„Nicht in absehbarer Zeit, nicht in diesem Leben“, füge ich hinzu.

„Von wegen.“ Matt schnaubt. „Ihr zwei werdet irgendwann merken, dass ihr diese Sache, die man Leben nennt, nicht ohne eine Frau an eurer Seite durchziehen könnt. Und wenn ihr dann das Greisenalter von ... ich sag mal, fünfundvierzig erreicht habt, seid ihr die ewigen Junggesellen, die verzweifelt nach einem heißen Feger zum Heiraten suchen. Allerdings wird euch keins dieser jungen Dinger auch nur eines Blickes würdigen – es sei denn, ihr öffnet euer Portemonnaie.“

„Und wer ist jetzt der Zyniker?“, kontere ich und ernte damit einen vorwurfsvollen Blick von Matt.

„Ich sage nur die Wahrheit“, gibt er achselzuckend zurück. „Und das wisst ihr genau.“

„Du nervst uns, weil wir Singles sind. Dabei bist du selbst einer“, weist Gage ihn zurecht. „Wieso hast du dich denn noch nicht häuslich niedergelassen?“

Auf diese Frage reagiert Matt erneut lediglich mit einem Schulterzucken. „Hab die Richtige noch nicht gefunden.“

Seine Antwort klingt so simpel und so verdammt logisch, dass ich ihm am liebsten eine reingehauen hätte.

„Die Richtige gibt es nicht“, erkläre ich und hoffe, dass ich Matt, der immer noch vom großen, romantischen Happy End träumt, aufrütteln kann. „Irgendwann wirst du dich mit einer x-Beliebigen zufriedengeben. Glaub mir.“

„Von wegen“, sagt Gage, der mit mir einer Meinung ist. „Ich weiß, dass ich definitiv nicht vorhabe, mich niederzulassen oder mich an wen auch immer zu binden.“

„Ich auch nicht“, stimme ich ihm zu. „Das ist bloß was für Weicheier.“

„Genau“, bekräftigt Gage grimmig.

Matt richtet seine Aufmerksamkeit nun ausschließlich auf mich. „Ich wette – und zwar richtig fette Kohle –, dass du der Erste bist, der umfällt.“

„Der umfällt, wie? Auf eine Frau?“ Das bringt mir einen Lacher von Gage ein. „Soll ich wie ein Baum umfallen, oder was? Wovon zum Teufel redest du?“

„Du wirst der Erste sein, der sich in eine Frau verliebt und ihr einen Heiratsantrag macht“, stellt Matt klar.

Mein Mund ist auf einmal ganz trocken. Es fühlt sich an, als hätte jemand eine unsichtbare Schlinge um meinen Hals gelegt und würde sie langsam zuziehen, sodass ich kaum Luft bekomme. „Ja, klar doch“, bringe ich schließlich heraus.

„Ihr zwei wehrt euch so verdammt vehement gegen eine Beziehung. Ich kann mir schon richtig vorstellen, wie ihr einen Schlag vor den Kopf bekommt und hart aufknallt. Und das wird eher früher als später passieren“, versichert Matt uns voller Selbstsicherheit.

Sein selbstgefälliger Ton nervt mich total.

„Auf keinen Fall werde ich mich in absehbarer Zukunft verlieben“, beteuere ich.

„Na, und ich schon mal gar nicht“, schaltet Gage sich ein.

„Wenn ihr daran glauben wollt, bitte schön. Ihr könnt die Tatsachen gern weiter verdrängen oder leugnen. Mir ist das egal.“ Unser Freund versucht, uns richtig aufzustacheln. Und es funktioniert.

„Na gut, willst du die Wette abschließen, die du vorhin erwähnt hast? Ich bin dabei. Ich werde es dir beweisen. Ich brauche weder eine Frau noch eine Beziehung." Ich verschränke meine Arme vor der Brust. Matt hat das schon häufiger gemacht. Er genießt es, uns beide auf die Palme zu bringen, und treibt mich echt in den Wahnsinn.

Wollen wir mal sehen, ob er nach dem Köder schnappt. Er nimmt den Mund gern zu voll. Wird Zeit, dass er zubeißt. Oder die Klappe hält.

Gage schnaubt. „Komm, fordere nicht nur ihn heraus. Lass uns drei die Wette abschließen."

„Von welcher Summe reden wir?" Matt reibt sich das Kinn. Der Kerl ist stinkreich. Sind wir alle; wir stammen aus wohlhabenden Familien, und wir haben während der Highschool in derselben Nachbarschaft gelebt. Als wir innerhalb weniger Monate alle einundzwanzig wurden, fingen wir an, regelmäßig nach Vegas zu fahren und dort das dicke Geld zu verspielen, so wie andere Leute ihre 25-Cent-Stücke in die Spielautomaten werfen. Nachdem wir unseren Abschluss hatten und das richtige Leben begann, mussten wir mit diesem Quatsch aufhören. Offen gestanden, manchmal vermisse ich es.

„Eine Million für den letzten Single, der übrig bleibt", meint Gage triumphierend. Er scheint sich seiner Sache so sicher zu sein, als hätte er bereits gewonnen.

„Eine Million Dollar?" Matt fallen fast die Augen aus dem Kopf. Das Arschloch tut gerade so, als hätte es die Kohle nicht. Dabei hat Matt sich erst vor Kurzem wegen einer Verletzung, die sein Karriereende als Profi bedeutete, von einem lukrativen Baseball-Vertrag zurückziehen müssen – ohne allerdings einen einzigen Dollar dieses Vertrages einzubüßen. Der Kerl hat massenhaft Knete. Einen Teil davon hat er kürzlich in ein Weingut investiert, das nicht weit von meinem Wohnort entfernt liegt. Und das bloß, damit er es als Verlust von der Steuer absetzen kann.

Ihm geht es finanziell definitiv nicht schlecht. Ebenso wenig wie Gage. Er ist einer der führenden Immobilieninvestoren in der Bay Area und steht in der Rangliste gleich hinter seinem Vater. Beide verfügen über ein gewisses Gespür: Sie finden Grundstücke und Unternehmen, kaufen sie für einen Spottpreis und verkaufen sie dann mit enormem Profit weiter.

In der Hotelindustrie erzählt man sich, dass auch ich dieses gewisse Gespür besitze. Was meinen Vater jedoch maßlos ärgert. Ich kann ja nichts dafür, dass ich eine Marktlücke entdeckt und sie entsprechend gefüllt habe – mit dem heruntergekommenen Hotel, das er mir überlassen hat. Er war fest davon ausgegangen, dass ich scheitern würde.

Tja, da habe ich ihn eines Besseren belehrt. Jetzt bin ich so weit, dass ich expandieren kann, und das regt ihn richtig auf.

Es ist fast so, als würde mein eigener Vater es nur zu gern sehen, wenn ich auf die Schnauze falle.

„Was ist? Macht dir das Angst?“, frage ich, weil ich mir hundertprozentig sicher bin, dass ich diese Wette nicht verlieren werde. Keine Frau wird mich mit ihren Krallen so fest packen, dass ich nicht mehr fliehen kann.

Niemals, auf keinen Fall.

Gage lacht und schüttelt den Kopf. „Sei nicht so ein Schlappschwanz, DeLuca. Eine Million ist für dich doch nichts weiter als Kleingeld.“

„Nicht wirklich“, murmelt Matt. „Wobei ich mir allerdings keine Sorgen mache. Ich gewinne sowieso.“

Ha. Dass Matt diese Behauptung so selbstsicher von sich gibt, stachelt mich noch mehr an. Ich werde ihm beweisen, dass er falsch,liegt. „Glaubst du das im Ernst?“

„Ich weiß es.“ Matt lächelt. „Ich würde sogar weitere fünfzig Riesen wetten, dass die nächste Frau, mit der du sprichst, deine Ehefrau wird.“

„Geile Wette, Kumpel. Nimm sie an“, mischt Gage sich ein und stupst mich nicht gerade sanft gegen die Schulter. „Vergiss es, Matt. Ich sehe hier im Saal nicht eine einzige Frau, mit der Archer gern reden würde. Geschweige denn eine, die er *heiraten* würde.“

Ich sage nichts. Es gibt eine Frau, mit der ich mich allzu gern unterhalten würde. Mit der ich gern zusammen sein würde. Damit meine ich natürlich keine ernsthafte, dauerhafte Beziehung, die womöglich auf eine Ehe hinausläuft. Nein, verdammt, so was ist in meiner Zukunftsplanung nicht vorgesehen. Ich wäre der armen Frau ein furchtbarer Ehemann, und das ist mir auch klar. Deshalb lasse ich sie ja in Ruhe.

Sie will nämlich das volle Programm. Einen Ehemann und Kinder, einen weißen Gartenzaun um ein hübsches kleines Häuschen, das sie einrichten kann. Ich weiß, dass sie das will. Sie ist eine Träumerin, eine Romantikerin. Sie hat es verdient, dass man sie wie eine Königin behandelt. Ich würde ihr bloß wehtun, und es würde mich umbringen, wenn ich es täte. Gage würde mich ebenfalls umbringen.

Er kennt sie gut; schließlich handelt es sich um seine kleine Schwester.

Als sie noch jünger war, habe ich auch nicht mehr als Gages kleine Schwester in ihr gesehen. Doch als Teenager blühte sie auf einmal auf und war so heiß, dass ich in ihrer Nähe immer auf die unmöglichsten Gedanken kam. Die siebzehnjährige Ivy gab mir das Gefühl, pervers zu sein. Die Tatsache, dass sie jedes Mal gerade dann mit mir reden wollte, wenn ich versuchte, ihr aus dem Weg zu gehen, war auch nicht besonders hilfreich. Als hätte sie gewusst, dass sie mich verrückt machen kann, und als wäre sie entschlossen gewesen, mir richtig unter die Haut zu gehen mit ihrer süßen, nachdenklichen Art. Sie hat über meine Witze gelacht und mich betrachtet, als könnte sie direkt in mich hineinschauen.

Und als sie sich dann zu dieser schönen, sexy, selbstsicheren Frau entwickelte, wusste ich ohne Zweifel, dass ich sie unter allen Umständen meiden muss. Ich wollte sie nämlich … begehre sie bis heute. Sie ist die erste Frau, die mir wirklich etwas bedeutet. Ich will sie nicht verletzen, aber das würde ich tun. Ich habe bisher allen Frauen in meinem Leben wehgetan. Fragt meine Mutter. Fragt alle weiblichen Wesen, die geglaubt haben, sie hätten auch nur eine winzige Chance, mit mir zusammen sein zu können.

„Geh und spiel den Babysitter für Ivy“, schlägt Gage vor.

Fassungslos drehe ich mich zu ihm um. Kann er in meinen Kopf sehen und Gedanken lesen, oder was? Das ist ja echt total abgefahren und beängstigend.

„Was meinst du damit?“, frage ich ihn misstrauisch.

„Willst du dir auf einfache Art und Weise fünfzig Riesen verdienen? Geh zu Ivy. Als ob sie so ein bemitleidenswertes Arschloch wie dich heiraten würde.“ Gage lacht, während mir das

Lachen vergeht. Wieso bin ich ein bemitleidenswertes Arschloch? Ja, sicher hätte ich Ivy nicht verdient. Verdammt, seine Worte sind trotzdem verletzend.

Als ich darauf nichts antworte, fährt Gage fort: „Sie hat mit dem Typen Schluss gemacht, mit dem sie eine Weile zusammen war. Nicht dass er ihrer würdig gewesen wäre, aber seitdem ist sie ziemlich niedergeschlagen. Du könntest den Abend an ihrer Seite bleiben und sie sozusagen als Schutzschild benutzen, damit dich all die anderen Frauen in Ruhe lassen, die es vielleicht auf dich abgesehen haben. Ivy mochte dich schon immer. Wobei ich wirklich nicht verstehe, wieso. Immerhin bist du ein verdammter Idiot."

Er hält kurz inne und kneift die Augen zusammen. „Mir ist schon klar, dass du hinter jedem Rock her bist, aber ich weiß, dass du dich an meiner kleinen Schwester nicht vergreifen wirst. Richtig?"

Der bedeutungsvolle Blick, den er mir zuwirft, lässt keine Fragen offen. Ich möchte ihm ja gern versprechen, dass ich mich an ihr nicht vergreifen werde. Doch er redet hier von Ivy … und ich will immer das haben, was ich nicht haben kann.

Vor allem sie.

„Sie zählt sowieso nicht", sagt Matt lachend. „Es ist schließlich nur Ivy."

„Richtig. Nur Ivy." Ich nicke und schaue mich um in der Hoffnung, sie irgendwo zu entdecken. Sie ist hier. Ich habe sie vorhin gesehen, obwohl sie mir aus dem Weg gegangen ist. Meistens ärgere ich sie nämlich gnadenlos, statt meine wahren Gefühle preiszugeben. „Du meinst, sie zählt nicht zu dieser idiotischen Wette, die du gerade mit mir abgeschlossen hast?"

„Natürlich zählt sie nicht dazu. Außerdem würde Gage dich umbringen", erwidert Matt völlig gelassen. „Ungefähr fünfundzwanzig Frauen beobachten uns übrigens in diesem Moment. Sind, glaube ich, alles irgendwelche Frauen aus der Studentenverbindung der Braut. Die gieren bloß danach, dass du endlich in ihre Richtung guckst, Archer. Die Erste, die mit dir redet, die wirst du heiraten. Das garantiere ich dir."

„Schwachsinn", murmele ich. Mein Freund hat echt den Verstand verloren.

„Wie du meinst." Matt und Gage lachen, doch ich ignoriere sie.

Als ich mich noch einmal im Saal umsehe, finde ich sie: Ivy. Sie sitzt allein an einem Tisch und beobachtet die Paare, die auf der Tanzfläche zu irgendeinem schnulzigen Liebeslied ihre Runden drehen. Ihr langes braunes Haar ist heute gewellt – normalerweise trägt sie es glatt. Ich merke, dass ich am liebsten mit den Händen hindurchfahren und herausfinden würde, ob es sich so seidig anfühlt, wie es aussieht. Sie trägt ein dunkelblaues, trägerloses Kleid, das viel von ihrer weichen, zarten Haut entblößt. Mir jucken geradezu die Finger, weil ich sie unbedingt berühren will.

Ihr sehnsuchtsvoller Blick ist offensichtlich, und ich bin versucht, zu ihr zu gehen. Sie zum Tanzen aufzufordern. Sie in die Arme zu ziehen und zu spüren, wie sich ihre Kurven an meinen Körper schmiegen, während ich ihren süßen Duft einatme.

*Verdammt.*

Ja, klar doch. Wahrscheinlich schickt sie mich eher zum Teufel, als dass sie mit mir tanzt.

„Ich würde sie niemals anrühren", lüge ich, denn natürlich würde ich nichts lieber tun. „Du kannst mir vertrauen."

Noch eine Lüge. Gage würde mir allein schon dafür, dass ich nur an seine Schwester *denke*, einen Tritt in die Eier verpassen. Nicht auszudenken, was er mit mir machen würde, wenn ich tatsächlich … Na ja, mit ihr … Über ihr, unter ihr – in jeder Variation, in der ich sie kriegen kann. Sie ist die Einzige, die mich in Versuchung führen könnte, diese verrückte Wette zu verlieren, die ich soeben eingegangen bin. Die mich dazu bringen könnte, gegen all das zu verstoßen, woran ich seit Kindertagen glaube.

Aber das werde ich nicht tun. Ich weigere mich nachzugeben. Sie ist nichts für mich.

Egal, wie sehr ich sie auch begehre.

*Ivy*

Es gibt nichts Schlimmeres, als allein auf eine Hochzeit zu gehen – vor allem, da ich achtundvierzig Stunden vorher noch einen Begleiter gehabt habe. Bevor ich darauf gestoßen wurde, dass sich der Typ, mit dem ich liiert war, auch noch mit der Frau traf, mit der er angeblich schon vor sechs Monaten Schluss gemacht hatte.

Wie ich von dieser miesen Neuigkeit erfahren habe? Die vermeintliche Ex rief mich auf meinem Handy an und stauchte mich zusammen, während ich mit einem Kunden Tapetenmuster anschaute. Das war so was von peinlich. Und auf einmal war es, als wäre ich in einer Jerry-Springer-Episode gelandet. Die Frau gab mir das Gefühl, als wäre ich eine betrügerische

Nutte, die bloß darauf aus ist, ihr den Mann wegzunehmen. Das ist wirklich das Letzte, was ich bin. Ich bin keine von denen, die anderen den Mann ausspannt. Ich weiß, dass es Frauen gibt, die sich vor allem zu Männern hingezogen fühlen, die eine Beziehung haben, aber zu denen gehöre ich nicht. Männer, die bereits vergeben sind, machen viel zu viel Ärger. Muss nicht sein, vielen Dank auch.

Während die angebliche Exfreundin noch herumjammerte, habe ich das Telefongespräch abrupt beendet und umgehend Marc angerufen, um ihn wissen zu lassen, dass die Sache zwischen uns beendet ist. Von ihm kam – kaum verwunderlich – so gut wie kein Protest. *Was für ein Mistkerl!*

Also sitze ich jetzt hier allein. Am Tisch für die Singles, denn als ich die Braut darüber informiert habe, dass ich nun leider doch niemanden mitbringe, ist Cecily ausgeflippt. Sie hat mir vorgeworfen, dass ich ihre sorgfältig ausgetüftelte Sitzordnung durcheinanderbringen würde. *Oh, mein Gott, kannst du den Typen nicht trotzdem einfach mitbringen und das irgendwie durchstehen?*

Ich schätze, mein ausdrückliches Nein auf diese Frage bescherte mir diesen Platz am Tisch der Verzweifelten und Einsamen. Sozusagen als Strafe.

Seufzend stelle ich meinen Ellenbogen auf den Tisch und stütze meinen Kopf auf die Hand, während ich den vielen Paaren beim Tanzen zuschaue. Braut und Bräutigam befinden sich in der Mitte der Tanzfläche und grinsen sich an wie Honigkuchenpferde. Sie sehen glücklich aus. Alle sehen glücklich aus.

Ich bin neidisch auf all das Glück um mich herum. Hochzeiten erinnern mich daran, dass ich allein bin. Das ist der Moment, in dem ich mir wünsche, jemanden zu finden. Schon mein ganzes Leben lang habe ich eigentlich bloß Pech mit Männern. Ich lande immer bei den Falschen, das hat mir auch meine Mom mehr als einmal versichert. Sie beschreibt mich als eine Frau mit Helferkomplex. Ich picke mir immer die kaputten Typen raus und versuche, sie wieder aufzurichten. Sie nennt es das Humpty-Dumpty-Syndrom – wegen des Kindergedichts, in dem das arme Ei Humpty Dumpty von der Mauer fällt und nicht wieder zusammengeflickt werden kann.

Na super. *Danke, Mom.*

Mein Bruder hält mich für viel zu jung, um mich häuslich niederzulassen, aber ich bin eben nicht wie er. Er will einfach nur rumvögeln und für immer Single bleiben. Gage hat keine Ahnung, was ich will. Aber weiß ich selbst es eigentlich? Ich bin mir nicht sicher. Ich dachte, ich wüsste es. Ich dachte, Marc hätte Potenzial.

Tja, wie sich herausstellte, landete auch er – wie Humpty Dumpty – krachend auf dem Boden. Den konnte ich definitiv nicht wieder zusammenflicken.

Vielleicht sollte ich nicht ständig alles so verdammt ernst nehmen. Vielleicht sollte ich mich mal locker machen und etwas total Verrücktes tun. Ich könnte mir zum Beispiel irgendeinen Typen angeln und mit ihm in einer dunklen Ecke herummachen. Ich vermisse es, dass ein Mann mein Gesicht zwischen seine Hände nimmt und mich langsam küsst. Ausgiebig. Leider war Marc kein sonderlich guter Küsser. Zu viel Zunge. Obwohl ich fest daran geglaubt hatte, ihm dabei helfen zu können, sich diese ärgerliche Angewohnheit abzugewöhnen.

Dazu hat er mir ja jetzt keine Gelegenheit mehr gegeben, was eigentlich ganz gut so ist, denn die Chemie muss stimmen. Wenn ich schon bei einem Kuss kein Knistern spüre, ist der Typ eindeutig nicht der Richtige für mich.

Wenn ich eine Beziehung mit einem Mann eingehe, dann will ich, dass es knistert. Das brauche ich einfach. Dieses Funkensprühen. Diese Chemie. Ein paar verstohlene Küsse; tastende Hände; geflüsterte Worte in einer ruhigen Ecke, wo die Gefahr besteht, dass wir erwischt werden. Er würde mich gegen eine Wand pressen, meine Wangen sanft umschließen und mich küssen, als würde er es wirklich ernst meinen …

Ich runzele die Stirn. Es ist nicht zu fassen. Da sitze ich allein an einem Tisch und male mir einen wilden Hochzeitsfeier-One-Night-Stand mit einem gesichtslosen Typen aus. Seit wann bin ich so verzweifelt?

„Was ist los, Küken?“, fragt eine vertraute Stimme hinter mir, und sofort verspannen sich meine Schultern. Na super. Diese tiefe samtige Stimme würde ich überall wiedererkennen. *Archer Bancroft.* Er ist der absolut Letzte, mit dem ich mich heute Abend herumschlagen will.

Das ist tatsächlich mal ein typischer Humpty-Dumpty-Typ. Archer weiß, dass er kaputt und angeschlagen ist. Und er will definitiv nicht zusammengeflickt werden. Was das Verrückte daran ist? Es gefällt ihm so. Er schwelgt geradezu in seiner Zerrissenheit.

Nein danke. Selbst ich kenne meine Grenzen. Obwohl er schon fast erschreckend atemberaubend ist. Ehrlich, Archer sieht fantastisch aus. Dunkles Haar, dunkle Augen, groß und kräftig. Sein Körper ist gestählt und muskulös, ohne dabei übertrieben aufgepumpt zu wirken. Er ist echt zum Dahinschmelzen.

Und er ist der beste Freund meines Bruders. Ich kenne Archer seit meinem zwölften Lebensjahr, als er mit seinen eiskalten Eltern bei uns nebenan eingezogen ist. Natürlich habe ich mich sofort in ihn verknallt. Damals war er das Exotischste, was ich in meiner beständigen und langweiligen Nachbarschaft, in der nie jemand wegzog, je gesehen hatte.

Diese Verliebtheit endete ziemlich schnell, als mir klar wurde, was für ein Playboy er war. Sogar als Zwölfjährige war ich in der Lage, die bittere Wahrheit zu erkennen.

Clevere Mädchen lassen sich nicht mit Archer ein.

Jetzt streicht er mit dem Finger über meine nackte Schulter und reißt mich damit aus meinen Erinnerungen ... und lässt mich erzittern. „Du siehst ganz schön niedergeschlagen aus, und das trotz des glücklichen Anlasses, Küken."

Als ich ihn anschaue, wirft er mir sein berühmtes Lächeln zu; sein Markenzeichen, bei dem den meisten Frauen die Höschen feucht werden. Ich weigere mich jedoch, das auch nur eine Sekunde lang geschehen zu lassen. „Ich würde mir wirklich wünschen, dass du endlich aufhörst, mich so zu nennen", erkläre ich genervt und starre ihn wütend an. Dass er mich zweimal innerhalb von genauso vielen Minuten Küken genannt hat, ist ein sicheres Zeichen dafür, dass er es darauf abgesehen hat, mich wahnsinnig zu machen.

Sonst noch was Neues?

Er lacht jedoch bloß, und seine dunkelbraunen Augen leuchten auf. Es ist echt nicht fair, wie gut er aussieht. Er hat ein kräftiges Kinn und diesen sinnlichen Mund. Und dann noch diese

Grübchen, die sich allerdings eher selten zeigen. Wenn ich sie doch mal zu sehen bekomme, würde ich sie am liebsten küssen und mit der Zunge darüberlecken.

Ich verziehe das Gesicht. Ich sollte definitiv nicht darüber nachdenken, Archers Gesicht abzulecken. Was zum Teufel ist mit mir los? Zu viel Champagner, oder was?

*Wohl eher zu viele Fantasien von dunklen Ecken und heißen Küssen, die dir den Atem rauben.*

„Kein ‚Hallo, Archer, wie geht es dir'?" Er schüttelt den Kopf und legt seine Hand auf meine Stuhllehne, wobei seine Finger meine nackte Haut streifen. Ich versuche, das Zittern zu unterdrücken, das mich bei seiner beiläufigen Berührung überkommt. „Und dabei bist du doch sonst immer so überaus höflich."

„Archer, hör auf mit dem Scheiß." Ich sehe ihn direkt an und stelle zufrieden fest, dass sein Lächeln erstirbt. Habe ich schon jemals so mit ihm geredet? Wahrscheinlich nicht, aber ich kann nicht anders. Heute Abend jedenfalls nicht. „Ich bin nicht in der Stimmung. Ich habe eine miese Woche hinter mir."

„Ja, ich hab's gehört", erwidert er leise, und in seinen Augen flackert Mitgefühl auf. „Tut mir leid, die Sache mit dem Typen."

Ich werde meinen Bruder dafür umbringen, dass er das ausgeplaudert hat. Nun komme ich mir richtig erbärmlich vor. Archer ist wahrscheinlich zu mir rübergekommen, weil er Mitleid mit mir hat. Vor ein paar Minuten habe ich ihn noch mit Gage und Matthew DeLuca reden sehen, auch wenn sie mich nicht bemerkt haben. Haben sie über meinen erneut gescheiterten

Versuch gelacht, einen anständigen Kerl zu finden? Vermutlich. Diese drei machen sich bereits seit Jahren über mich lustig. Es ist ihnen richtiggehend zur Gewohnheit geworden. „Keine große Sache. Er war ein absoluter Idiot."

„Würde ich auch sagen, wenn er dich so einfach gehen lässt."

Hat er das eben wirklich gesagt? Was meint er damit? „Gibt es etwas, worüber du mit mir reden wolltest?" Ich will ihn loswerden. Aus welchem Grund auch immer, doch mit ein paar Worten hat er es geschafft, mich heute Abend durcheinanderzubringen – und das gefällt mir nicht. Ich bin offensichtlich schon durcheinander genug, wenn ich mir insgeheim ausmale, wie es wäre, es in einer dunklen Ecke mit einem heißen Mann zu treiben.

Heiß wie Archer …

„Ja, gibt es." Das Lächeln kehrt zurück, jetzt ein wenig sanfter und nicht mehr ganz so selbstgewiss. „Willst du tanzen?"

„Mit dir?" Ich fasse es nicht. Und am liebsten würde ich lachen, weil ich ihn mit meiner Frage anscheinend total beleidigt habe.

„Ja, mit mir. Komm schon." Er streckt mir seine Hand hin. „Sei mein Schutzschild, ehe irgendeine dieser verrückten Frauen mich auf die Tanzfläche zerrt. Sie umkreisen mich schon, Küken. Sie sind kurz davor, sich auf mich zu stürzen, wenn ich nicht aufpasse."

Er hat recht. Ich beobachte, wie ein paar Frauen langsam auf uns zukommen. Mit einem Mal befällt mich das Bedürfnis, ihnen zu zeigen, dass er nicht zu haben ist. Und so lasse ich zu, dass er meine Hand nimmt, dass sich seine langen Finger um meine schließen, als er mich auf die Füße zieht. Unverhohlen mustert er mich und lässt den Blick über meinen gesamten Körper gleiten, bevor er an meiner Brust hängen bleibt. Am liebsten hätte ich ihm dafür eine gelangt, während ich gleichzeitig gern gefragt hätte, ob ihm gefällt, was er da sieht.

Ja, ich bin echt durcheinander.

Eine Frau taucht vor uns auf, mit einem so breiten Lächeln, dass ich überlege, ob ihr das Gesicht wohl schon wehtut. „Hallo, Sie sind doch Archer Bancroft, richtig? Von den Bancroft Hotels? Dem *Hush Resort und Spa*?", fragt sie übertrieben munter.

„Bin ich, ja." Er zieht mich näher an sich, lässt meine Hand los, damit er den Arm besitzergreifend um meine Schultern legen kann, so als wollte er sagen, dass ich zu ihm gehöre. Mit dem Daumen zeichnet er kleine Kreise auf meine Haut und bringt mich dazu, ein wenig schneller zu atmen. Ich senke den Blick zu Boden und versuche, mich wieder zu fangen. „Sind wir uns schon einmal begegnet?"

„Einmal. Ist bereits eine Weile her, aber ich bin sicher, dass Sie sich nicht an mich erinnern." Ich schaue auf und erkenne, dass sie noch breiter lächelt. Wie ist das überhaupt noch möglich? „Ich wollte immer mal dorthin. Ins *Hush*."

*Hush Resort und Spa*. Das Hotel, das Archers Vater seinem Sohn als eine Art Strafe überlassen hat, kaum dass er das College abgeschlossen hatte. Archer hat dieses Resort, das nur für Paare gedacht ist, zu einem der exklusivsten und erfolgreichsten im Land, wenn nicht sogar auf der ganzen Welt gemacht. Damit ist er in kürzester Zeit berühmt geworden. Hinzu kam, dass er fantastisch aussieht, sexy, intelligent und rücksichtslos ist – und schon wollten sämtliche Frauen mit ihm zusammen sein, und alle Männer wollten wie er sein. Und Archer, dieser arrogante Mistkerl, wusste es genau.

„Dann schlage ich vor, Sie reservieren einfach ein Zimmer." Seine Stimme klingt ziemlich genervt. Er versucht, mit mir zusammen an ihr vorbeizukommen, doch sie weicht nicht von der Stelle.

„Kann ich leider nicht. Ich bin nicht Teil eines Paares." Sie klimpert doch tatsächlich mit den Wimpern. „Vielleicht können Sie mir da weiterhelfen?"

„Ich bin sicher, wir könnten sie mit einem deiner Freunde zusammenbringen. Was meinst du, Baby?" Ich lächle Archer an und werfe ihm einen bedeutungsvollen Blick zu, damit er begreift, worauf ich gerade hinauswill. Er blinzelt kurz, zweifellos verwirrt, weil ich ihn Baby genannt habe, und das finde ich ziemlich cool. Er ist nämlich echt heiß, wenn er verwirrt ist, und dabei ist es verdammt schwer, Archer aus der Ruhe zu bringen. Also beschließe ich, das Spielchen noch ein wenig weiterzutreiben.

Ich strecke mich, schmiege mein Gesicht an seinen Hals und atme seinen einzigartigen, würzigen Duft ein. Gott, er riecht unglaublich. Warum ist mir das vorher nie aufgefallen? Wahrscheinlich, weil wir sonst nie so eng beieinanderstehen. Im Moment bin ich allerdings echt versucht, mich wie eine Katze an ihm zu reiben.

Ich frage mich, ob die Frau uns schon abgekauft hat, dass wir ein Paar sind. Wenn ich das noch länger durchziehen muss, könnte es passieren, dass ich etwas Verrücktes tue. Wie zum Beispiel … ihn zu beißen.

„Ich bin sicher, dass sich das arrangieren ließe", erwidert er mit rauer Stimme, während er mich an sich drückt.

Ich schlinge meinen Arm um seine Mitte. Er ist so solide wie ein Fels. Prompt grübele ich nach, wie er wohl unter diesen feinen Klamotten aussieht. Ich habe ihn seit meiner Zeit an der Highschool nicht mehr ohne Hemd gesehen, und seitdem hat er ordentlich an Muskeln zugelegt. „Wenn Sie uns entschuldigen würden", sage ich mit einem widerlich zuckersüßen Lächeln zu Miss Hartnäckig, bevor ich mich an Archer wende. „Lass uns tanzen gehen, Baby."

Er führt mich schweigend auf die Tanzfläche und zieht mich in die Arme, gerade als ein neues, langsames Lied angestimmt wird. Seine Hand liegt auf meinem unteren Rücken, während wir uns im Rhythmus der Musik bewegen, und mein gesamter Körper kribbelt aufgrund dieser Nähe. Was total merkwürdig ist, denn erstens habe ich keinerlei Interesse, auf diese Art mit Archer zusammen zu sein, und zweitens bin ich seit Jahren immun gegenüber seinem Charme.

Sehr seltsam.

„Du bist gut. Diese kleine Show mit dem ‚Baby' und wie du deine Nase an meinem Hals gerieben hast – das war ziemlich überzeugend", murmelt er nahe an meinem Ohr. Sein heißer Atem lässt mich wohlig erschauern, und ich frage mich, ob er es wohl spürt. Muss er eigentlich.

Aber im Grunde ist es mir auch egal. Ich bin mir seiner Nähe so was von bewusst, seiner Größe, seiner Wärme und der schieren Kraft, die er ausstrahlt. Seine große Hand wandert noch ein wenig tiefer auf meinem Rücken, und als er mit den Fingerspitzen über meinen Hintern streift, schnappe ich nach Luft. Ich wette, er weiß ganz genau, wie er diese Hände benutzen muss.

*Oh, mein Gott, das hier ist Archer. Hör auf, seinetwegen zu sabbern!*

„Meinst du, sie hat uns das Theater abgekauft?“, frage ich atemlos.

„Bin mir nicht sicher.“ Er zögert einen winzigen Moment lang und zwingt mich damit dazu, ihn anzuschauen. Sein leidenschaftlicher Blick bringt mich total aus der Fassung. Er sieht mich an, als wolle er mich mit Haut und Haaren verschlingen.

Lesen Sie auch von Erin McCarthy:

Deutsche Erstveröffentlichung

*Erin McCarthy*
Close Up: Heiße Versuchung

Band-Nr. 35074
9,99 € (D)
ISBN: 978-3-95649-578-6
304 Seiten
Auch als eBook erhältlich!

Für eine gute Story würde Emma so einiges tun … und das ist auch der Grund, warum sich die schüchterne Journalistin auf ungewohntes gradezu furchteinflößendes Terrain begibt. Der für seine Nacktfotos weltberühmte Künstler Ian Bainbridge ist in der Stadt und Emma wird ihm Modell stehen. Und als ob ihr das nicht schon schwer genug fallen muss sie das ausgerechnet mit ihrem Kollegen Kyle tun – den Mann, bei dem sie schon lange weiche Knie bekommt. Alles sprach bisher gegen ihn: Abgesehen davon, dass sie sich nie getraut hätte, ihn um ein Date zu bitten, sind Beziehungen in der Firma auch streng verboten. Doch nun, nackt und ganz nah an ihm, fragt Emma sich, ob es nicht an der Zeit wäre, die Vernunft zu vergessen und sich der endlich der prickelnden Versuchung hinzugeben …

**„Scharf, temporeich und superheiß!“**
*Publisher's Weekly*

Band-Nr. 35062

9,99 € (D)

ISBN: 978-3-95649-046-0

320 Seiten

Auch als eBook erhältlich!

*Sandra Henke*

Das Geheimnis meines Meisters

Gefangen im Netz der Lust: Erst zaghaft, dann immer leidenschaftlicher kommen sich Willow und ihr neuer Boss, der attraktive, aber zurückgezogen lebende Unternehmer Dale Henderson näher. Doch dann trifft sie nachts in dessen Mansion auf den mysteriösen maskierten Savage. Wie im Rausch lässt Willow sich von dem dominanten Fremden auf die dunkle Seite der Begierde führen. Hin- und hergerissen zwischen dem strengen Meister Savage und ihrem einfühlsamen Lover Dale, stößt sie plötzlich auf finstere Abgründe in der Familiengeschichte der Hendersons, die beide Männer in einem neuen Licht erscheinen lassen …

Deutsche Erstveröffentlichung

*Lisa Renee Jones*
Play with me

Band-Nr. 35069
9,99 € (D)
ISBN: 978-3-95649-235-8
432 Seiten
Auch als eBook erhältlich!

Vorhang auf für „Stepping Up“, die aufregendste Tanz-Castingshow von Las Vegas! Sinnliche Rhythmen auf der Bühne und hemmungsloses Verlangen hinter den Kulissen: TV-Produzentin Meagan hat eigentlich schon genug Stress beim Dreh von „Stepping Up“. Da hat Sam ihr grade noch gefehlt. Denn der sexy Sicherheitschef des Senders, sorgt mit seinen sinnlichen Blicken dafür, dass ihr ganz heiß wird …

Moderatorin Darla wird in Versuchung geführt: Sie muss bei der Tanzshow ausgerechnet mit Blake, dem arroganten Playboy vom Konkurrenzsender, zusammenarbeiten. Schon lange weckt er in ihr unwiderstehliche erotische Fantasien …

Tänzerin Kat ist glücklich, einen Job in der berühmten Castingsendung ergattert zu haben. Bis sie erfährt, dass ihr verführerischer Exmann Jason der Regisseur ist. Zu oft hat er ihr das Herz gebrochen. Dennoch setzt sie es für eine wilde Nacht erneut aufs Spiel …